Katharina Gerwens

Auf Samtpfoten zum Glück

PIPER

Zu diesem Buch

Ihren Ex-Freund vergessen, gelassener werden und herausfinden, was sie wirklich vom Leben will – das möchte Stella in ihrem neuen Lebensabschnitt als Single erreichen. Aber das ist schwieriger als gedacht. Könnte sie doch nur so entspannt sein wie Kater Boris! Der Stubentiger thront auf seinem Fensterplatz im Nachbarhaus und scheint rundum zufrieden zu sein. Als Stella wieder einmal den stolzen Kater betrachtet, gesellt sich ein kleiner Junge zu ihr, dessen alleinerziehender Vater nach einem Unfall im Krankenhaus liegt. Kurzentschlossen nimmt Stella sich des schweigsamen Kindes an. Als Kater Boris wenig später ein neues Zuhause braucht, findet auch er bei Stella Unterschlupf. Ein kleines Wunder geschieht: In der besonderen Situation rücken die Nachbarn der kleinen Straße enger zusammen. Und Stella findet durch die neuen Aufgaben auch noch ganz nebenbei ihr Lebensglück.

Katharina Gerwens wuchs in einem Dorf im Münsterland auf. Nach ihrer Ausbildung zur Journalistin arbeitete sie in verschiedenen Verlagen und ist heute als freie Autorin tätig. Gemeinsam mit Herbert Schröger verfasste sie eine Reihe von Niederbayern-Krimis, die im fiktiven Ort Kleinöd spielen. Allein veröffentlichte sie bereits mehrere Krimis, unter anderem die Reihe um Franziska Hausmann, die im Bayerischen Wald spielt. Sie lebt mit ihrem Mann in Niederbayern. »Auf Samtpfoten zum Glück« ist ihr erster Katzenroman, zu dem ihre eigenen Katzen sie inspiriert haben.

Katharina Gerwens

Auf Samtpfoten zum Glück

Roman

PIPER

Mehr über unsere Autoren und Bücher:
www.piper.de

Von Katharina Gerwens liegen im Piper Verlag vor:
Kleinöd-Krimis:
Band 1: Stille Post in Kleinöd (mit Herbert Schröger)
Band 2: Die Gurkenflieger von Kleinöd (mit Herbert Schröger)
Band 3: Anpfiff in Kleinöd (mit Herbert Schröger)
Band 4: Rufmord in Kleinöd (mit Herbert Schröger)
Band 5: Selig in Kleinöd (mit Herbert Schröger)

Westfalen-Krimis:
Band 1: Schürzenjäger
Band 2: Westfälische Affären

Bayerischer-Wald-Krimis:
Band 1: Die letzte Brezn
Band 2: Die letzte Ölung
Band 3: Der letzte Tropfen
Band 4: Der letzte Schrei
Band 5: Der letzte Streich

Auf Samtpfoten zum Glück

FSC www.fsc.org
MIX
Papier aus verantwortungsvollen Quellen
FSC® C083411

Originalausgabe
ISBN 978-3-492-31659-0
1. Auflage Dezember 2020
3. Auflage März 2021

Redaktion: Annika Krummacher
Umschlaggestaltung: zero-media.net, München
Umschlagabbildung: MELANIE DEFAZIO / Stocksy United
Satz: Uhl + Massopust, Aalen
Gesetzt aus der Adobe Devanagari
Druck und Bindung: CPI books GmbH, Leck
Printed in the EU

1. Kapitel

Stella wusste, dass man sie in der Agentur hinter ihrem Rücken »Die Checkliste« nannte, denn sie hatte den Tick, alles und jedes in einer Tabelle festzuhalten und es mit tiefster Befriedigung schwungvoll abzuhaken, sobald es erledigt war. Es ging nun mal nichts über Checklisten, und gerade jetzt, in dieser schwierigen Situation, gaben sie ihr Halt und sorgten dafür, dass sie weiterhin bestens funktionierte.

Ohne ihre Listen hätte Stella es nie geschafft, bei Ferdinand auszuziehen und sich innerhalb von zwei Monaten ein neues Zuhause zu suchen. Für ihren Umzug hatte sie einen guten Grund gehabt: ihre Praktikantin Carina, die sich mit ihren großen Augen und ihrem Schmollmund ausgerechnet Ferdinand geschnappt hatte, mit dem Stella bis vor Kurzem zusammen gewesen war.

Mit ihrem Organisationstalent war es ihr gelungen, die Werbeagentur trotz aller Gefühlsstürme am Laufen zu halten. Es war Juni, doch sie und ihr Geschäftspartner Maximilian waren ihrer Zeit schon um Monate voraus. Stella entwickelte Drehbücher für weihnachtliche Werbespots, und der charismatische Maximilian suchte nach Influencern, die die Produkte zu gegebener Zeit so glaubwürdig wie möglich lobpreisen und auf ihren Websites positionieren sollten.

In der Innenstadt waren die Mieten in den letzten Jahren unbezahlbar geworden, deshalb hatte sich Stella eine Wohnung am Stadtrand gesucht. Ihr neues Zuhause lag im ersten Stock, und unter ihr im Erdgeschoss lebte eine blasse junge Frau, die sich ihr als Vicky vorgestellt hatte. Von der Maklerin wusste Stella, dass diese Victoria Aschenbrenner das Haus und weitere Grundstücke von den Großeltern geerbt hatte. »Sie haben die besten Chancen«, hatte die Maklerin gemeint. »Es sollen weder Familien noch Paare einziehen – nur alleinstehende Frauen. Da die Hausbesitzerin selbst wohl keine Familie haben will, hat sie auch keine Lust, mit glücklichen Familien unter einem Dach zu wohnen.«

Die Maklerin hatte Stella hinter vorgehaltener Hand erzählt, dass Vicky Aschenbrenner auch noch gar nicht so lange hier wohne. Sie habe ihren Job als Röntgenassistentin in Hamburg aufgeben müssen, denn ihre Großeltern hätten das Erbe an die Bedingung geknüpft, dass Vicky selbst in das Haus ziehe. Derzeit waren in den umliegenden Krankenhäusern keine Stellen frei, und so hatte Vicky jetzt zwar ein Haus und mehrere Grundstücke geerbt, war aber arbeitslos.

Tatsächlich wirkte sie trotz ihres Reichtums meistens mürrisch und sah mit ihrem hochgesteckten Haar aus wie eine vor der Zeit gealterte Gouvernante, dabei war sie bestimmt nicht älter als Stella. Sie schien ein Roland-Kaiser-Fan zu sein, denn Stella konnte in ihrer Wohnung hören, wie ihre Vermieterin im Erdgeschoss zu dessen Liedern lauthals mitsang. Womit sich Vicky sonst noch beschäftigte, hatte Stella bisher noch nicht herausgefunden. Sie hatten den gegenseitigen Antrittsbesuch immer wieder verschoben.

Der Blick vom Wohnzimmer in die Weite wurde von großen Schildern mit der Aufschrift »Bauerwartungsland, sichern Sie sich Ihr Grundstück« versperrt. Das Wort Erwartung war Stella entgegengesprungen, als sie die Wohnung zum ersten Mal betreten und aus dem Fenster geblickt hatte. Klar, irgendwann würde es Baulärm geben, und Bagger und Kräne würden ihr die Sicht versperren – aber da Stella tagsüber im Büro war, konnte ihr das egal sein.

Rasch und effektiv leerte sie an diesem Wochenende die sieben auf ihrer Checkliste stehenden Umzugskisten und verstaute ihr Hab und Gut ordentlich in die Schränke und Schubladen der neuen Wohnung. Mithilfe eines Küchenweckers schaffte sie es sogar, sich Auszeiten zu gönnen, indem sie mindestens einmal pro Stunde für zwei Minuten tief durchatmend am Fenster stand und den noch freien Blick auf das Bauerwartungsland genoss.

Bestimmt saß Carina in diesem Moment auf der von Stella und Ferdinand gemeinsam erworbenen Ledercouch, verzog ihre Lippen zu einem Schmollmund und brachte Ferdinand mit naiven Fragen in peinlicher Babysprache zum Lächeln: »Hat der Ferdi denn sein kleines Mäuschen auch noch lieb?« Bei Stella hatte Ferdinand so gut wie nie gelächelt. Vielleicht lag es daran, dass sie sich wie Erwachsene benommen hatten. Bei ihnen hatte es keinen Schmollmund, keine Babysprache, nichts Niedliches gegeben, aber dafür viel Alltag, damit das Leben funktionierte. Na, dem würde das Lachen schon noch vergehen!, dachte Stella.

Sie war überzeugt, dass sie nach der engen Beziehung mit Ferdinand Freiheit und Weite brauchte. Sobald sie an ihren Ex-Freund dachte und sich der wohlbekannte Kloß in ihrem Hals bemerkbar machte, wiederholte sie in ihrem Inneren die Sätze: »Ich war dort viel zu eingeschränkt. In jeder Hinsicht. Ich brauche mehr Luft!« Während sie sich das bewusst machte, hakte sie alles, was mit Ferdinand zusammenhing, auf einer unsichtbaren Liste ab. Die war erstaunlich lang und nicht auf Anhieb abzuarbeiten.

Ihre Wohnung, die nach Süden und nach Westen noch einen freien Blick bot, offenbarte im Osten das nicht immer ganz unkomplizierte Miteinander einiger Familien, die in einem ausladenden Mehrgenerationenhaus zusammenlebten. Neben den jeweiligen Eltern kümmerten sich dort etliche Großeltern um die Kleinen, die zu allem nickten und dann doch machten, was sie wollten.

In den Vorgärtchen der Kurzen Straße, die mit ihren drei Häusern ihrem Namen bisher alle Ehre machte, leuchteten Blumen, die der Jahreszeit entsprachen – momentan Pfingstrosen, Levkojen, Margeriten und Eisenhut –, und hinter den Häusern breiteten sich Rasenflächen und Blumenrabatten aus.

Aus dem Nordzimmer, vor dessen zwei Fenstern sich ein Sommerflieder entfaltete und Schmetterlinge anlockte, sollte wegen der Lichtsituation Stellas »Atelier« werden. Schon das Wort »Atelier« klang nach Künstlertum und Freiheit und einem unangepassten Leben. Dabei hatte sie gar nicht vor, den Raum jemals als solches zu nutzen. Stella fand sich zu normal für ein verrücktes, wenn nicht gar ausschweifendes Leben, in dem die Nacht zum Tag wurde. Nein, da zog sie doch ihr listenreich geregeltes Leben vor. Vorerst stapelten sich im zukünftigen Atelier die restlichen, noch unausgepackten Umzugskisten, jede akkurat mit einer Inhaltsliste versehen.

Vermutlich hatte sie bei Ferdinand einfach nur zu gut funktioniert. Wenn sie ehrlich war, hatte die Beziehung sogar ein wenig Ähnlichkeit mit ihren Checklisten gehabt. Für alles zwischen ihnen hatte es eine festgelegte Zeit und einen festen Ort gegeben, egal, ob es sich um die Bestückung der Vorratskammer, um die Absprache von Einkäufen, die Stundenlohnerhöhung für die Putzfrau oder um den wöchentlichen Sex handelte. Ein perfekt durchgetaktetes Leben, was Ferdinand offensichtlich nicht genügte. Dabei hätte sie darauf gewettet, dass ihm nichts so wichtig war wie Ordnung und Klarheit.

Bedenkenlos und ohne auch nur den Anflug eines schlechten Gewissens war der brave Berufsschullehrer nach acht soliden Beziehungsjahren mit der naivsten, dafür aber hübschesten Praktikantin aus Stellas Werbeagentur erst essen und dann ins Bett gegangen. Na ja, vielleicht war es auch umgekehrt gewesen – Ferdinand bekam nach dem Sex nämlich immer Hunger. Stellas Kränkung auf jeden Fall war so gigantisch, dass sich die Reihenfolge des Verrats als unerheblich erwies.

Die Wohnung hatte vier Zimmer und war trotz Stadtrandlange ziemlich teuer, aber die Maklerin hatte ihr versichert: »Diese Gegend ist im Kommen. Wer etwas auf sich hält, wird bald hier wohnen. Und dann sind Sie schon da!«

Ferdinand, mit dem sie sich drei Zimmer und siebzig Quadratmeter geteilt hatte, würde diese Wohnung niemals sehen. Ausgerechnet dieser Gedanke, der sie anfangs zutiefst befriedigt hatte, schmeckte nun von Tag zu Tag schaler.

»Lass uns reden«, hatte er ganz zu Anfang versucht, ihre Beziehung zu retten. Aber wenn die Carina-Geschichte nichts zu bedeuten hatte, warum war sie dann passiert?

Für Stella stand fest, dass er sich die hübsche Praktikantin als ihre Nachfolgerin in sein Leben holen würde. Sollte er doch! Denn dann würde er ziemlich schnell begreifen, was er an Stella gehabt und jetzt verloren hatte. Doch sie würde ihn nicht einmal dann in diese neue Wohnung lassen, wenn er winselnd vor ihrer Tür läge.

Ferdinand wusste auch gar nicht, wohin sie gezogen war. Eindringlich hatte sie ihrer Assistentin Christine klargemacht, dass ihre neue Privatadresse geheim gehalten werden musste, insbesondere vor Carina. Von Christine wusste sie, dass seitdem in der Agentur das Gerücht ging, Stella würde von einem Stalker verfolgt und brauche daher die Anonymität. Sie bekam einen Mitleidsbonus, der sich falsch und süßlich anfühlte. Um sich abzulenken, stürzte sie sich in die Arbeit. Genug zu tun gab es schließlich immer.

Nachdenklich saß sie nun in ihrem neuen Zuhause am Schreibtisch und blätterte in den Geschenk- und Spielwarenkatalogen für die Weihnachtssaison. Wer wusste schon, ob die brandneuen elektronischen Geräte nicht im Dezember bereits total veraltet sein würden?

Sie klickte sich durch eine Datei mit ausgemusterten Schnipseln aus Spielfilmen und Dokumentationen. Es war ihre Idee gewesen, dem Schneidetisch zum Opfer gefallene Sequenzen aus dem ganz großen Kino in Werbespots wiederaufleben zu lassen. Das war auch das Geheimnis ihres Erfolges.

Wenn sie arbeitete, war es nicht ganz so still in der Wohnung, und die Zeit verging ein bisschen schneller. Gelegentlich schallte die kräftige Stimme von Roland Kaiser ein bisschen lauter durchs Haus als sonst – immer dann nämlich, wenn Vicky die Wohnungstür öffnete und zum Rauchen in den Garten ging.

Draußen dämmerte es.

Anders als in der Stadt gab es hier im Bauerwartungsland noch keine Restaurants, Cafés oder auch nur einen Kiosk. Doch wenn man der Maklerin Glauben schenkte, würde dieser Zustand höchstens noch ein, zwei Jahre andauern.

Stella zog sich ihre Windjacke und ihre rosafarbenen Gummistiefel an und beschloss, eine Runde um die Häuser zu drehen. In ihrer Straße gab es bisher ja nur drei.

Hinter dem größten Fenster des Hauses mit der Nummer eins hockte, eingerahmt von einer Spitzengardine und auf einem wollweißen Kissen vor der kühlen Marmorplatte geschützt, eine ziemlich dicke grau-weiß gemusterte Katze und suchte Stellas Blick. Als sie sich in die Augen sahen, seufzte das Tier aus tiefster Seele und strich sich mit der rechten Pfote über den Kopf. Stella sah ihm lange zu und fragte sich, ob die Katze ihr mit dieser Geste etwas sagen wollte, dann riss sie sich zusammen. So ein Quatsch!, dachte sie.

Durch das gekippte Fenster hindurch war die dünne Stimme eines alten Mannes zu hören. »Boris, Abendbrot! Kommst du?«

Die Katze erhob sich majestätisch und ließ Stella dabei nicht aus den Augen. Boris war offenbar der Name des Katers. Stella bewunderte die Kunstfertigkeit, mit der das Tier einen Buckel machte, sich streckte und dann im Inneren des Hauses verschwand.

Karl-Anton Wederbusch hatte den Küchentisch schon fast fertig gedeckt, als Boris mit einem eleganten Satz die Tischplatte eroberte und sich auf seinem Platzdeckchen in Stellung brachte. »Dass du mir nie zur Hand gehst«, beschwerte sich der alte Mann mit einem Augenzwinkern bei seinem Kater und tischte auf. Heute würde es pürierte Schweineleber und Kartoffelbrei auf einem Bett von gedünstetem Brokkoli geben. Für Boris ungewürzt und lauwarm, für Karl-Anton heiß, mit Salz und Pfeffer sowie einem Stich Butter.

Als seine Frau Ida vor vier Jahren starb, hatte Karl-Anton keine Lust gehabt, für sich allein zu kochen. Auf Drängen seines Sohnes hatte er sich Essen auf Rädern bestellt, doch das schmeckte ihm nicht.

Das war der Zeitpunkt, als sein Enkel Fabian ihm bei einem Besuch den kleinen Boris mitbrachte. »Er wohnt jetzt bei dir, Opa«, hatte Fabian erklärt. »Ich bin zu selten zu Hause, und du bist dann nicht mehr so allein. Was willst du denn sonst machen, jetzt als Rentner?«

Karl-Anton, der sich damals nach mehreren Bandscheibenvorfällen unsicher und mit Stock und Rollator durch die Wohnung bewegte, hatte heftig protestiert. »Ich kann mich ja nicht mal um mich selbst richtig kümmern.«

»Ach, das wird schon«, hatte Fabian zuversichtlich gemeint. »Boris guckt übrigens auch gern fern.«

Allein seinem Enkel zuliebe hatte Karl-Anton das Tier genommen und schon nach einem Tag gewusst, dass das die beste Entscheidung seines Lebens war. Da war jemand, dem er alles erzählen konnte und der dazu nickte und nicht widersprach. Typisch Fabian. Da tat der Junge so, als müsse der Opa ihm einen Gefallen tun, aber eigentlich war es umgekehrt: Fabian machte immer genau das, was für den Großvater am besten war, selbst wenn der noch nichts davon ahnte.

Dem Kater hatte das Essen auf Rädern ebenso wenig geschmeckt wie seinem Herrchen. Deshalb hatte Karl-Anton angefangen, zweimal täglich zu kochen – für den Kater und für sich selbst. Ihm kam zugute, dass er in seinem früheren Leben Kantinenkoch gewesen war. Nun bereitete er eben zwei statt zweihundert Mahlzeiten vor.

Boris schien die gemeinsamen Mahlzeiten zu genießen. Karl-Anton war ganz froh, dass niemand ihnen dabei zusehen konnte. Zufällige Betrachter hätten das Gesundheitsamt, das Ordnungsamt und den Tierschutzverein gerufen und ihm ebenso langweilige wie überflüssige Vorträge über Hygiene gehalten. Alles dummes Zeug. Als wüsste er nicht, was er tat.

Nun thronte Boris auf seinem Platz am Tischende und schleckte sein Menü, das in einem Porzellanschälchen angerichtet war. Karl-Anton war es nicht gelungen, das Tier an eine Serviette oder ein Lätzchen zu gewöhnen. So ein Kater hatte nun mal seinen eigenen Kopf. Und Boris hatte einen besonders dicken Kopf.

Karl-Anton dagegen benutzte Messer und Gabel, trank brav seine zwei Liter Wasser tagsüber – und gönnte sich abends ein Bier oder ein Glas Wein, während Boris ein wenig schwer zum Wassertrinken zu motivieren war. Abgesehen davon, waren sie aber ein eingespieltes Team mit etwa dem gleichen Geschmack.

Schon bald hatte Karl-Anton herausgefunden, dass Boris Innereien und Gerichte mit Hühnerfleisch bevorzugte, Gemüse nur in der höchsten Not aß (oder wenn es nach Fleisch duftete), von Reis, Hirse oder Graupen nicht viel hielt und Bulgur nur widerwillig akzeptierte.

Während Boris am Tisch saß, konnte Karl-Anton ihn, wie in früheren Jahren seine Frau Ida, über das Abendprogramm informieren. »Wir werden uns heute einen Krimi anschauen«, erklärte er. »Dazu gibt es für beide Kartoffelchips und für mich ein Glas Rotwein. Ist das in deinem Sinne?«

Der Kater sah kurz hoch und schien zu nicken.

Wir sind ein gutes Team, dachte Karl-Anton und fragte sich, ob er noch leben würde, wenn er das Tier nicht hätte. So nämlich, unter diesen Umständen und bei diesem Mitbewohner, konnte er nicht einfach abtreten, denn was würde dann aus Boris? Man trug doch Verantwortung für so ein Haustier.

»Was machst du nur, wenn ich nicht mehr bin?«, wollte er von Boris wissen. Der Kater setzte sich sehr aufrecht hin und strich sich mit der rechten Pfote über den Kopf. Dazu seufzte er aus tiefster Seele. Karl-Anton war davon überzeugt, dass sein Gegenüber bei der Vorstellung, einer von ihnen könne sterben, eine Träne verdrückte.

Tatsächlich war Karl-Anton Wederbusch nun um einiges fitter. Boris hatte ihn gerettet – vor was auch immer. Daher liebte er seinen Kater.

»Also, kommst du nun mit auf die Couch?«

Karl-Anton schüttelte das Tischtuch durchs geöffnete Fenster aus, um es anschließend zurückzulegen und glatt zu streichen. Ordnung musste sein. Der Kater sprintete schon los, schoss vor ihm durch die angelehnte Tür ins Wohnzimmer und machte es sich auf dem Sofa vor dem Fernseher bequem.

Hatte sich der Kater hinter dem gekippten Fenster tatsächlich eine Träne aus dem Augenwinkel gewischt? Stella schüttelte über sich selbst den Kopf. Übertrug sie etwa ihr eigenes Gefühl des Verlorenseins auf das Tier? Sigmund Freud ließ grüßen. Und überhaupt: *Sie* hatte Ferdinand verlassen. Wenn einer weinen müsste, dann er. Hoffentlich schon recht bald und dann aus Verzweiflung über seine blöde Carina.

Stella hängte ihren Mantel an die Garderobe und zog sich die Gummistiefel aus. Vermutlich fing sie schon an zu verschraten und so komisch zu werden wie ihre Vermieterin im Erdgeschoss. Nur manchmal, wenn Vicky lächelte, blitzte etwas Lebendiges in ihr auf und ließ erahnen, dass sie fröhlich und ausgelassen sein konnte. Vielleicht war sie das ja auch, wenn niemand zusah, zum Beispiel, wenn sie zu den Liedern ihres Idols sang.

Würde Stella bei einer Frauenzeitschrift arbeiten, hätte sie Vicky für jene Seiten rekrutiert, die so vielversprechend »Vorher – Nachher« hießen. Auf denen wäre aus dem hässlichen Entlein ein strahlender Schwan geworden. Aber wer weiß, ob die Besitzerin des Hauses sich darauf eingelassen hätte. Sie wirkte eher so, als mache ihr alles aus der Außenwelt Angst und als fühle sie sich nur in ihren eigenen vier Wänden sicher. Wenn sie rauchend im Garten stand, erweckte sie den Eindruck, als müsse sie mit Rauchwolken der Ernsthaftigkeit gegen die Absurditäten der Welt angehen. Fürwahr keine leichte Aufgabe.

Ganz anders als Carina, die von morgens bis abends fröhlich über die Flure der Agentur tänzelte. Ein Albtraum! Stella hatte bereits bei deren Vorstellungsgespräch ein mieses Gefühl gehabt, sich aber dann von Maximilian überstimmen lassen. »Die kommt bei den Kunden gut an. Die ist der perfekte Türöffner für neue Märkte. Mit ihrem naiven Charme wickelt sie alle um ihre Finger.« Das war ihr in der Tat gelungen. Und zwar nicht nur bei den Kunden, sondern auch bei Stellas Berufsschullehrer für Druck- und Medientechnik.

Um sich abzulenken, öffnete Stella die nächste Umzugskiste. Die war zwar eigentlich erst morgen dran, aber ihr fiel nichts Besseres ein, während sie im Backofen eine Tiefkühllasagne auftauen ließ.

In diesen Karton hatte sie Ordner mit Briefen, Fotoalben und Tagebücher geschichtet, die sie schon seit ihrer Schulzeit mit sich herumschleppte, ohne jemals wieder hineingeschaut zu haben. Sie hätte sie gleich wegwerfen sollen, am besten schon, bevor sie mit Ferdinand zusammenzog. Aber bei ihrem Auszug konnte sie die Ordner auch nicht einfach dortlassen oder in den Papiermüll stecken, denn sie hätten auf keinen Fall in Ferdinands Reichweite landen dürfen. Sie traute ihm zu, dass er ihre weggeworfenen Papiere durchwühlte, und wenn er es nicht tat, dann sicher das Carina-Mäuschen. Der war überhaupt nur Schlechtes zuzutrauen.

Während Stella den Karton durchsah, bedauerte sie zum ersten Mal in ihrem Leben, dass sie nicht schon als Kind Checklisten geführt hatte. Alte Freunde durfte man nicht vergessen. Und doch war es ihr passiert. Ohne Vorwarnung flutschten ihr aus einer Plastikhülle Automatenfotos entgegen. Vierfach grinste ihr eigenes junges Ich neben den unterschiedlichen Gesichtern früherer Freundinnen und Freunde, so nah, dass sie selbst jetzt noch deren Duft wahrzunehmen meinte, dabei wusste sie nicht einmal mehr, wie sie geheißen hatten.

An die Enge des Automaten erinnerte sie sich und daran, dass sie sich vor den vierfachen Klicks mit den Fingern durch die Haare gefahren waren, den grellen Lippenstift nachgezogen und die Augen aufgerissen hatten, sie hatten herumgealbert, und alle Küsse hatten damals nach Pfefferminz geschmeckt. Die der Jungen ebenso wie die der Mädchen. Die Kaugummis wurden vor dem Fotografieren in einer Backentasche gelagert. Damals, als alles für die Ewigkeit angelegt schien und sie sich Freundschaften bis ans Ende aller Tage schworen.

Stella wischte sich mit der Hand übers Gesicht und dachte dabei an den Kater, der fast dieselbe Bewegung vorweggenommen hatte, vorhin, als sich ihre Blicke durchs Fenster kreuzten. Sie hatte draußen im Regen gestanden, er drinnen auf dem Fensterbrett gelegen.

Was für ein Glück, dass sie morgen wieder in die Agentur gehen konnte. Eines war klar: Sie brauchte Menschen um sich, und diese Carina würde sie sich schon vom Hals halten können. Sollte die doch mit Maximilian die Akquise machen und den Kunden ihren Schmollmund präsentieren. Denn darin war sie ja wohl perfekt.

Als Ferdinand in ihr Leben trat, hatte Stella ihre Freunde und auch ihre Vergangenheit so beiseitegelegt, wie man ausgelesene Zeitungen auf den Altpapierstapel packt. Alles sollte neu sein, alles auf Anfang. Alles mit ihm! Ihre gemeinsame Zukunft bestand in Stellas Vorstellung aus lauter weißen Blättern, die sie gemeinsam beleben, beschriften, bezeichnen und entfalten würden. Wie naiv sie gewesen war! Ferdinand hatte sich um keine Zukunft gekümmert, keine dieser imaginären und so verheißungsvollen Seiten mit Plänen gefüllt, sondern stattdessen über Medien und Drucktechnik doziert und ihr ab und zu einen Kuss auf die Stirn gedrückt. Beziehungsarbeit sollte doch eigentlich ein Teamplay sein – aber letztlich war das alles an Stella hängen geblieben. Sie verspürte so was wie Selbstmitleid und schüttelte sich.

Erst viel zu spät hatte sie gemerkt, dass Ferdinand in Wahrheit unflexibel, fantasielos und lächerlich war. Er war das absolute Gegenteil des charismatischen Maximilian, der es wie kein anderer verstand, Menschen zu begeistern.

Kopfschüttelnd las sie zwanzig Jahre alte Briefe und Tagebuchnotizen und staunte über ein fremdes Leben: So vertraut war sie einmal mit all diesen Menschen gewesen! Über die intimsten Dinge hatten sie und ihre Freundinnen sich ausgetauscht, und immer hatte jede von den anderen gewusst, wer gerade in wen verknallt war.

Der größte Schwarm von allen hatte Alex geheißen. Damals hatte er zusammen mit seiner Mutter in einer Wohnung oberhalb der Post gewohnt. Zur Miete, was ungewöhnlich gewesen war in jener Kleinstadt, wo alle ihre eigenen Häuschen nebst Gärtchen bewirtschafteten. Stellas Freundinnen waren sich darin einig gewesen, dass Alex wie ein Filmheld aussah. Später war er zur Polizei gegangen. Die grüne Uniform hatte wie angegossen gesessen und perfekt zu seinen smaragdenen Augen gepasst. Wenn sie sich doch nur erinnern würde, wie er mit Nachnamen hieß, dann könnte sie nach ihm suchen. Aber nirgends fand sie seinen vollen Namen. Na ja, wirklich beeindruckt hatte er sie ja auch nicht. Seine hochnäsige Arroganz und die Selbstverständlichkeit, mit der er auf seinen weiblichen »Hofstaat« herabsah, waren ihr von Anfang an suspekt gewesen. Aber fast alle Mädels aus ihrer Klasse wollten mit ihm gehen – und natürlich ließ er sie alle im Ungewissen, dieser eingebildete Schönling. Auf wen oder was wartete er bloß, auf eine Prinzessin? Einmal, dachte Stella und musste ein wenig über sich selbst lächeln, einmal hatte sie sich nichts so sehr gewünscht wie mindestens drei Pickel in Alex' Gesicht. Ob dieser Traum jemals in Erfüllung gegangen war?

Sie betrachtete die Fotos und die säuberlich und sogar alphabetisch abgehefteten Briefe. Nach der Lektüre konnte sie einigen Gesichtern auf den Automatenfotos Namen zuordnen und schrieb sie mit Bleistift auf die Rückseiten der Abzüge.

Offenbar hatte es einen Jungen gegeben, für den sie durchs Feuer und bis ans Ende der Welt gegangen wäre. Weiter noch als später für Ferdinand. Den einen – nie abgeschickten – Liebesbrief an ihn hatte sie in den Ordner geheftet – schon damals eher pragmatisch als romantisch. Schüchtern und mit sehr gerade gezogenem Scheitel lächelte er ihr nun von einem Foto entgegen, das sie auf die Rückseite des edlen und nur für ihn gekauften und dann niemals verschickten Büttenpapiers geheftet hatte, dabei wusste sie nicht einmal mehr, wie er hieß. In dem Brief hatte sie ihn als »mein Liebster« angeredet, als verböte ihr eine geheime Macht, seinen Namen zu nennen. Abgeheftet hatte sie den Brief allerdings unter »M«. Marco, Martin, Michael? Alle Namen klangen fremd.

Stellas beste Freundin hatte Moni geheißen. Doch die hatte schon mit zwanzig auf dem Oktoberfest in München einen australischen Agraringenieur kennengelernt und war ihm nachgereist. Stella suchte im Internet nach ihr und wurde tatsächlich fündig. Mittlerweile war Moni eine kräftige und rotwangige Farmerin mitten in Queensland und hatte, vermutlich mit ihrem oktoberfestaffinen Jungfarmer, fünf Kinder bekommen, die Stella aus einem Meer lockiger Merinoschafe entgegenstrahlten. Die Website warb für »Farmstays«, und wer keine Schafe hüten wollte, konnte unter Monis Aufsicht auch Schafe scheren, Wolle waschen, spinnen oder färben. Die Hüterin der Farm sah auf dem Bild so glücklich aus, dass es Stella fast wehtat.

Wenn sie eine von ihren damaligen Freundinnen jetzt durch Zauberei zu sich einladen könnte, dann am ehesten Moni – oder kam ihr der Gedanke nur, weil gerade die so weit weg war? Und würden sie sich überhaupt entspannt unterhalten können? Besaß Stella noch die Fähigkeit zur leichten Plauderei? Hatte sie sie jemals besessen?

Stella schnappte sich ihr Smartphone und notierte sich: Small Talk, mindestens zehn Minuten täglich. Sie wusste, dass das für sie eine schwere Übung sein würde, denn mit Ferdinand hatte sie nur über das Wesentliche gesprochen, und da es letztlich nichts Wesentliches mehr zwischen ihnen gab, hatten sie sich friedlich angeschwiegen.

Carina war da um einiges begabter. Sie war ein Naturtalent in Sachen inhaltsleerer Plauderei. Doch mit der wollte Stella auf keinen Fall üben.

»Wie war dein Wochenende?«, begrüßte sie Montagfrüh ihre Assistentin Christine und wunderte sich, als diese zusammenzuckte und besorgt aufsah.

»Gut, bestens. Ist was passiert?«

»Nein, was soll schon sein? Na ja, am Samstag fand ich es etwas zu windig, um spazieren zu gehen.« Breitbeinig stand Stella am Schreibtisch ihrer Mitarbeiterin und überlegte krampfhaft, wie sie das Gespräch in einem lockeren Ton weiterführen könnte.

»Das stimmt.« Christine nickte knapp. »Was steht heute an? Ist übers Wochenende noch was Wichtiges reingekommen?«

Normalerweise hätte Stella nun geantwortet: »Ja, und ich will ein Meeting noch vor der Mittagspause.« Aber von den zehn Minuten Small Talk, die sie sich für heute fest vorgenommen hatte, waren noch nicht einmal sechzig Sekunden vorüber. Hilflos sah sie sich um und bemerkte: »Was für schöne Blumen dort auf der Fensterbank.«

Stellas Assistentin blickte erschrocken hoch. »Geht es dir nicht gut?«

»Doch, wieso?« Stella räusperte sich. »Meine Wohnung ist übrigens jetzt fast komplett eingeräumt. Was soll man auch sonst tun bei dem Wetter?«

»Da hätte ich dir doch helfen können. Mit dem Bus wäre ich in vierzig Minuten da draußen gewesen.«

Da draußen – wie sich das anhörte. Als sei sie nicht nur an die Peripherie der Stadt, sondern direkt ins australische Outback gezogen.

»Wieso mit dem Bus? Ich brauch mit dem Wagen nur fünfzehn Minuten. Hast du denn kein Auto?«

Christine schüttelte den Kopf. »Nicht einmal einen Führerschein.«

Da arbeiteten sie seit vier Jahren zusammen, und Stella wusste nichts von Christine. Und das in einer Agentur, die sich Kommunikation auf die Fahnen geschrieben hatte.

Aber Stella wusste auch, dass ihr ein Besuch von Christine gar nicht so recht gewesen wäre, insbesondere nicht als Hilfe beim Einräumen ihrer privaten Wohnung. Unauffällig sah sie auf die Uhr. Noch nicht einmal zwei Minuten des verordneten netten Gesprächs hatte sie geschafft. Wie machten andere Menschen das bloß?

Mit Schwung öffnete sich ausgerechnet jetzt die Tür, und eine strahlend junge Carina rief, noch bevor sie die Tür wieder hinter sich geschlossen hatte: »Meine Süßen, da bin ich! Alles klar bei euch? Auf zu neuen Taten!«

Die versammelte Mannschaft nickte und lächelte sie so an, als freute sie sich tatsächlich über ihren Anblick. Nur Stella blieb stocksteif stehen.

»Leute, ich hatte so ein tolles Wochenende. Kein Wunder bei dem Kuschelwetter. Oh, war das gemütlich!« Carina seufzte aus tiefster Seele und warf ihren nassen Regenmantel in so hohem Bogen über die Flurgarderobe, dass das Parkett mit Wassertropfen übersät war. »Das

Leben ist so schön!« Erst dann bemerkte sie Stella und wandte sich verlegen ab.

»Wischst du bitte gleich den Fußboden trocken?« Christine rief die Praktikantin zur Ordnung, und Stella ahnte, dass sie ihr damit einen Gefallen tun wollte. Doch es war schon zu spät.

Ferdinand und sein Mäuschen hatten bei dem Regen gekuschelt! Vermutlich auf dem Ledersofa, das sie zur Hälfte bezahlt hatte. Sechshundert Euro von ihrem Konto steckten darin, ohne dass Ferdinand und sie je darauf gekuschelt hätten.

»Punkt zehn Meeting im Konfi«, ordnete sie mit strenger Stimme an. »Zum Status quo des Möbelkatalogs, zum Umgang mit dem neuen Kunden und zur Besprechung sämtlicher Werbespots aus der Pipeline.« Dann schloss sie resolut ihre Bürotür hinter sich.

Diese Agentur war kein Ort für Small Talk – auch wenn Außenstehende das so sehen mochten. Und überhaupt, dafür war Maximilian zuständig. Es reichte ja wohl, dass sie den Rest machte, Ideen umsetzte und Drehbücher schrieb. Wo blieb ihr Geschäftspartner überhaupt? Vielleicht sollte sie ihn darum bitten, ihr leichte und unverbindliche Plaudertöne beizubringen. Sie schüttelte über sich selbst den Kopf. So weit käme es noch!

Das Meeting dauerte eine gefühlte Ewigkeit. Die Praktikantin tischte den Konferenzteilnehmern Kaffee, Saft und Kekse auf, und immer, wenn Carina den Konferenzraum betrat, schienen alle aufzuatmen. Sogar Maximilian. Als ginge mit ihr die Sonne auf! Dabei lieferte diese strahlende Saftschubse doch nur was für den Magen.

Genauso hatte auch Ferdinand gestrahlt und es genossen, als er Carina hier zum ersten Mal begegnet war. Das war direkt nach der jährlichen Agentur-Weihnachtsfeier gewesen, und hätte Stella nicht ein bisschen zu viel Glühwein getrunken, wäre das alles nicht geschehen. So aber hatte sie daheim angerufen, anstatt sich ein Taxi zu bestellen: »Kannst du mich abholen? Nicht, dass ich noch meinen Führerschein verliere.«

»Mach ich, kein Problem. Ich fahre sofort los.«

Schon eine halbe Stunde später hatte er neben der Praktikantin auf dem Besuchersofa im Foyer gesessen, plaudernd und lachend und wilde Geschichten aus seinem Lehreralltag mit schon fast erwachsenen Schülern erzählend, sodass man meinen könnte, er habe schwuppdiwupp einen durchweg gut gelaunten, weltoffenen, selbstbewussten und charmanten Zwillingsbruder aus dem Ärmel gezaubert. Dabei zeigte er der Kleinen, die ihn voller Naivität anzubeten schien, nur jene Seiten, die er vor Stella sehr sorgsam verborgen hatte.

So hatte das Ende begonnen, von Ferdinand hochtrabend als »Ich brauch einfach mal mehr Lebendigkeit in meinem Leben« betitelt. Als hätte sie ihm sein Lebendigsein untersagt. Ob er sich nun ständig albern und glücklich und redegewandt gab? Immer und überall? Wie anstrengend!

2. Kapitel

Wie fast immer kam Stella auch heute spät nach Hause und merkte, dass sie zugleich müde und überdreht war. Da würde ein abendlicher Spaziergang nicht schaden. Wozu war sie schließlich an den Stadtrand gezogen? Und stand nicht auch »viel frische Luft« auf einer ihrer vielen To-do-Listen?

In den vergangenen vier Wochen hatte sie jeden Abend eine kleine Runde gedreht. Zwar hatte sie sich immer dazu aufraffen müssen, aber dafür ein neues Ritual für sich entdeckt. Einfach nur langsam gehen. Dabei sprang kein Auftrag raus, keine neue Idee wurde geboren, kein wesentlicher Punkt abgehakt. Sie ging und schwang in unbeobachteten Momenten beide Arme um sich und fühlte sich wohl. Sie spürte sich. Wenigstens einmal am Tag.

Am Fenster des Hauses mit der Nummer eins hockte wie immer der Kater, von dem sie nun wusste, dass er Boris hieß. Unverwandt blickte er sie allabendlich an, fast so, als erwarte er mit wachsender Unerbittlichkeit ihren Rapport, und tatsächlich ließ sie in seiner Gegenwart den Arbeitstag Revue passieren. Verständnisvoll und mit milderem Blick als zuvor wischte er sich dann mit der Pfote über das rechte Auge.

Das Fell um seine Augenpartie war wie mit einem weißen Lidstrich gezeichnet, und unterhalb seines rosafarbenen Näschens vibrierten weiße Bartstoppeln. Sie lächelte und wunderte sich, dass ihr in seiner Gegenwart immer wieder auch schöne Momente einfielen – die hätte sie ohne diese abendlichen Gänge und ohne den Blick des vierbeinigen Pelzbündels ganz vergessen.

Sie unterhielten sich per Gedankenübertragung. Da konnte niemand mithören oder sich gar einmischen.

Boris nickte, als würde er alles verstehen.

Der Hund war groß, hatte einen langen und spitzen Kopf und sah aus, als würde er jeden Tag gekämmt. Und die Frau, die mit ihm an der Bushaltestelle wartete, blickte fast zärtlich auf ihr Haustier hinab. Der Junge kannte diesen Blick. Er hatte ihn nur schon lange nicht mehr gesehen. Seine Mutter hatte ihn auch so angeschaut, doch sein Vater hatte keine Zeit dafür.

Schüchtern trat der kleine Junge ganz dicht an beide heran. Der Hund roch gut. Nach frischem Shampoo und nach leckeren Äpfeln. Die Frau bemerkte das Kind und lächelte. »Willst du ihn mal streicheln?«

Er nickte.

»Er heißt Bruno«, fuhr die Frau fort, und der Junge fuhr fast andächtig über das kurze Rückenfell und die langen Haare an Ohren und Beinen des Tiers. Brunos Schnauze war so braun, als habe er sie in Schokolade getunkt.

Der Bus kam, die Türen öffneten sich automatisch, und Frau und Hund stiegen ein. Bruno drehte sich dabei fragend nach dem Jungen um, und so stieg er auch in den Bus.

Die Frau sah den Knirps an und fragte besorgt: »Bist du etwa ganz allein unterwegs?«

Der kleine Junge nickte. Die Frau fand, dass er ein wenig verloren wirkte, die Fingernägel waren zu lang, die Haare zerzaust, und seine zusammengewürfelte Kleidung machte den Eindruck, als hätte er sie willkürlich aus einer mit Pullovern und Hosen vollgestopften Schublade geholt. Aber sie war sich nicht ganz sicher, ob nicht genau das die neue Mode für Kinder war. Da gab es ja fast jeden Tag einen neuen Trend. Sollte jedoch tatsächlich das der letzte Modeschrei sein, so zeugte er eindeutig von Geschmacklosigkeit. Gut, dass Hunde nicht wie Kinder auf eigene Modetrends bestanden.

Sie beschloss, sich nicht einzumischen, und ließ es zu, dass der vom Hundefriseur kommende Afghane von den schmutzigen Händen des unfrisierten Kindes gestreichelt wurde.

Die Mitfahrenden hatten nur kurz aufgesehen und sich dann wieder auf ihre Smartphones, Zeitungen oder Fingernägel konzentriert. Manche blickten auch einfach aus dem Fenster. Je weiter die Stadt hinter ihnen zurückblieb, umso mehr Sitze wurden frei. Immer mehr Leute stiegen aus und immer weniger ein.

Frau und Hund setzten sich in eine Reihe, der Junge drückte sich auf der Bank hinter den beiden ans Fenster. Er hatte nicht gewusst, dass die Erde sich so weit ausdehnte. Auf einmal knurrte sein Magen, dann noch einmal, und zwar so laut, dass die Leute den Afghanen vorwurfsvoll ansahen und sich einig waren: so ein unerzogener Hund. Im Bus knurrte man nicht! Der kleine Junge verschränkte die Arme um sich und verkroch sich in sich selbst. Zu gern hätte er das Geräusch in seinem Bauch abgestellt.

Dann hielt der Bus erneut. Entsetzt stellte der Junge auf dem Fensterplatz fest, dass Frau und Hund verschwunden waren. Er musste kurz eingeschlafen sein, dabei hatte er schon fest eingeplant, bei den beiden zu bleiben. Fürs Erste jedenfalls. Dann hätten Tante Tina, Onkel Michael und vor allem der Papa wieder ein bisschen Zeit für sich. Denn das sagten sie ja dauernd: »Ich brauche auch mal Zeit für mich.«

Wenn das Kind eines in seinem Leben gelernt hatte, dann das: Die Erwachsenen brauchten immer Zeit für sich, hatten immer sehr, sehr viel zu tun und aßen unregelmäßig. Im Gegensatz zu Menschen bekamen Tiere regelmäßig etwas zu essen. Der Magen des kleinen Jungen knurrte nun wie ein hungriger Wolf, und jetzt war kein Tier mehr im Bus, das man für das Geräusch hätte verantwortlich machen können.

Denn der Bus war nun so gut wie leer.

»Endstation!«, rief der Fahrer. »Alles aussteigen, bitte.«

Der kleine Junge stieg brav aus. Er hatte beizeiten gelernt, keine Fragen zu stellen und den Erwachsenen nicht zu widersprechen. Damit nahm man denen nur Zeit weg. Und überhaupt: Wer tat, was die Leute wollten, blieb unsichtbar. Und nur die Unsichtbaren waren auf der sicheren Seite.

Der kleine Junge staunte über diesen Teil der Welt: keine Hochhäuser mit Balkonen und gläsernen Aufzügen an den Seiten, stattdessen Hecken und Vorgärten und Zäune aus Holzlatten, an deren Spitzen Blumentöpfe mit bunten Blüten hingen.

Er zog die schmuddelige Jacke, die ihm etwas zu groß war, enger um sich und stapfte los. Vielleicht hatte er ja Glück. Vielleicht traf er ein Tier und mit dem Tier einen Menschen, der gut zu ihm war.

Und tatsächlich: Hinter einem der Fenster hockte eine dicke grauweiße Katze und sah ihm freundlich entgegen. Zumindest kam es ihm so vor. Jetzt wischte sie sich übers Auge. Weinte sie etwa? Der Junge hatte einen Kloß im Hals. Da saß eine Katze, und die durfte weinen. Beneidenswert. Wenn er mal weinte, wurde er sofort von Onkel Michael ermahnt: »Reiß dich zusammen. Männer heulen nicht.« Sein Vater weinte auch nicht – oder nur, wenn er dachte, niemand würde ihn sehen. Dafür sagte er aber sehr oft: »Es ist zum Heulen!«

Fast hätte der Junge mit der Katze geweint, denn sein Magen tat inzwischen richtig weh. Nun wurde es auch noch kalt.

Er hätte bei dem Hund bleiben sollen. Bruno hatte nach Apfelshampoo gerochen und zugelassen, dass man seine Hände in seinem Fell wärmte. Sicher wäre es auch gut gewesen, neben Bruno einzuschlafen. So warm, so weich und so flauschig! Und gut bewacht wäre er dann obendrein.

Die Katze dort drinnen fror bestimmt nicht.

Sie saß auf einem Kissen, das vermutlich von unten von der Heizung erwärmt wurde. Zu gern hätte er sich neben sie gesetzt. Kaum dachte er das, schon hatte er nicht nur kalte Hände, sondern auch kalte Füße und trat von einem Bein auf das andere.

Ohne dass er es gemerkt hatte, stand mit einem Mal eine Frau am Zaun und blickte auf ihn und auf die Katze. Er trat wie beiläufig neben sie.

»Das ist Boris«, sagte sie, und wenn der Junge nicht so erschöpft gewesen wäre, hätte er sich bestimmt darüber gewundert, dass ihm gleich zweimal an einem Tag der Name eines Tieres mitgeteilt wurde, ohne dass jemand ihn nach seinem Namen fragte.

»Ich besuche ihn manchmal«, fuhr die Frau fort. Dann winkte sie dem Kater zu. »Ich glaube, das mag er.«

Der Junge blickte zu der Frau hoch und nickte.

Gemeinsam und mit einer Konzentration, als bewunderten sie zu zweit die Auslagen einer ungewöhnlich dekorierten Vitrine, sahen sie zu dem gekippten Fenster. Die Frau schwieg, und der kleine Junge ahnte, dass sie sich wortlos mit dem Tier unterhielt und dabei ganz ruhig wurde. Also überlegte er sich auch ein Gespräch. Ich habe Hunger, schickte er seine Botschaft in Boris' Richtung. Kriege ich bei dir was zu essen?

Die Katze seufzte demonstrativ und nickte. Sie schien alles zu verstehen.

In genau diesem Augenblick ging die Haustür auf: »Was machen Sie da?« Ein alter Mann hob fragend die Augenbrauen.

»Wir bewundern Ihre Katze«, behauptete die Frau freundlich und bemerkte gar nicht, wie sich der Junge durch die löchrige Hecke zwängte und ins Haus rannte.

»Rufen Sie sofort Ihr Kind zurück«, sagte der Mann streng und schnaufte. »Ein Benehmen ist das heutzutage!« Er drehte sich um und schlurfte kopfschüttelnd ins Haus zurück.

Stella folgte ihm, sie hätte nicht sagen können, warum. Aber dann staunte sie ebenso wie der Hausbesitzer, denn das Kind kniete auf der Sitzfläche eines Stuhles am Tisch und schob mithilfe seiner Finger den Inhalt einer gefüllten Schüssel in sich hinein. Ohne Löffel, ohne Gabel und ganz offensichtlich, ohne sich vorher die Hände gewaschen zu haben.

»Was sind denn das für Manieren?«, fragte Stella vorwurfsvoll. »Hör sofort damit auf!«

Der Knirps blickte mit großen Augen zu ihr hoch. Sie las darin eine Not, die viel zu groß war für einen noch so kleinen Menschen.

»Bist du hungrig?« Der Katzenbesitzer klang jetzt um einiges freundlicher. Das Kind nickte, griff erneut in den Napf und schob sich die Fuhre an den Mund. In seinen Mundwinkeln bildeten sich helle Cluster von Stampfkartoffeln.

»Mein Gott!« Stella schluckte.

»Das ist eigentlich Boris' Teller«, stellte der Katzenbesitzer klar und schob sich mit dem Zeigefinger die Brille zurecht. »Boris ist mein Kater. Wissen Sie, wir essen immer gemeinsam.«

Stella war entsetzt. »Finger weg!«, rief sie. »Das ist Katzenfutter!«

»Moment, das ist alles frisch gekocht«, entgegnete der Nachbar ein wenig beleidigt. »Wir beide essen immer das Gleiche. Allerdings würze ich für Boris nicht. Salz und Pfeffer verträgt er nicht.«

»Ich verstehe nicht …«, begann Stella, aber er ließ sie nicht ausreden.

»Nehmen Sie jetzt Ihren Jungen, und bringen Sie ihm Tischmanieren bei. Ich habe wirklich keine Zeit für ungebetene Gäste. Und es ist ja auch schon spät. Boris und ich speisen immer zu festen Zeiten – und der Junge hat ihm nun alles weggegessen!« Damit schob er beide rigoros vor die Tür.

Das ist wieder mal typisch, dachte Stella. Je älter die Leute, umso weniger Zeit. Sie betrachtete den kleinen Jungen. Den musste sie nun also auch noch nach Hause bringen oder seine Eltern herbestellen. Als hätte sie nichts anderes zu tun. »Wie heißt du eigentlich? Und wo wohnst du?«

»Knopf«, flüsterte er leise.

»Knopf, wie der Knopf an der Jacke?«

Er nickte.

»Und dein Vorname?«

»Knopf.«

»Und wo wohnst du?«

Er hob die Schultern so hoch, dass sie fast seine abstehenden Ohren berührten.

»Na, dann komm erst mal mit zu mir. Da bekommst du etwas anderes zu essen als Katzenfutter. Und danach schauen wir weiter.« Sie zog ihren Mantel enger um sich. »Außerdem wird es kalt, wenn wir hier noch lange rumstehen.« Auffordernd hielt sie ihm die Hand hin. Zögernd griff er danach. Seine Finger waren kühl, feucht und noch ein wenig klebrig vom Kartoffelbrei.

Der Kleine schlang die Ravioli in sich hinein. »Du musst auch kauen«, ermahnte Stella ihn und erinnerte sich an ihre eigene Kindheit. Jetzt klang sie tatsächlich ein wenig wie ihre Mutter. Der Junge nickte mit tomatenverschmiertem Mund, den er sich zwischendurch am Ärmel seiner hellgrünen Jacke abwischte.

Stella betrachtete den kleinen Unglücksraben und versprach: »Wenn du satt bist, bringe ich dich nach Hause. Jetzt musst du mir nur noch sagen, wo du wohnst und wie du heißt. Knopf ist ja wohl nicht dein richtiger Name.« Sie warf einen Blick auf die Uhr. »Es ist schon nach acht. Da müsstest du längst im Bett liegen. Wie alt bist du eigentlich?«

Der Junge hob die Hand und streckte vier Finger in die Luft. »Vier Jahre?«, hakte Stella nach, und der Kleine nickte.

»Aber du musst doch auch einen Nachnamen haben?« Sie sah ihn lange an und wartete. »Ich zum Beispiel heiße Stella, Stella mit Vornamen und Siebert mit Nachnamen.«

»Knopf«, flüsterte er. »Mama sagt Knopf.«

Na, wenigstens etwas. »Deine Mama sucht dich bestimmt schon ganz verzweifelt«, meinte Stella.

Der Junge schüttelte den Kopf und brachte zum ersten Mal seit ihrer Begegnung einen ganzen Satz hervor. »Sie weiß doch, wo ich bin.«

»Wie denn? Hast du ihr gesagt, wo du hinfährst?«

»Ist nicht nötig.«

»Was heißt das?«

»Sie ist im Himmel.«

Stella schluckte. »Deine Mama ist im Himmel? Sie lebt also nicht mehr auf der Erde?« Ob man so mit einem Kind reden durfte? Und begriff der Junge überhaupt, was sie von ihm wollte? Oder log er sie womöglich an?

Der Kleine war zumindest kein typisches Werbekind, wie sie sie von den Aufnahmen für die Werbespots kannte. Die kamen alle frisch und sauber daher, gut aussehend und geschniegelt. Neulich hatte sie ein Expertengespräch dieser jungen Darsteller belauscht.

»Jetzt muss ich noch fünfmal diese blöde Schokolade essen und glücklich gucken, und dann kauft Mama uns einen Porsche«, hatte der eine Junge gesagt. »Nur für sich und mich. Der Papa hat ja schon einen Maserati. Und wenn ich mich gut benehme und weiter gebucht werde, kriege ich auch noch ein Pferd. Ein lebendiges.«

»Ich will nur einen Pool im Garten mit eigener Wasserrutsche«, hatte ein kleines Mädchen erwidert. Das klang dagegen fast schon bescheiden.

Die Mamas dieser Werbestars waren Managerinnen

und Chauffeusen ihrer Knirpse, und die Papas verwalteten die Gagen ihrer Kleinen – oder umgekehrt.

Der kleine Knopf vor ihr nickte sehr ernst. »Ja, Mama ist tot.«

»Schon lange?«

Er schluckte und schwieg.

»Und dein Papa?«

Er hob die Schultern. »Ich weiß nicht.«

»Wo wohnst du denn? Ich meine, bei wem wohnst du? Und wann hast du zuletzt gegessen?«

Irritiert sah er sie an und wies auf den Teller mit der Tomatensoße. »Jetzt!«

»Ich meine davor? Frühstück, mit Milch und Toast und so.«

»Gestern?«

»Und wer hat da für dich gekocht?« Stella fragte sich, ob der Junge fantasierte. Es konnte doch nicht sein, dass hier mitten in Deutschland ein Kind so vor sich hin hungerte. Wozu gab es denn den Sozialstaat?

»Tante Tina.«

Stella lehnte sich an die Spüle und betrachtete ihren Gast. So kamen sie keinen Schritt weiter.

In Gedanken legte sie eine neue Checkliste an. Es half nichts, sie würde das Kind über Nacht bei sich behalten müssen und alle Polizeidienststellen und Krankenhäuser abtelefonieren. Gab es eigentlich Waisenhäuser in dieser Stadt? Wenn, dann würde sie dort natürlich auch nachhaken. So ein Kind konnte doch nicht einfach verschwinden. Vielleicht war es ja auch vergessen worden – an Autobahnraststätten wurden immer wieder Kinder, Hunde, Ehefrauen und Schwiegermütter vergessen.

»Aha, und wo wohnt Tante Tina?«, fragte sie nach.

»Nebenan.«

»Nebenan von wem?«

»Von mir und Papa.«

»Und Tante Tina macht euch jetzt den Haushalt und sorgt für dich?«

Er schüttelte den Kopf. »Nein, die hat ja den Onkel Michael. Auf mich passt sie nur auf.« Das waren tatsächlich zwei ganze Sätze.

Stella überlegte. »Weißt du was? Wäre es okay, wenn ich heute Nacht auf dich aufpasse? Hier, in dieser Wohnung? Dann bringe ich dich morgen zu deinem Papa.«

Knopf nickte. Besonders gesprächig war er nicht. Die aufgestylten Werbekids plapperten ohne Unterlass und hörten nie zu. Hundertmal musste man denen erzählen, wie sie von rechts nach links laufen, wann sie strahlen und lachen sollten, und immer wieder ließen sie sich ablenken oder meinten sogar, alles besser zu wissen. Knopf war ganz anders. Er hörte aufmerksam zu.

»Möchtest du vielleicht in die Badewanne?«

Ein Nicken.

»Wunderbar, dann lasse ich Wasser ein und hole dir ein Handtuch.«

Der Junge griff nach seinem Glas und versuchte so etwas wie ein Lächeln. Sie hatte den Eindruck, als hole er es aus den Tiefen der Zeit.

Stella deutete auf das Sofa in ihrem Wohnzimmer.

Knopf folgte ihrer Hand mit aufmerksamen Blicken. »Du kannst auf meinem Sofa schlafen«, erklärte sie. »Wenn du da runterfällst, ist auf dem Boden der weiche Teppich.« Sie maß den Zweisitzer mit einem prüfenden Blick. Für einen Vierjährigen war er auf jeden Fall groß und lang genug.

Komisch, dass Knopf nichts sagte, nicht einmal Danke.

»Ach ja, und dann mach ich noch ein Foto von dir, wenn du nachher wieder angezogen bist. Darf ich? Bestimmt finden wir mit diesem Bild deinen Papa. Und wenn er dann hier anruft, soll er mir ein Foto von dir schicken, und ich vergleiche es mit meinem. Und wenn du dann morgen früh wach wirst, holt er dich ab, oder ich bringe dich nach Hause.«

Wieder dieses ernsthafte Nicken. Aber seine Mimik war wenigstens ehrlich.

Die Werbekids hatten eintrainierte und abrufbare Masken des Glücks, der Freude und der Dankbarkeit. Sah man für den Bruchteil einer Sekunde zu lange hin, spürte man die gekünstelte Attitüde. Denn in Wirklichkeit waren sie ja auch nicht total begeistert von der Zahnpasta, der Seife oder dem Shampoo, für das sie gerade zu strahlen hatten. Sie erzählten eine Lüge, und sie wussten es.

Was ging ihr nur wieder alles durch den Kopf? Egal. Sie würde den Knirps fotografieren, und morgen war er hoffentlich wieder dort, wo er hingehörte, und alles würde wieder seine Ordnung haben.

Selten hatte Stella Siebert sich so getäuscht.

Tina Gynnewick packte ihren Koffer. Sie hatte eine Entscheidung getroffen, und allein dieser Schritt verlieh ihr Stärke und Zuversicht. Sie würde ausbrechen aus dieser Ehe und dieser Enge. Aus diesem Leben. Das konnte doch nicht alles sein. Wenn Michael und der kleine Vincent in einer Stunde von ihrem Spaziergang zurückkämen, wäre sie verschwunden und konnte endlich das tun, wonach ihr war. Obwohl – so ganz stimmte es nicht, denn sie floh nicht in die Freiheit, sondern zu ihrer Mutter.

In einem Gemisch aus Wut und Selbstmitleid stopfte sie Hosen, Röcke, Pullover, Unterwäsche, Strümpfe und Schuhe in den Rollkoffer. Immer musste sie sich um alles kümmern, um das Kind einer anderen, um die Wäsche anderer Leute und um den Haushalt. Und dann kam Michael nach Hause und wusste, noch bevor er die Tür hinter sich geschlossen hatte, alles besser. Nichts war ihm recht. Immer gab es etwas zu meckern. Sollte er doch mal sehen, wie und ob er allein zurechtkam. So oft hatte sie ihm schon gesagt, dass es einen Riesenunterschied machte, ob man nur über etwas redete oder es auch tat. Allein vom Reden darüber war weder das Essen gekocht noch die Wohnung geputzt. Sollte er sich doch mal um den Kleinen kümmern! Sie seufzte. Ihr wuchs einfach alles über den Kopf. Sie brauchte eine Auszeit.

Anfangs hatte es geheißen, sie solle nur für ein paar Wochen tagsüber auf den kleinen Vincent aufpassen, bis der Vater ihn nach der Arbeit abholte. Aber aus den paar Wochen waren nun schon Monate geworden.

Sobald sie mit Michael darüber sprechen wollte, sagte

er: »Es ist doch alles gar nicht so schlimm. Was regst du dich so auf? Bodo will doch schon bald mit dem Kleinen diese große Autotour durch Deutschland machen. Und danach fängt er im Kindergarten an. Dann hast du wieder frei.«

Der Kleine war seit dem Tod der Mutter immer stiller und verschlossener geworden. Tina beispielsweise hätte nicht mehr sagen können, wann der Junge zuletzt gelacht hatte. Er lächelte nicht einmal, wenn sie ihn vor den Fernseher setzte und die lustigsten Sendungen für ihn heraussuchte. Und wenn ihr Mann bei *Tom und Jerry* so laut lachte, dass das ganze Haus bebte, verzog der Kleine nur seine Mundwinkel.

Sie hatte sich daran gewöhnen müssen, dass der Junge nicht auf seinen Namen Vincent hörte, sondern nur auf Knopf. Bodo hatte ihr gleich am Anfang erklärt, dass er und Betty ihn eigentlich nur mit seinem Kosenamen angesprochen hatten. Das Einzige, was den Kleinen zu interessieren schien, waren Puzzlespiele und Wissenssendungen für Kinder. Da schaute er interessiert zu und schien sich alles zu merken. Ein vierjähriges Kind! Das wusste doch noch gar nicht, was sich hinter all diesen Wörtern verbarg: Batterie, Reagenzglas, Pipette… Aber der Junge fragte auch nicht. Als traue er Tina keine Erklärungen zu. Und möglicherweise hatte er damit sogar ein bisschen recht. Am besten sollte Bodo mal mit ihm zu einem Psychologen gehen. Der war schließlich der Vater!

Großspurig hatte Michael ihrem Nachbarn versprochen, auf den Jungen aufzupassen. Dabei drehte er selbst gerade mal am späteren Nachmittag eine Runde mit dem Kleinen, nicht ohne Tina vorher einen Vortrag darüber zu halten, dass der Vierjährige an die frische Luft müsse. Klar, das wusste sie auch, aber sie musste sich schließlich um ihren Bügelservice kümmern. Sonst blieben die Kunden weg. Gott sei Dank hatte ihre Nachbarin Stefanie von gegenüber schon in den vergangenen Wochen einen Großteil der Bügelwäsche übernommen. Tina rief sie an und erzählte ihr nun, dass sie für längere Zeit verreisen würde. Ihre Kunden wussten ohnehin schon Bescheid, dass sie die Wäsche momentan im Haus gegenüber abgeben mussten. Zum Glück war Stefanie einverstanden. Sie war schon in Rente und freute sich über ein bisschen Zuverdienst.

Ein Blick auf die Uhr. Oh, sie musste sich beeilen. Gleich würden Michael und der Junge kommen, und wenn sie dann mit ihrem Koffer in der Tür stünde …

Nach dem Bad sah der Knirps schon viel sauberer aus. Stella hatte ihm beim Haarewaschen geholfen. Dann hatte sie ihm ein ihr zu eng gewordenes T-Shirt und eine kurze Sporthose als Schlafanzug herausgesucht.

Als sie ihm das Sofa bezogen hatte und er unter die Bettdecke gekrochen war, setzte sie sich zu ihm und probierte es mit einer neuen Strategie. »Hast du eine Telefonnummer von Tina oder von deinem Vater? Kennst du sie auswendig?«

Er schüttelte den Kopf. Natürlich, wie sollte sich ein Vierjähriger auch eine Telefonnummer merken, geschweige denn eine dieser ewig langen Handynummern.

Stella suchte seinen Blick. »Knopf ist dein Kosename, und Kosenamen sagt man zu Menschen, die man sehr mag. Deine Mutter hat dich sehr lieb gehabt.«

Knopf nickte heftig.

»Ich werde versuchen, deinen Vater und Tante Tina ausfindig zu machen, ja?« Sie strich ihm übers Haar. »Heute Nacht bleibst du erst einmal hier. Und morgen sehen wir weiter.«

Nicht einmal zehn Minuten später war er eingeschlafen. Selbst im Schlaf strahlte er eine Ernsthaftigkeit und Unnahbarkeit aus, die sie in Erstaunen versetzte. Er war so anders als all die Kinder, die sie kannte.

Stella setzte sich an den Küchentisch und klappte ihr Notebook auf. Auf der Website der zuständigen Polizeibehörde waren fast dreißig Personen abgebildet, die in den letzten drei Monaten verschwunden waren. Der Junge war nicht dabei. Womöglich hatte ihn noch niemand als vermisst gemeldet.

Sie betrachtete das Foto auf ihrem Smartphone. So ernst guckte der Kleine in die Kamera. Nach kurzem Nachdenken rief sie bei der nächsten Polizeidienststelle an. Sollten die ihr doch helfen.

Es war genau 20.37 Uhr, als das Telefon klingelte. Günther gähnte. »Kannst du rangehen?«, bat er seinen Kollegen.

»Klar«, meinte Alexander und hob den Hörer ab. »Polizeihauptmeister Groll«, meldete er sich und lauschte einige Augenblicke. Dann verzog er sein Gesicht zu einer Grimasse und gab Günther ein Zeichen. Der grinste und lehnte sich amüsiert zurück. Polizeihauptmeister Groll würde wieder einmal eine Sondervorstellung liefern. Polizeikabarett vom Feinsten.

»Sie wollen sich nach einem vermissten Kind erkundigen?«, hakte Alex nach. »Nicht bei uns. Wir verwalten die Vermissten, aber wir nehmen sie nicht auf. So viel Arrestzellen haben wir gar nicht. Ich kann Sie aber gerne weiterverbinden.«

Alex legte die Füße auf den Tisch.

»Ach was, Ihnen ist eins zugelaufen? Was es nicht alles gibt. Da haben die schon alle ein eigenes Handy, von einem eigenen Kopf ganz zu schweigen, und trotzdem gehen sie uns verloren. Ich sag ja, auf die Technik ist auch kein Verlass. Junge oder Mädchen?«

Alex konnte sich beim Zuhören das Lachen kaum verkneifen.

»Aha, und wie heißt er? Wie, das wissen Sie nicht? Ganz schön schlau, seinen Namen nicht zu sagen. Wer weiß, was der auf dem Kerbholz hat. Nein, nach einem vierjährigen Jungen wird gerade nicht gesucht. Sorry.«

Wichtigtuerisch klapperte er auf seiner Computertastatur herum und behauptete dann: »Weder gestern noch heute. Ich hab eben noch mal alle Meldungen durchgeguckt.«

Er schwieg kurz.

»Natürlich können Sie mir ein Foto von ihm schicken«, sagte er dann. »Haben Sie was zum Schreiben? Ach, Sie haben schon unsere Website geöffnet? Ja, dann schicken Sie es mir doch an genau diese Mailadresse. Ach ja, und dann brauche ich auch noch Ihren Namen und Ihre

Anschrift. Schließlich soll das Fundstück bei Ihnen abgeholt werden.«

Ganz plötzlich nahm er die Füße vom Tisch und wurde ernst: »Bitte, sagen Sie Ihren Namen noch einmal. Stella Siebert? Ich kannte mal eine Stella Siebert, damals als ich noch in Ringstadt wohnte. Meine Güte, das ist schon ewig her.«

Wieder hielt er kurz inne. Günther hörte gespannt zu.

»Was, Sie kommen auch aus Ringstadt? Etwa aus der Dorotheenstraße? Dann kennen wir uns. Stimmt, wir wohnten damals über der Post. Meine Mutter und ich. Stella, der Wahnsinn! Ich glaub's nicht! Sag mal, mailst du mir gleich mal das Foto von dem Jungen? Am besten, ich komme dann selbst bei dir vorbei. Wo wohnst du?«

Während Alex seine Sachen zusammenpackte, schüttelte Günther lächelnd den Kopf. Die Nachtschichten mit Alex waren wirklich nie langweilig.

Stella legte auf und trat ans Fenster. Auch das noch. Hoffentlich fuhr Alex nicht mit Blaulicht vor, aber klingeln würde er bestimmt mit einem Nachdruck, als stünde ein Polizeieinsatz plus Sonderkommando bevor. So zumindest hatte er sich am Telefon angehört: nach einem Unmaß an Lärm und Übereifer, damit auch jeder mitbekam, dass der Freund und Helfer sich kümmerte. Der Junge würde aufwachen und sich wahrscheinlich erschrecken angesichts eines Polizisten in Uniform.

Stella beugte sich über ihr Sofa, zog die Decke bis zur Schulter des Kleinen und schloss leise die Wohnzimmertür. Dann schlüpfte sie in ihren Mantel. Sie wollte draußen auf Alex warten. Vorsorglich hatte sie die Vorhänge zugezogen. So würde zumindest das Blaulicht nicht durchs Wohnzimmerfenster hineinscheinen. Vielleicht war er ja so rücksichtsvoll und fuhr ohne Martinshorn vor. Es erstaunte sie, dass sie an so viele Dinge dachte, nur weil da oben ein Kind auf ihrem Sofa lag. Wozu eigentlich? Spätestens morgen war der Junge doch sowieso wieder weg.

Ob Alex immer noch eine Uniform trug?, fragte sich Stella auf dem Weg nach unten. Inzwischen war bei der Polizei die Farbe Blau angesagt. Wenn er so eitel geblieben war, wie sie ihn als jungen Mann erlebt hatte, trug er vermutlich passend dazu blaue Kontaktlinsen. Und ob er wenigstens jetzt mal einen Pickel im Gesicht hatte?

Im Vorgarten stand Vicky und rauchte. Sie besaß zwar eine eigene Terrasse, die nach hinten hinausging, aber sie rauchte immer an der Straße, als müsse sie den Garten und ihre Zimmer vor Tabakqualm schützen. Stella sah sie fast jeden Abend, wenn sie abends von ihrem stummen Zwiegespräch mit dem Kater Boris heimkehrte.

Vicky zog eine Zigarettenschachtel aus ihrer Tasche und hielt sie Stella hin. »Auch eine? Habe ich dich auf den Geschmack gebracht?«

»Nein, danke. Ich brauche nur noch etwas frische Luft.« Stella drehte sich zur Seite und trat in den Windschatten ihrer Vermieterin.

So standen sie schweigend nebeneinander, als Alex in einem Streifenwagen, Gott sei Dank ohne Blinklicht und

Martinshorn, um die Ecke bog und direkt vor dem Gartentor hielt.

»Oje, hast du was verbrochen?« Vicky hob die Schultern und zog erschrocken den Kopf ein, als sei sie eine Schildkröte. »Die Polizei will ich nicht im Haus haben. Nur dass du das weißt!« Ihre Stimme klang ganz klein vor Angst.

Stella legte ihr eine Hand auf die Schulter. »Es hat nichts zu bedeuten. Wir kennen uns von früher. Und jetzt schaut er nur mal kurz vorbei, um über alte Zeiten zu plaudern.«

»Mit einem Polizeiwagen? Der ist doch dann im Dienst?« Vicky blieb skeptisch.

Selbstbewusst öffnete Alex das Gartentor. Der immer noch sehr attraktive Mann mit seiner strahlend blauen Uniform baute sich vor ihnen auf.

»Na, wo ist das Findelkind?«

Es war ein schrecklicher Tag gewesen. Alles, was schiefgehen konnte, war schiefgegangen. Als hätten sie sich abgesprochen, hatten sich alle Kunden bei ihm beschwert, keiner war zufrieden gewesen, jeder war, bis oben angefüllt mit Beanstandungen und Reklamationen, auf ihn zugeschossen. Dann war er heimgekommen, und Tina hatte ihm auch noch das Kind aufs Auge gedrückt. »Ich brauch mal zwanzig Minuten Zeit für mich.« Dabei sagte der Kleine doch sowieso nichts. Wenn man wollte, konnte man ihn einfach übersehen, was ihm auch schon des Öfteren passiert war.

Michael hätte wohl nicht Fachverkäufer für Weißwaren

werden sollen. Vor morgens bis abends über Kühltruhen, Herde, Waschmaschinen und Trockner zu reden war wenig anregend. Schmuckverkäufer – das wäre vielleicht etwas für ihn gewesen. So ein Ring oder eine Kette waren klein und handlich und konnten in einer Handtasche davongetragen werden. Eine Waschmaschine nicht.

Als Juwelier würde er sich in einer Umgebung aus Gold, Silber und Diamanten aufhalten und wäre nicht acht Stunden täglich eingeklemmt zwischen Emaille und Edelstahl.

Und dann wollte jeder Kunde wie ein König behandelt werden. Man musste ihm mit einer Ehrfurcht und Hochachtung entgegengehen, als wäre er der Kaiser von China. Das Geschäft des Verkaufens war eine einzige Lüge. Einer seiner Kollegen beispielsweise begrüßte jede Kundin, selbst die Neunzigjährigen, die auf ihrem Rollator gestützt ins Geschäft schlurften: »Na, junge Frau, was kann ich für Sie tun?« Und die lächelten dann geschmeichelt. Nichts als Theater!

Kunden waren keine Könige – an manchen Tagen waren sie nichts als widerliche Nervensägen. Dagegen war der stille kleine Junge ein angenehmer Zeitgenosse, auch wenn sein Schweigen, wie Tina behauptete, etwas Beklemmendes an sich hatte. Wenn sie zusammen spazieren gingen, zeigte der Kleine keinen Widerstand, aber auch keine Freude. Er war wie ein bleicher Schatten. Und nur so hatte es kommen können, dass der kleine Schatten mit einem Mal verschwunden war. »Gehen wir noch zum Spielplatz?«, hatte Michael vorgeschlagen und auf die kleine Gestalt an seiner Seite geblickt – aber da war niemand mehr. Dabei waren sie doch erst seit ein paar Minuten unterwegs.

Michael seufzte. Vermutlich war der Knirps heimgelaufen zu Tina. Den Weg müsste er ja kennen. Schließlich wohnte sein Papa direkt nebenan und holte ihn jeden Abend ab, um ihn allmorgendlich wieder in Tinas Obhut zu geben. Hoffentlich hatte dieses Hin und Her bald ein Ende.

Also war Michael bis zur nächsten Grünanlage spaziert, hatte sich auf eine Parkbank gesetzt und in aller Ruhe mindestens fünf Zigaretten geraucht. Langsam bekam der Tag wieder einen Sinn und eine Form.

Als es anfing, dunkel zu werden, war er heimgekehrt und hatte sich auf der Treppe überlegt, mit welchen Worten er den Jungen ermahnen könnte. »Wenn man schon weggeht, dann sagt man wenigstens, wohin man geht, und verabschiedet sich.« Keine Ahnung, ob der Junge das verstanden hätte, aber ihm hätte es ein Gefühl der Befriedigung verliehen, wenigstens diese Weisheit von sich gegeben zu haben.

Doch als Michael Gynnewick an diesem Abend die Tür zu seiner Wohnung öffnete, war da niemand, den er maßregeln konnte. Weder Tina noch das Kind.

Die Wohnung war leer und ungewöhnlich still. Auf dem Küchentisch standen, statt wie üblich um diese Zeit, Teller und Gläser, nur eine leere Blumenvase und die Schiefertafel, auf der Tina gewöhnlich festhielt, was im Haushalt fehlte: Briefmarken, Eier, Schnürsenkel – einmal hatte sie hinzugefügt: »Glück«, aber er hatte es mit einem feuchten Lappen weggewischt und so getan, als gäbe es dieses Wort nicht.

Jetzt hatte sie mit Kreide auf dem schwarzen Schiefer notiert: »Bin mal weg!« Was für eine Information! Michael schüttelte den Kopf. Wo wollte die denn schon hin? Ohne Geld? Und einer musste doch die ganzen Hemden bügeln!

Das gemeinsame Schlafzimmer wirkte anders als sonst. Über den Stühlen hingen keine Kleider wie an anderen Tagen, und auch der Schrank war ungewöhnlich übersichtlich, aber so gefüllt wie immer. Kam seine Frau mit so wenigen Klamotten aus, oder hatte sie alles mitgenommen? Vielleicht auch das Kind?

Nein, sicher war Bodo ausnahmsweise mal früher als normal heimgekommen und hatte den Jungen schon zu sich geholt. Das war ja wieder mal typisch! Michael ärgerte sich. Niemand hatte es für nötig gehalten, ihn zu benachrichtigen. Das wäre wenigstens mal ein informativer Satz auf der Schiefertafel gewesen!

Das Wohnzimmer, in dem sonst immer ein Bügelbrett stand, schien ohne dieses Monstrum eigenartig verwaist. Erst in diesem Augenblick wurde ihm klar, dass Tina tatsächlich weg war, vielleicht sogar für drei oder vier Tage. Michael schlurfte zum Kühlschrank und nahm sich ein Bier heraus. Er seufzte. Endlich hatte er mal seine Ruhe. Auch nicht schlecht.

3. Kapitel

»Was für ein Kind?« Vickys Stimme klang gleichermaßen heiser wie empört. Sie hustete Alex eine Rauchwolke ins Gesicht und verlor sich dabei im Grün seiner Augen. »In diesem Haus lebt kein Kind.« Jetzt klang sie nicht mehr ganz so grimmig.

Alex suchte Stellas Blick. »Ist das deine Freundin? Bist du inzwischen lesbisch geworden?«

Was für unverschämte Fragen. Fiel der immer so mit der Tür ins Haus? Stella verzog den Mund zu einem verächtlichen Lächeln: »Darf ich vorstellen? Das ist Vicky. Ihr gehört dieses Haus. Ich bin ihre Mieterin und wohne im ersten Stock.«

Für den Bruchteil einer Sekunde kniff Alex seine grünen Augen zusammen. Wäre er der Star eines Werbespots gewesen, hätte sie darauf bestanden, dass genau diese Szene erneut gedreht würde. In seinem Blick lag nicht nur Erstaunen, sondern auch ein winziger Funke Berechnung.

Erleichtert atmete er auf. »Da bin ich aber froh.«

Dabei ließ er offen, ob ihn die Begegnung mit einer leibhaftigen Hausbesitzerin beruhigte oder die Erkenntnis, dass Stella nicht zum sogenannten anderen Ufer übergelaufen war.

Stella trat einen Schritt zurück und betrachtete ihn von oben bis unten. Noch immer sah er verdammt gut aus mit seinen angegrauten Schläfen und einem Teint, als käme er direkt aus dem Skiurlaub oder von der Sonnenbank. Er wäre der ideale Werbeträger für ein Partnerschaftsportal. Die rauchende Vicky an ihrer Seite schien das Gleiche zu denken. Ihr sehnsuchtsvolles Seufzen kam aus tiefster Seele.

Selbstbewusst und ganz auf Sieg getrimmt stand der Polizeihauptmeister vor ihnen. Bestimmt war ihm noch nie eine Frau begegnet, an der sein Charme wirkungslos abprallte.

Stella sah Vicky an und wusste: Auch die würde Alex nicht von ihrer Bettkante stoßen, falls er überhaupt plante, sich bis dahin vorzuarbeiten. Dabei hätte er ein klares Nein eigentlich mal bitter nötig gehabt.

Sie wandte sich an ihre Vermieterin und erklärte: »Mir ist ein kleiner Junge zugelaufen. Er stand plötzlich neben mir, konnte mir aber nicht sagen, wie er heißt und wo er wohnt. Daher habe ich den Vorfall bei der Polizei gemeldet. Was hätte ich sonst machen sollen?«

Alex nickte stolz. »Und beim Telefonieren gerät sie dann ausgerechnet an mich. Wahnsinn, oder? Stella Siebert, wie lange haben wir uns nicht mehr gesehen?«

Sie hob die Schultern. »Zwölf, fünfzehn Jahre?«

Unvermittelt griff er mit einer hektischen Bewegung in seine Hosentasche, und sie dachte: O nein, hoffentlich zückt er jetzt keinen Revolver, das ist ja nun wirklich nicht nötig. Aber es war eine Taschenlampe, die er nun einschaltete, um damit seine Gegenüber von oben bis unten zu beleuchten. Erst sie und dann auch Vicky, die sich instinktiv unter dem Licht duckte, den eigentlichen Erleuchter jedoch nicht aus den Augen ließ. Am liebsten hätte Stella ihm auf der Stelle eine geknallt. War das etwa Bestandteil seiner Aufreißmasche? Wie primitiv!

»Gib mal her!« Rigoros nahm sie Alex die Lampe aus der Hand. Jetzt war er es, der im vollen Licht stand. »Etwas rundlicher bist du geworden«, verkündete Stella nicht ohne Schadenfreude. »Aber sonst hast du dich ganz gut gehalten. Ich könnte ein paar Aufnahmen vor dem Bluescreen mit dir machen lassen, um dich später in andere Settings einzuspielen.«

»Bist du etwa beim Film?«

Stella schüttelte den Kopf. »Ich schreib nur Drehbücher für Werbespots – und gelegentlich montiere ich die auch am Bildschirm zusammen. Aber lass dich anschauen.«

Sie umrundete ihn mit gespieltem Interesse. Er plusterte sich auf, und Vicky zog andachtsvoll an ihrer Zigarette.

»Gar nicht so schlecht«, urteilte Stella. »Ringstadt, weißt du noch? Meine Güte, das halbe Städtchen war in dich verknallt. Jede wollte dich haben. Und, hast du dich entschieden, hast du eine von uns geheiratet?«

»Ich hab noch nicht die Richtige gefunden«, behauptete Alex und lächelte Vicky an, als sei ausgerechnet sie eine Kandidatin, die für ihn in Betracht käme.

»Rauchen Sie?«, fragte diese mit heiserer Stimme, in der nun statt Empörung ein ziemliches Maß an Verführung mitschwang, und bot ihm eine Zigarette an.

Er schüttelte den Kopf. »Bin froh, dass ich mir das Rauchen endlich abgewöhnt habe. Es waren zwei schreckliche Wochen, aber nun ist es überstanden.«

»Ich will's mir auch abgewöhnen«, gestand Vicky. Stella hatte das Gefühl, dass es diesmal sogar klappen könnte. Männer wirkten manchmal Wunder.

»Ich könnte Ihnen da ein paar Tipps geben und Sie gegebenenfalls dabei unterstützen«, bot Alex an.

Vicky blühte sichtbar auf. »Wahrscheinlich ist der kleine Junge ein Freund von den Nachbarskindern«, schlug sie errötend vor und schob die ungeöffnete Zigarettenschachtel zurück in ihre Manteltasche. »Die haben ja dauernd Besuch.«

»Das habe ich mir auch kurz gedacht.« Stella nickte. »Aber das kann eigentlich nicht sein. Er kennt sich doch hier überhaupt nicht aus. Und wenn es wirklich so wäre, dann hätte er bestimmt wieder zu denen zurückgewollt.«

»Wie sieht er denn aus?« Vicky zeigte sich unerwartet interessiert.

Unter den wohlwollenden Blicken des Polizeihauptmeisters griff Stella zu ihrem Smartphone und zeigte Vicky das Porträt, das sie vor etwa einer Stunde von dem Kind gemacht hatte. Dann wischte sie zum zweiten Bild, das etwa eine halbe Stunde später entstanden war. »So sieht er aus, wenn er schläft«, erklärte sie.

Mit ganz ungewohntem Interesse beugte Vicky sich

über Stellas Smartphone. Dann stellte sie mit Kennermiene fest: »Der müsste mal wieder zum Friseur. Aber ansonsten sieht er nett aus. Abstehende Ohren sind doch total niedlich bei kleinen Jungs, oder?«

»Bei großen etwa nicht?« Alex Groll flirtete wirklich auf Teufel komm raus, und prompt nahm Vicky seine Ohren in Augenschein.

»Ach, wenn Jungs schlafen, sind sie immer süß«, behauptete sie dann mit einem wissenden Blick. Offensichtlich war sie nicht nur mit der Größe seiner Ohren einverstanden, sondern wollte ihn tatsächlich auf sich aufmerksam machen. Allein seine Gegenwart verlieh grauen Mäuschen Glanz. Ein Naturtalent, dieser Alex!

Stella überlegte, welche Produkte sich allein durch seine Präsenz aufwerten ließen. Pizzen, Katzenklos, Schuhcreme – vermutlich wirkten sogar Mülltonnen an seiner Seite sexy.

Auch Alex sah kurz auf das Foto. »Total süß«, sagte er. Dann gab er Stella das Smartphone zurück und blickte Vicky tief in die Augen.

Stella staunte. Garantiert hatten weder Vicky noch Alex in ihrem Leben mehr als eine Stunde mit Kindern gespielt, gaben sich aber nun als absolute Experten mit dem Erfahrungsschatz mitfühlender Erzieherinnen und Erzieher. Es war nicht zu fassen.

»Der Kleine war halb verhungert, als ich ihn traf«, berichtete Stella. »Fast hätte er dem fetten Kater aus der Eins das Abendbrot weggegessen. Wenn der Junge tatsächlich irgendwo hier in der Stadt lebt, dann ist das ein

Fall von Kindeswohlgefährdung. Er sollte da weggeholt werden, und zwar ziemlich schnell. Kümmert ihr euch darum, Alex?«

Er hob die Schultern.

Als hätte Vicky nur auf dieses Stichwort gewartet, legte sie los: »Wir können uns doch um ihn kümmern. Und dieser Herr Wachtmeister hier kommt jeden Tag vorbei und bringt das männliche Element in unsere kleine Familie.«

Stella kniff die Augen zusammen und fixierte Vicky ungläubig. So weit würde die gehen, nur um diesen eitlen Alex öfter sehen zu können? Unfassbar. Der ging es doch gar nicht um das Kind.

»Na, so einfach geht das aber auch nicht«, erwiderte Alex. »Über solche Pflegschaften entscheiden Behörden, Ämter und Sozialarbeiter.« Er zögerte. »Was einerseits gut ist, aber in diesem ganz speziellen Fall eher suboptimal.«

Wieder bedachte er die errötende Vicky mit einem gewinnenden Lächeln. Stella war klar, dass er in ihr an erster Stelle eine vermögende Hausbesitzerin sah und dass gerade dieses Attribut sie begehrenswert machte.

Verschwörerisch fuhr er fort: »Ich könnte natürlich diesen Einsatz einfach für mich behalten. Möglicherweise gibt es dann zwar Stress, weil ich zu lange unterwegs war, ohne ein handfestes Protokoll darüber abzuliefern, aber wenn ich mich entschuldige und gestehe, dass ich eine alte Freundin getroffen habe, geht das schon irgendwie, und der Kleine kann erst mal hierbleiben.«

»Hör mal, ich habe dich angerufen, damit du seine Eltern findest«, meinte Stella wütend. »Und zwar die richtigen Eltern, zumindest den echten Vater. Nicht diese Tante Tina, die ihm offensichtlich nicht einmal genug zu essen gibt.«

Alex hob die Augenbrauen und stellte fest: »Ach, da haben wir ja doch einen Namen.«

»Außerdem muss ich in mein Büro«, behauptete Stella schnell. Was dachte der sich eigentlich? Dass sie den ganzen Tag nichts anderes zu tun hatte, als sich um ein Findelkind zu kümmern?

Natürlich konnte sie im Homeoffice arbeiten, und tatsächlich hätte sie die jetzt anstehenden Werbeclips viel besser zu Hause erledigen können, aber da war es – bis auf Roland Kaisers Stimme aus dem Erdgeschoss – immer so still. Obwohl … jetzt vielleicht nicht mehr.

»Okay, eine Woche könnte ich ausnahmsweise mal alles von zu Hause aus erledigen«, wandte sie sich kompromissbereit an Alex. »Aber versprich mir, dass du bis dahin die Erziehungsberechtigten findest. Die richtigen. Einen Vater hat er noch. Seine Mutter ist vermutlich tot.«

»Interessant. Nach und nach gibt sie also doch ihr Herrschaftswissen preis«, bemerkte Alex, der ein bisschen zu nah an Vicky herangetreten war, was die jedoch nicht zu stören schien. Es gab eine Art natürlichen Körperabstand zwischen Menschen, registrierte Stella und wunderte sich darüber, dass Alex ihn nicht einhielt, noch mehr aber darüber, dass Vicky das aushielt. Sie an ihrer Stelle wäre schon längst zur Seite gesprungen.

»Wieso stehen wir eigentlich noch hier draußen rum? Lasst uns in meine Wohnung gehen«, schlug Stella vor.

»In der Küche können wir alles Weitere besprechen. Im Wohnzimmer schläft das Kind. Kommst du mit?« Sie suchte Vickys Blick. Die strahlte und nickte.

Augenblicke später schwappte Vickys Empörung durchs Treppenhaus. »Er hat einen Vater, und der sucht ihn nicht? Unfassbar! Was ist denn das für eine Familie?«

»Bestimmt sucht er ihn. Aber noch nicht polizeilich«, beruhigte Alex sie. »Das kommt leider öfter vor. Die Leute versuchen, alles selbst zu lösen, anstatt auf uns zurückzukommen. Dabei sind wir doch genau für solche Fälle da. Wir sorgen nicht nur für Ordnung, sondern auch für Sicherheit und dafür, dass nichts verschwindet.« Es klang wie aus einem Werbefilm der Polizeischule.

Stella entwarf in Gedanken schon einen Spot – nein, das wäre zu dick aufgetragen. Sie wandte sich um und legte sich den Zeigefinger an die Lippen. »Er schläft. Bitte leise.«

Jetzt hatte die doch tatsächlich die Polizei geholt. Fassungslos stand Karl-Anton Wederbusch hinter seinem Fenster und blickte zu dem Haus mit der Nummer fünf hinüber. Ella und Hans, die einst dort gelebt hatten, das waren nette Nachbarn gewesen, aber nun, da deren Enkelin das Anwesen geerbt hatte, war alles anders. Und dazu noch diese Fremde. Karl-Anton fand, dass Vicky gut allein dort hätte wohnen bleiben können. So riesig war das Haus nun auch nicht. Schließlich lebte er nach Idas Tod auch allein in seinem Haus. Okay, mit Boris. Aber die jungen Menschen wollten ja aus allem Geld machen. Deshalb hatte Vicky den ersten Stock umbauen lassen und an eine wildfremde Frau vermietet. Das konnte ja nicht gut gehen. Vermutlich stand sie deshalb ständig rauchend im Garten, sie qualmte sozusagen vor Wut.

Wenn Karl-Anton in diesem Moment für etwas Verständnis aufbrachte, dann dafür. Auch in ihm kochte und brodelte es. Er war viel zu freundlich zu Vickys Mieterin gewesen, er hätte das Kind gleich vor die Tür setzen sollen. Aber Boris hatte sich so über den Besuch gefreut – auch wenn der Kleine sofort und ungefragt dessen Abendessen vertilgt hatte. Boris strich nun mal jedem um die Beine. Er war von Haus aus gutmütig und kannte kein Misstrauen. Schon deshalb musste Karl-Anton ihn schützen. Vor allem vor dem Kind. Wer wusste schon, was der Kleine ihm sonst noch alles antun konnte.

Warum hatte diese Mieterin wohl die Polizei geholt? Wollten sie ihm etwa den Kater wegnehmen? Wegen falscher Tierhaltung, und weil er Boris an schönen Tagen an der Leine führte? Heutzutage gab es ja für alles Vorschriften. Sicherlich war auch irgendwo geregelt, ob und wie ein Kater seine Mahlzeiten zu sich zu nehmen hatte. Ob er beispielsweise mit am Tisch sitzen durfte oder nicht. Vermutlich eher Letzteres. Denn sonst stünde da drüben in der Einfahrt ja kein Polizeiwagen. Gleichzeitig fragte er sich, ob er – falls er ins Gefängnis käme – mit Boris zusammen in eine Zelle durfte.

Vorauseilend suchte er in den Gelben Seiten seines Telefonbuches schon mal nach einem Anwalt. Wer mochte für Köche zuständig sein, die für ihre Katzen kochten? Lief das unter Arbeitsrecht, Wirtschaftsrecht, Wettbewerbsrecht, Familienrecht, Urheberrecht, Verkehrsrecht, Erbrecht, Zivilrecht …? Er hatte keine Ahnung und entschied sich für Familienrecht. Schließlich war Boris ein wichtiger Teil seiner Familie.

Als er zehn Minuten später erneut ans Fenster trat und auf die Straße blickte, stand der Polizeiwagen zwar noch in der Einfahrt des übernächsten Hauses, aber die drei Personen waren aus dem Garten verschwunden. Er hätte nicht sagen können, warum ihn das erleichterte. Allein die Vorstellung, dass Vickys Mieterin mit dem Gesetz in Konflikt geraten und eine Kriminelle sein könnte, beruhigte ihn. Wozu hatte die eigentlich hier in der Straße eine Wohnung? Die war doch nie zu Hause, und wenn, dann nur, um abends um die Häuser zu schleichen und seinen Kater zu betrachten.

Karl-Anton schüttelte sich. Dann folgte er Boris nach oben ins Badezimmer. Sein Vater war Klempnermeister gewesen und hatte das Haus Anfang der Fünfzigerjahre errichtet. Dabei hatte er das Bad als sanitärtechnisches Vorführobjekt angelegt. Es verfügte, zu jener Zeit der Inbegriff von Luxus, über eine Wanne, ein Waschbecken, fließend warmes Wasser und einen Gasboiler. Die Flamme sprang mit einem Klicken an und tauchte den von oben bis unten weiß gekachelten Raum in ein kaltes blaues Licht, was ihn kühl und futuristisch erscheinen ließ. Die züngelnde Flamme versprach heißes Wasser. Und oberhalb der Kloschüssel ließ sich ein Fenster zum Hof öffnen.

Bedauerlicherweise hatten Karl-Anton und seine

Geschwister das Badezimmer nur eingeschränkt nutzen dürfen, da der Vater und Klempnermeister alle potenziellen Kunden dort hineinführte und den Raum mit Fensterblick auf einen Kastanienbaum voller Besitzerstolz zur Besichtigung freigab. Zu gern wäre Karl-Anton mit dem gleichen Stolz vorgeführt worden wie das Badezimmer. Aber durch ihn verliefen nun mal keine Heißwasserleitungen, und in seiner inneren Mechanik verbargen sich keine Druckausgleichsventile.

Nur am Wochenende, wenn definitiv kein Kunde zu erwarten war, hatte die Familie die Badewanne nutzen dürfen. Und anschließend hatte man den Raum wieder auf Hochglanz gebracht – für die nächsten Kunden, die am Montag auftauchen würden.

Mittlerweile schien der einst so moderne Raum wie aus der Zeit gefallen. Karl-Anton hatte Boris' Katzenklo dort hineingestellt und sich ein Regal für Zeitungen und Zeitschriften zugelegt. Er genoss es mit klammheimlicher Freude, es hier ganz normal aussehen zu lassen. Sobald Boris sein Geschäftchen verscharrt hatte und die Klumpstreu durch die Gegend flog, hatte Karl-Anton das befriedigende Gefühl, gemeinsam mit seinem Kater über eine Distanz von fast siebzig Jahren hinweg den tobenden Vater ausgetrickst zu haben.

Seine Frau Ida und sein Sohn hatten das Badezimmer wie einen ganz normalen Raum behandelt. Für sie war es weder ein Heiligtum noch ein Vorzeigeobjekt gewesen, das mit Respekt und Unmengen von Putzmitteln behandelt werden musste. Lediglich der Enkel bezeichnete den einstigen Showroom despektierlich als »Nasszelle« – was für Karl-Anton ein bisschen nach Gummizelle klang – und dann sahen sie sich an und lachten und stellten sich vor, was Karl-Antons Vater wohl dazu gesagt hätte. Im Dreieck wäre er gesprungen.

Wenn seine Schwester ihn besuchte – was glücklicherweise sehr selten vorkam –, wagte sie sich immer noch nicht ohne Scheu in das Meisterwerk der väterlichen Klempnerkunst, zeigte sich dann aber entsetzt über dessen jetzigen Zustand. »Wann hast du zuletzt die Fliesen abgewaschen?«, erkundigte sie sich. »Und du hast ja immer noch das Katzenklo da drinnen stehen! Nicht zu fassen.«

»Ja, wo denn sonst?«, pflegte Karl-Anton zu erwidern und fügte hinzu: »Häuser sind zum Wohnen da – nicht zum Vorzeigen!«

Sein jüngerer Bruder Alfred hingegen hätte das Badezimmer am liebsten sofort herausgerissen und umgebaut und im Anschluss daran auch noch das Haus drum herum, wenn er gedurft hätte. Aber Karl-Anton hatte das Haus seinerzeit geerbt und die beiden Geschwister ausgezahlt. Insofern hatte Alfred in dieser Hinsicht nichts mitzureden.

Karl-Anton liebte es, dem Kater bei seiner Katzenwäsche zuzuschauen. Niemals hätte Ida Wederbusch es zugelassen, dass ein vierbeiniges Wesen zu ihnen zog. Schon das zweibeinige eigene Kind machte ihr zu viel Unordnung. Ida war an einem Pfingstsonntag vor vier Jahren für immer von ihm gegangen, und es gab Tage, da war er sich nicht mehr so sicher, ob er sie bedenkenlos gegen

Boris zurücktauschen würde. Was für ein Glück, dass ihm niemand einen solchen Deal antrug.

Jetzt war sie da oben im Himmel und wartete hoffentlich mit liebevoller Nachsicht auf ihn und seinen Freund. Karl-Anton zählte ganz fest darauf, dass dann auch der Kater Boris in ihrem Herzen einen Platz bekäme.

»Ich kann das Kind doch auch zu mir nehmen. Ich habe ja Zeit!«, schlug Vicky vor.

Stella verspürte bei diesen Worten einen kleinen Stich, und zwar an genau der Stelle, wo ihr Herz saß. Ohne nachzudenken, flüsterte sie: »Nein!«

»Aber wieso nicht?«

»Weil…« Sie zögerte. Sollte sie sagen: Weil du keine Ahnung von Kindern hast und von Menschen erst recht nicht? Sie selbst hatte ja auch keine Ahnung. »Er hat gerade erst Vertrauen zu mir gefasst«, erklärte sie schließlich. »Da kann ich ihn nicht einfach weitergeben. Wer weiß, welche Narben das in seiner Seele hinterlässt – zusätzlich zu denen, die schon da sind.«

Sie hörte sich an wie eine Kinderpsychologin, aber ihre Worte schienen zu wirken. Zumindest nickten Vicky und Alex beeindruckt, wenn nicht gar betroffen.

»Wie gesagt, die Dinge, die ganz oben auf meiner Agenda stehen, könnte ich erst mal von daheim aus regeln. Hier ist es sowieso ruhiger als in der Agentur.«

»Aber der Kleine wird dich von deiner Arbeit ablenken«, gab Vicky zu bedenken. Ihre Stimme hatte etwas Bettelndes.

Stella spürte, dass sie sich ausgerechnet darauf besonders freute. »Mag sein, aber das schaffe ich schon.«

»Dann ist ja alles bestens, und ich kann wieder an meinen Schreibtisch zurück.«

Alex erweckte den Eindruck, als hätte er mit seinem beherzten Einsatz den Untergang des Abendlandes verhindert.

»Unsere Strategie ist nun folgende«, fuhr er fort und duzte in plötzlicher Vertraulichkeit gleich beide Frauen: »Ich halte meinen Mund und recherchiere, und ihr haltet zwischenzeitlich das Kind unter Verschluss.«

»So machen wir das«, bestätigte Vicky mit roten Wangen.

Und Stella dachte: So mache *ich* das, wenn überhaupt etwas gemacht wird!

Alex sah auf seine Armbanduhr: »Morgen habe ich wieder Spätschicht – so wie heute. Aber ich könnte vorher hier vorbeikommen. Gegen vierzehn Uhr. Was meint ihr? Dann wissen wir vielleicht schon mehr.«

»Alles klar, Herr Kommissar.« Vicky strahlte ihn an. »Dann koche ich uns einen leckeren Kaffee.«

»Und ich bringe süße Teilchen mit.« Alex zwinkerte ihr zu. Er ließ wirklich keinen Anmachtrick aus.

»Besser, du bringst dem Jungen was zum Anziehen mit«, unterbrach Stella den Flirt.

»Woher denn? Und wieso ich?«

»Ich kann das einkaufen. Bitte, du musst mir nur die Größen sagen. So was mache ich gern.« Vicky ließ ihre Augen nicht von Alex.

»Und wer zahlt das?« Stella sah Alex fragend an. »Habt ihr für so was einen Topf?«

Er hob die Schultern. »Ich werde sehen, was sich machen lässt.«

Stella war sich ganz sicher, dass Carina, kaum war ihr morgendliches mit falscher Freundlichkeit geführtes Gespräch beendet, durch die Räume der Agentur tänzelte und jubelnd verkündete: »Entwarnung: Die Checkliste checkt heute von zu Hause aus!« Zuvor aber hatte sie, hinterhältig, wie sie nun mal war, am Telefon die Besorgte und Rücksichtsvolle gespielt und wissen wollen: »Geht es dir nicht gut? Können wir irgendwas für dich tun?« Diese falsche Schlange. Die hatte schon viel zu viel getan.

Am liebsten hätte Stella gesagt: Gib mir Ferdinand und mein halbes Ledersofa zurück. Was natürlich albern war, denn sie konnte derzeit weder das eine noch das andere gebrauchen.

Sie schlich sich ins Wohnzimmer und sah nach dem Jungen. Der kleine Knopf schlief. Selbst im Schlaf wirkte er erschöpft und abgekämpft. Sie zog erneut die Decke bis zu seinen Schultern hoch und bedachte ihn mit einem langen Blick. Sie würde ihn schützen. Wer sonst, wenn nicht sie?

Und schon setzte sie sich an den Küchentisch, klappte das Notebook auf und begann zu arbeiten.

Noch gestern Abend hatte sie mit Vicky im Internet nach den Konfektionsgrößen für Vierjährige geschaut. »110 – wie der Polizeiruf.« Vickys Augen hatten diese

Bemerkung mit einem Leuchten unterlegt. »Ich gehe dann für euch einkaufen, und wenn Alex morgen zum Kaffee kommt, wird der Kleine aussehen wie ein Prinz.«

»Aber kauf ihm bitte nicht so ein Zeug mit Comicfiguren und Totenköpfen drauf.«

»Keine Sorge, ich kaufe ihm einfach bunte und fröhliche Kleidung.«

Hinter sich hörte Stella nun ein leises Tapsen und drehte sich um. Der Junge, der sich Knopf nannte, stand vor ihr und sah sie müde an. Dann kletterte er auf einen der Küchenstühle. Stella streifte seine eiskalten Füße. Neue Schuhe brauchte der Junge auch. Seine alten Turnschuhe sahen so aus, als wären sie öfter nass geworden.

Während er gedankenverloren den süßen Kakao schlürfte, den Stella ihm gekocht hatte, und einen Toast mit Butter nach dem anderen aß, legte sie ein Lineal an seine Fußsohle und schickte die Daten per SMS an die Einkäuferin ihres Vertrauens.

Kurz vor elf kam Vicky mit gefüllten Plastiktaschen von ihrem Einkauf zurück.

»Der Wahnsinn!«, rief sie in gespielter Überraschung. »Der ist in Wirklichkeit ja noch viel süßer als auf dem Foto. Obwohl – noch hübscher wäre er mit kürzerem Haar.«

Knopf ließ sich weder bezirzen noch ermahnen. Sehr ernsthaft und mit großen Augen betrachtete er die Besucherin, die den dicken weißen Teppich ihrer Mieterin mit Kinderkleidung bedeckte: »Alles secondhand, aber beste Qualität. Es hat so Spaß gemacht.« Vicky hob eine

Latzhose hoch und suchte Stellas Blick. »Wie findest du das?«

»Es muss Knopf gefallen.«

Das Kind stand zwischen all den Sachen und biss sich ratlos auf die Lippen.

Enttäuscht wandte Vicky sich ab. »Er könnte doch zumindest Danke sagen.«

4. Kapitel

»Familienstand?«

»Ich bin Witwer.«

»Tatsächlich? Wieso rufen Sie dann bei mir an? Als Fachanwältin für Familienrecht bin ich für Scheidungen und Sorgerecht und notfalls auch für Erbangelegenheiten und Schenkungen zuständig. Oder wollen Sie sich nun auch noch von Ihrer aktuellen Gattin trennen? Darüber könnte man sprechen.«

Karl-Anton schluckte. Die Frau hatte eine Art zu sprechen, als würde sie mit jedem Atemzug nach ihm schnappen. Wie ein Haifisch oder eine ins Riesenhafte mutierte Spitzmaus. Falls sie zur letzteren Gattung zählte, könnte er sie Boris vor die Pfoten werfen, aber der würde sich vermutlich seine Zähne daran ausbeißen. Ebenso wie er selbst.

»Nein«, gestand Karl-Anton kleinlaut. »Ich habe nicht noch mal geheiratet. Ich will, dass Sie etwas gegen meine Angst unternehmen. Ich habe Angst, dass mir mein Kater weggenommen wird oder dass jemand ihn entführt.«

Fast körperlich spürbar breitete sich am anderen Ende

der Leitung ein großes und unverständliches Schweigen aus.

»Haben Sie was getrunken?«, fragte die Frau schließlich. »Haben Sie Kopfschmerzen? Ist es so ein Kater? Oder soll Ihr Anruf eine Variante von ›Verstehen Sie Spaß?‹ sein? Nur damit Sie es wissen, ich bin kein Spaßvogel!«

»Nein, ich bin ganz nüchtern.« Wieso rechtfertigte er sich vor dieser Frau? »Aber gestern war schon die Polizei in dieser Straße.«

Die Schnappatmung der Anwältin wurde um einiges aggressiver. »Jetzt sagen Sie mir bitte, was das alles mit mir zu tun hat und was Sie von mir wollen. Wieso hat man Sie überhaupt zu mir durchgestellt?«

»Ich will nun mal nicht, dass man ihn mir wegnimmt.« Karl-Anton staunte über das Weinerliche in seiner Stimme. Was war bloß los mit ihm?

Es folgten ein tiefer Seufzer und eine Erklärung, die Karl-Anton noch mehr verwirrte: »Das wird man nicht. Eine Katze ist zwar keine Sache mehr, sondern nach neuester Rechtsprechung ein Mitgeschöpf. Dennoch gelten für Tiere die gleichen Vorschriften wie für Sachen. Und da brauchen Sie keinen Anwalt. Es sei denn, Sie quälen das Tier. Aber selbst für solche Fälle ist der Tierschutz zuständig und nicht die Polizei. Und wissen Sie was: Genug ist genug. Ich lege jetzt auf.« Die Leitung war tot.

Doch in seinem Kopf hämmerten ihre Worte weiter und schlugen überall kleine Nägelchen ein. Er legte sich ein nasses Tuch auf die Stirn und ließ sich auf das Sofa fallen. Boris saß am Fenster, drehte den Kopf und gab ein klagendes »Miau« von sich. Nachdem er sich nacheinander mit beiden Pfoten über den Kopf gestrichen hatte, reckte er sich, sprang auf den Boden und spazierte gemächlich zum Sofa. Dort kuschelte er sich in die Kniekehlen seines Kochs und Meisters und begann zu schnurren.

»Du musst dir keine Sorgen machen«, murmelte Karl-Anton in seine Richtung. »Es reicht, wenn ich mich um die Angelegenheit kümmere.« Und dann schlief er ein. Er war seit einigen Tagen so entsetzlich müde.

Boris wischte sich mit der Pfote über den Kopf, und man hätte meinen können, er verdrücke trotz seines Schnurrens eine Träne.

Stella fragte sich, ob sie für die vermutlich unausweichliche Katastrophe, die ihnen in wenigen Augenblicken widerfahren würde, verantwortlich zu machen sei. Der Junge, den sie mittlerweile Knopf nennen durfte, hatte seine heiße Faust in ihre rechte Hand gedrückt und hielt den Blick auf die Stufen gesenkt, während sie langsam nach unten gingen. Im Verlauf des ganzen Vormittags hatte er so gut wie nichts gesagt und ihre Fragen lediglich mit einem Nicken oder Kopfschütteln beantwortet. Dabei waren vierjährige Kinder doch bekanntermaßen die größten Plappermäuler vor dem Herrn und quälten die Erwachsenen mit ständigen Warum-Fragen. Wer oder was hatte ihn derart verstummen lassen?

Ganz still hatte Knopf am Vormittag in Stellas Wohnzimmer auf dem Teppich gesessen und das 30-teilige Puzzle gelegt, das Vicky ihm von ihrer Shoppingtour mitgebracht hatte. Es zeigte einen bunten Papagei mit aufgerissenem Schnabel. Als der kleine Junge sein Werk vollendet hatte, war er schweigend davor sitzen geblieben. Jedes andere Kind hätte freudestrahlend »Fertig!« gerufen und eine Belohnung erwartet. Knopf betrachtete das Puzzle und nahm es dann wie in Zeitlupe wieder auseinander.

Während er spielte, hatte Stella online alle Vermisstenfälle aus dem deutschsprachigen Raum recherchiert. Ein vierjähriger Junge war nicht dabei. Ob Knopf von jemandem ausgesetzt worden war? Stella registrierte, dass diese Frage sie wesentlich mehr beschäftigte als ihre täglichen Checklisten oder das Entwerfen von Werbespots. Einmal, als ihre Assistentin Christine anrief, ging sie nicht einmal ans Telefon. Das hatte sie noch nie gemacht.

Etwas stimmte nicht mit dem Jungen. Kurz erwog sie, mit ihm zu einer Kinderpsychologin zu gehen. Nur, als was sollte sie das Kind ausgeben? Als ihren Neffen oder gar ihren Sohn? Und bestimmt würde jemand nach seiner Krankenkassenkarte fragen. Irgendetwas war ja immer.

Gestern noch war ihre Welt in Ordnung gewesen, und nun, quasi über Nacht, hatte sie zwei Sorgenkinder an der Hacke, denn auch ihre verblendete Vermieterin aus dem Erdgeschoss ging ihr nicht mehr aus dem Kopf. Sie benahm sich wie die Heldin eines Groschenromans auf der Jagd nach ihrem Traumprinzen. Wenn Stella sie besser gekannt hätte, dann hätte sie sie rechtzeitig vor Alex warnen und ihr sagen können: »Der ist zu schön für dich, der bricht dir das Herz.« Denn Vicky bot sich an wie saures Bier.

Wenn die sich weiterhin so aufdrängte, würde der schöne Alex schon in den ersten zehn Minuten das Weite suchen, vermutlich noch mit Kuchenkrümeln in den Mundwinkeln.

Kurz bevor sie sich mit Knopf auf den Weg gemacht hatte, war Alex in seinem Kleinwagen vorgefahren und hatte mit der Eleganz eines Seiltänzers eine Tortenschachtel ins Haus balanciert.

Als sie nun mit Knopf vor Vickys Wohnungstür stand, fragte sich Stella, was mit ihr und ihrem Zuhause geschehen könnte, wenn alles den Bach hinunterginge. Würde Vicky ihr die Wohnung kündigen, weil Stellas Gegenwart sie an ihren Reinfall mit Alex erinnerte? »Immer wenn ich dich sehe«, hörte sie ihre Vermieterin schon klagend zu einer Erklärung ansetzen, »muss ich an Alex denken, und an Alex will ich nicht mehr denken. Deshalb ist es besser, wenn du ausziehst.« Und wenn sie Pech hatte, würde das noch heute passieren.

Ganze Horrorszenarien spielten sich in Stellas Innerem ab, während das Kind großäugig und schweigend zu ihr aufsah und ein klein wenig zusammenzuckte, als die Klingel an Vickys Wohnungstür zu einem ungewöhnlich lauten »Ding-Dong« ansetzte.

Vicky öffnete. Stella hätte sie fast nicht erkannt. Ihre Vermieterin trug das lange mittelblonde Haar offen, das in weichen Locken fast bis zu ihrer Taille reichte. Die Wangen waren gerötet, und die Augen blitzten erwartungsvoll.

Sie bat ihre Gäste an die gedeckte Tafel im Wohnzimmer, wo Alex bereits am Kopfende Platz genommen hatte.

Er trug seine dunkelblaue Uniform und wirkte noch attraktiver als gestern. Vicky schenkte Kaffee und heiße Schokolade ein, zupfte Servietten glatt, ordnete Blumen und Kerzen und bewunderte die vier von Alex mitgebrachten unterschiedlichen Tortenstückchen mit einer Begeisterung, als hätte er jedes einzelne nach geheimer Rezeptur und ganz persönlich gebacken und dafür seit fünf Uhr morgens in der eigenen Backstube gestanden. Peinlich!

Stella setzte sich sehr steif auf den Stuhl, der Alex direkt gegenüberstand. Zu ihrer Rechten kletterte Knopf auf einen mit Kissen zum Thron umgebauten Sessel.

Vicky hatte sich in Schale geworfen: Zu einem langen, dunkelroten Samtrock trug sie ein schwarzes Spitzenoberteil und eine schmale Goldkette mit einem Granatanhänger. Ein bisschen zu viel des Guten, fand Stella, insbesondere an einem ganz normalen Dienstag.

Vielleicht würde sich die ganze Szenerie auflösen, sobald sie das Fenster öffnete, dachte sie. Möglicherweise waren sie alle nur versehentlich in einen Vicky-Traum hineingebeamt worden, aus dem es schon bald ein Erwachen gab. Seufzend beschloss sie, Vicky diesen Traum von Herzen zu gönnen.

Stella schaute sich im Wohnzimmer um. Schließlich war sie zum ersten Mal hier. »Wo hast du denn all die Gründerzeitmöbel her?«, fragte sie.

»Von meinen Großeltern. Oma hat sie immer brav geputzt.« Vicky lachte ein wenig zu laut, schenkte Knopf Kakao nach und rückte ihren Stuhl etwas näher an Alex heran.

Schweigend betrachteten die drei Erwachsenen den Jungen. Seine Lippen waren schokoladenverschmiert, und als er sich beidhändig Sahnetorte in den Mund schob, waren kleine weiße Zähnchen zu erkennen.

Schließlich ergriff Alex das Wort: »Also, das nenne ich mal einen schönen Nachmittag. Wie in einer richtig großen Familie. Ich war ja Einzelkind. Leider. Wenn Knopf hierbleibt, sollte er auch ein Geschwisterchen bekommen.« Sein Blick ruhte auf Vicky, die schlagartig errötete.

Stella schluckte. »Spinnst du?«

»Nein, wieso? Ich bin Mitte dreißig, genau wie du. Da tickt die biologische Uhr.« Er legte seine rechte Hand auf Vickys linke und verkündete liebevoll: »Bei dir noch nicht. Du bist ja noch jung.«

»Wir wissen doch gar nicht, ob Knopf nicht schon Geschwister hat«, fuhr Stella dazwischen und wandte sich an das Kind: »Hast du einen Bruder oder eine Schwester?« Alle Augen richteten sich erneut auf den Jungen. Der schüttelte den Kopf.

»Ein Kind, das seinen Mund nur zum Essen und Trinken öffnet und weder herumschreit noch viele Fragen stellt – wie angenehm«, konstatierte Alex. »So ein Baby will ich auch!«

Vicky räusperte sich und meinte keck: »Das ließe sich bestimmt machen.«

Gegen vierzehn Uhr hatte Karl-Anton beobachtet, wie vor der Hausnummer fünf ein Auto hielt, dem ein Fahrer in dunkelblauer Uniform und Schirmmütze entstieg. Erst anderthalb Stunden später war der Uniformierte wieder aus dem Vorgarten des Hauses gekommen, dynamischen Schrittes in sein Auto gestiegen und mit der Andeutung eines Hupens davongefahren. Karl-Anton war verwirrt. Er hatte fest damit gerechnet, dass der Polizist Vicky und deren Mieterin als Zeuginnen in der Sache Karl-Anton Wederbusch und dessen Verhältnis zum Kater Boris befragt hatte und ihn gleich anschließend abführen würde.

Seine Angst spielte ihm schreckliche Szenarien vor, in denen man ihm Boris abnahm – mit der Begründung, dass er das Tier nicht katzengerecht halte. Vermutlich war die Mieterin von Vicky Aschenbrenner jeden Abend an sein Fenster getreten, um Boris' Zustand zu überprüfen und genauestens zu protokollieren. Sie sah so aus, als würde sie Listen führen und das Erledigte säuberlich abhaken. Am Ende hatte sie zur Tarnung sogar ein Kind mitgebracht, das in sein Haus gestürmt war und dort die Katzenmahlzeit förmlich verschlungen hatte.

Die Welt war schlecht. Karl-Anton stürzte ins Bad und übergab sich. Wohin sollte das alles noch führen? Ihn wunderte es, dass Boris, der ihm ins Badezimmer gefolgt war, so gelassen blieb. Fast beneidete er seinen Kater um dessen Gleichmütigkeit. Den schienen keine Katastrophenfantasien zu quälen.

»Soll ich dann etwa mit dir ins Tierheim ziehen?«, fragte er Boris zwischen zwei Würgeanfällen vor dem Waschbecken in dem einstigen Vorzeigebad, doch wie üblich gab der Kater keine Antwort, sondern unterbrach sein wohliges Schnurren nur zu einem ausgiebigen Gähnen.

Karl-Anton zwang sich zur Ruhe und zum klaren Denken. Erneut rief er die Anwältin an. Die war zwar unhöflich gewesen, aber noch in seinem Telefon gespeichert. Zu gern hätte er mit ihr ein Testament besprochen, in dem sichergestellt wurde, dass Boris so weiterleben konnte wie bisher. Das Haus würde nach seinem Tod an seinen Enkel Fabian gehen – das war schon lange so vereinbart –, aber das sonstige Vermögen sollte Boris erben. Doch die Telefonistin der Kanzlei behauptete, die Anwältin sei in einem wichtigen Gespräch, und sie dürfe keine Anrufe zu ihr durchstellen.

Karl-Anton nickte gottergeben. So einen Zerberus hätte er gerne in seinem Kopf gehabt – eine Instanz, die Tag und Nacht darauf achtete, alle sorgenbehafteten Gedanken abzuwehren. Ob so etwas irgendwann erfunden würde? Vielleicht als eine Art Stirnband oder eine Mütze, die mit einem Schlag alle negativen Impulse aus dem Kopf entfernte? Wenn er jung wäre, würde er an einer solchen Sache forschen und sie dann als Patent anmelden. Aber er war nicht mehr jung. In letzter Zeit kamen ihm immer wieder solche Gedanken, und das machte ihm Angst. Das bedauerlicherweise noch nicht erfundene Stirnband hätte hoffentlich auch diese Ängste verschlucken können.

Der Mann hatte zwei Pizzaschachteln unter dem Arm gehabt und war beim Überqueren der Straße von einem Auto erfasst worden. Wer weiß, ob er überlebt hätte, wenn nicht gerade zufällig ein Rettungswagen vorbeigefahren wäre. Nach einer fast siebenstündigen Operation hatte man ihn in ein künstliches Koma versetzt und hoffte, dass sein Zustand sich stabilisieren würde. Das EEG zeigte eine verminderte Hirntätigkeit. »Wir können durchaus noch hoffen«, sagte einer der Ärzte, doch es klang eher, als warte er auf ein Wunder.

In den Schachteln hatten sich eine kleine Pizza Margherita und eine große Quattro Stagioni befunden. Der Verunglückte trug keinen Ehering, und die Ärzte schätzten sein Alter auf Mitte bis Ende dreißig. Er wirkte gepflegt und wie jemand, der eher am Schreibtisch als auf einer Baustelle arbeitete, auffallend war sein perfekt gebügeltes Oberhemd.

Bei dem Unfall waren ihm so gut wie alle Knochen gebrochen worden, er hatte einen Milzriss erlitten. Dazu kam ein Schädelbruch, und während der Operation hatte es einen Herzstillstand gegeben.

In seiner Tasche befanden sich sieben Euro fünfzig und die Quittung des italienischen Restaurants. Aber keine Papiere, kein Führerschein – nichts. Nur einen Schlüsselbund hatte die Polizei in seiner Hand gefunden. Der Pizzabäcker hatte den Mann noch nie zuvor gesehen, niemand wusste, wer er war.

Da an dem Schlüsselbund auch ein Autoschlüssel hing, gingen Ärzte und auch die Polizei davon aus, dass der Mann mit dem Auto zu jemandem unterwegs gewesen war, und hofften, dass derjenige nach ihm suchen und ihn als vermisst melden würde. Spezialisten fahndeten bereits nach dem Wagen. Es musste ein älteres Modell sein, vielleicht sogar ein historisches Fahrzeug, denn der Schlüssel besaß keine Batterie für eine Zentralverriegelung. In der Nähe der Pizzeria, mitten in der Stadt, standen an Tagen wie diesen an die zweitausend geparkte Autos herum. Es würde eine Weile dauern, bis sie den Wagen gefunden hatten, zumal bei der Polizei – wie immer – Personalmangel herrschte.

Ein Foto des Verunglückten ging an alle Polizeidienststellen der Region. Die Techniker der zuständigen Inspektion hatten auf dem Foto des Verletzten alle Schwellungen und blauen Flecke wegretuschiert, sodass es aussah, als würde der Mann mit dem Zweitagebart ruhig in seinem Krankenbett schlafen.

Günther empfing seinen Kollegen Alex an diesem Nachmittag mit der Frage: »Hattest du nicht gestern einen Anruf wegen eines Vermissten? Da ist nämlich gerade eine Mail eingegangen. Offenbar wurde jemand gefunden, und keiner weiß, wer es ist.«

»Ich will es gar nicht wissen«, sagte Alex ein wenig zu schnell.

»Was ist denn aus deinem Vermisstenfall geworden?«

»Das war nur eine alte Freundin, die sich einen Scherz erlaubt hat. Sie wollte Kontakt mit mir aufnehmen. Ist ihr ja auch geglückt. So sind sie, die Mädels. Da wurde weder jemand gefunden noch vermisst.« Er grinste schief.

»Aber ging es nicht um ein Kind?«

Alex schüttelte energisch den Kopf. Er wusste selbst nicht, warum er die Wahrheit leugnete.

Anschließend sah er sich das Foto des Verunfallten sehr

genau an und versuchte krampfhaft, keine Ähnlichkeiten mit Knopf zu entdecken. Er wusste, wenn man etwas finden wollte, fand man immer was. Da er aber nichts finden wollte, entdeckte er auch nichts. Bis auf die abstehenden Ohren vielleicht. Aber wer hatte die nicht? Nur die ganz Reichen ließen sich dieses Manko kosmetisch richten.

»Den habe ich noch nie gesehen«, meinte er schließlich. »Du etwa?«

»Nein, der ist mir auch noch nie über den Weg gelaufen«, entgegnete Günther. »Sag mal, wann gehen wir denn mal wieder auf ein Bierchen? Morgen, übermorgen?«

Alex schüttelte den Kopf. »Nee, da bin ich schon verabredet.«

»Ach was, mit wem?« Sein Kollege horchte auf.

»Mit Knopf«, antwortete Alex ungewohnt ernst.

Günther riss in gespieltem Erstaunen die Augen auf. »Nicht zu fassen. Jetzt datet der auch noch Knöpfe.«

Doch Alex ging über den Witz seines Kollegen hinweg und konzentrierte sich auf die Polizeiprotokolle der letzten Nacht. »Lass uns jetzt mal was wegarbeiten! Und zwar zügig.«

»Muss ich mir Sorgen machen?«, wollte Günther wissen.

»Nein.«

Wenn Alex es sich genau überlegte, konnte es sich bei dem Gesuchten eigentlich nur um Knopfs Vater handeln. Die ganze Geschichte hatte durchaus eine innere Logik, auch wenn sie ihm so gar nicht gefiel. Ein alleinstehender Vater.

Das Kind hatte keine Mutter mehr, falls Stellas Angaben stimmten, und wurde von seinem Vater und einer Tante Tina versorgt. Gestern war der Vater offensichtlich losgerast, um etwas zum Essen zu holen. Er war nicht heimgekommen, und das Kind hatte ihn gesucht. Alles logisch und einleuchtend. Wann hatte Stella den Kleinen getroffen? Am frühen Abend! Auch das passte.

Alex fragte sich, ob Knopf mit seinem Vater mehr sprach als mit Stella, Vicky und ihm. Und wieso wurde er immer noch nicht gesucht? Zumindest diese ominöse Tante Tina müsste sich doch Sorgen machen und Vater und Kind als vermisst melden.

Er würde das Bild nicht ausdrucken und es auf keinen Fall bei seinem nächsten Treffen mit Vicky den Frauen und dem Kind vorlegen. Was hätte das auch gebracht? Selbst wenn der Kleine auf die Frage: »Ist das dein Papa, den wir da beim Schlafen fotografiert haben?«, nicken sollte, war damit noch lange nicht heraus, wie Vater und Sohn hießen. Stattdessen würde eine Behördenmaschinerie in Gang gesetzt werden. Man würde ihnen das Kind nehmen – und ihm seine Zukunft.

Weitaus mehr als alle Spekulationen um Knopf bewegte ihn nämlich seine eigene momentane Befindlichkeit. Denn vorhin, als er Vickys Wohnung betreten hatte, wo sie wie ein kostbares Kleinod zwischen all den Antiquitäten umhergegangen war, hatte das Schicksal zugeschlagen und ihn mit einer Heftigkeit ins Schleudern gebracht, als habe ihn ein Blitz getroffen.

Da war zunächst ein Ruck in seinem Herzen gewesen

und dann in seinen Füßen. Sie schienen ihn in eine Richtung führen zu wollen, die zur Verantwortung und in eine sinnvolle Zukunft führten. Nie zuvor hatte er darüber nachgedacht, eine eigene Familie zu gründen, doch seit der Kaffeetafel mit den vier Sahnetortenteilchen ging ihm genau dieser Gedanke nicht mehr aus dem Kopf. Er gewöhnte sich voller zittriger Erwartung daran und wusste gleichzeitig, dass es keinen Sinn hatte, mit seinem Kollegen Günther darüber zu reden. Der würde das nie verstehen. Der hatte sicher noch nie neben einem Kind an einem mit Blumen und Kerzen gedeckten Tisch gesessen und gespürt: Genau das ist mein Leben. So sieht meine Zukunft aus. Der hatte sich noch nie so rundum glücklich gefühlt.

Ja, Alex Groll würde dieser Welt ein neues Leben schenken und sich selbst eine gesicherte Existenz. Letzteres, gleichermaßen ausschlaggebend wie beruhigend, hatte er jedoch für sich behalten, als Vicky ihn zuversichtlich angelächelt und gesagt hatte: »Das ließe sich bestimmt machen.«

Er hatte noch nie eine Frau wie sie getroffen. Ohne Wimperntusche und Lippenstift, aber mit einer Schönheit des Herzens. Bis gestern hätte Polizeihauptmeister Groll über diese Formulierung gelacht. Nun wollte sie ihm nicht mehr aus dem Kopf.

5. Kapitel

An diesem späten Nachmittag hatte Bodo Ruhland endlich sein Ziel erreicht. Es war ein echter Schreibmarathon gewesen, und im Lauf der letzten Wochen hatte er häufig voller Sehnsucht aus dem Fenster geschaut. Nun aber lag fast ein Jahr Freiheit in kleinen Ordnern auf seinem Desktop gespeichert – der Lohn für die viele Mühe.

Allerdings wollte sich die erwartete Erleichterung nicht einstellen. Er hatte mit einem Gefühl der Euphorie gerechnet, doch stattdessen hatte ihn erneut die Trauer über den Verlust seiner Frau getroffen. Betty war viel zu früh gegangen. Sie hatte von Anfang an behauptet, dass ihre Zeit begrenzt sei. Als hätte sie es geahnt. Vincent hatte sie ihm als Pfand dagelassen. Und der kleine Knopf war zum Glück gesund.

Die heimtückische Krankheit war während einer ganz normalen Vorsorgeuntersuchung entdeckt worden, und er hatte nichts dagegen machen können, trotz seines Medizinstudiums.

Wenn er in den vergangenen Wochen von seinem Laptop aufgeschaut hatte, meinte er immer noch, Betty an der gegenüberliegenden Seite des Schreibtisches sitzen und wie wild in die Tasten hauen zu sehen. Sie waren ein wunderbares Team gewesen, und je trauriger ihre eigene Geschichte wurde, umso hoffnungsvoller erwiesen sich die Romane, die sie zusammen schrieben. Es waren Arztromane mit Titeln wie »Notruf für die Liebe«, »Einsatz Liebeskummer« oder »Operation Sehnsucht«, in denen auf genau vierundsechzig Seiten jede Krankheit geheilt und jedes Problem gelöst wurde.

Auch heimtückische Krankheiten hatten die erdachten Mediziner in den Griff bekommen, auf dem Papier war alles möglich. In der Realität leider nicht.

Zehn bis fünfzehn Seiten hatte jeder von ihnen am Tag geschafft, sodass innerhalb einer Woche zwei Arztromane entstanden. Neben all dem anderen Tohuwabohu kamen darin vor allem die unscheinbarsten, ehrlichsten und fürsorglichsten Krankenschwestern sehr vorteilhaft unter die Haube. Alles war so, wie es im wahren Leben leider äußerst selten vorkam. Aber gerade deshalb waren die Bücher so erfolgreich.

Einmal, gleich zu Beginn ihrer Schwangerschaft, hatte Betty es gewagt, im Roman einen Pfleger mit einer Ärztin in Liebe zu vereinen. Der Pfleger wurde Hausmann, zog gemeinsame Kinder groß, buk Brot und kochte Früchte ein, die Ärztin ging weiter ihrem verantwortungsvollen Job nach, heilte Kranke und rettete Leben. Doch die Marketingabteilung des Verlags hatte postwendend ein Veto eingelegt: »Bitte vermeiden Sie künftig solche Konstellationen. Es sind Frauen, die unsere Heftromane lesen – und

Frauen wollen von einem Arzt geheiratet werden. Nicht umgekehrt. Bleiben Sie bitte unserer Zielgruppe treu.«

Die Welt von Heftromanen gehorchte alten und sehr festgefahrenen Regeln. Es hatte Verwirrungen, Intrigen, Liebe, Glück und Hochzeiten zu geben, Todesfälle nur für erkennbare Bösewichte, und der Logik der Romane folgend, gab es auch immer irgendjemanden, der an irgendwelchen Stühlen sägte. Erfolglos, da er naturgemäß ein Schurke war. Einzig bei den Krankheiten durfte Bodo Ruhland seine Fantasie ins Spiel bringen. Er dachte sich neue Bakterien, Parasiten und Bazillen aus, die selbstverständlich nur von jenen Ärzten, deren Blick definitiv über den Tellerrand ging, identifiziert und unter Assistenz einer selbstlosen und sich für die Wissenschaft aufopfernden Krankenschwester vernichtet wurden. Er selbst wäre auch gern so ein Arzt gewesen, aber dann hätte er sein Studium nicht abbrechen dürfen.

Seit Bettys Tod im März dieses Jahres hatte Bodo pro Woche mindestens einen Roman verfasst und außerdem die noch nicht abgeschlossenen Skripte seiner Frau redigiert. Im Vertrag standen zwei Heftromane pro Monat. Jetzt war es Mitte Juni, und mit den bereits fertiggestellten Texten hatte er sich mehrere Monate Unabhängigkeit erkauft. Zeit für sich und Knopf.

Als Schriftsteller, der unter dem Pseudonym Gudula Freifrau von Bergnitz veröffentlichte, war er ein absolut freier Mann. Niemand kannte ihn, niemand brachte ihn mit den Heftromanen in Verbindung. Die fertigen Manuskripte hatte er bereits alle an den Verlag gemailt.

Er sah sich im Büro um, das mit schönen und traurigen Erinnerungen angefüllt war. Als Knopf noch kleiner war, hatten sie ihn oft hierher mitgenommen. Das Büro lag in einem schicken mehrstöckigen Gebäude in der Innenstadt, und Knopfs Kinderwagen hatte am Fenster gestanden. Nichts hatte auf ihn so beruhigend gewirkt wie das Tastengeklapper ihrer Laptops. Dann hatte er in seiner Babysprache vor sich hingebrabbelt und über das Schattenspiel seiner Finger gestaunt. Später hatte er häufig dagesessen und stundenlang Puzzles gelegt, wenn sie beide gleichzeitig im Büro waren, weil es um einen wichtigen Abgabetermin ging.

»Unser Knöpfchen wird auch einmal ein Schriftsteller«, hatte Betty stolz prophezeit. »Aber er wird natürlich ein richtiger Autor, weil er wirklich etwas zu sagen hat. Wir schreiben ja nur für Geld.«

Insgeheim hatten sie beide von einem Bestseller geträumt, auf dem ihr wirklicher Name stand und den man auch mit viel Aufwand verfilmen würde.

»Der Junge wird sich in seinen Sätzen zu Hause fühlen«, behauptete Betty hoffnungsfroh und küsste ihrem Kind, dem sie den Kosenamen Knopf gegeben hatte, die Stirn.

Als könne man seine Heimat in Worten und in Sätzen finden! Sie war eine Träumerin, ebenso wie die Krankenschwestern, über die sie so liebevoll schrieb und die sie ins rosafarbene Glück hineintanzen ließ.

Als er Betty kennenlernte, hatte sie ihm ein Gedicht geschenkt, dessen letzte Strophe ihm nun durch den Kopf ging:

Alles Unmögliche einmal noch tun.
Schreiben und wissen: dies ist mein Land,
denn in meinen Sätzen allein kann ich ruhn,
wie manchmal – sehr selten – an deiner Hand.

Er hatte daraufhin nach ihrer Hand gegriffen und sie nie wieder loslassen wollen. Doch jetzt war sie fort und ihr Vincent-Knöpfchen noch viel zu klein, um das zu begreifen.

Bodo fragte sich, ob der Junge ihm all die Geschichten glaubte, dass Betty nun in den Wolken wohne und auf ihn aufpasse, dass sie ein Engel an seiner Seite sei und ihn liebe, obwohl sie gegangen war. Leicht war das nicht zu verstehen. Für ihn selbst schon gar nicht.

Jetzt, da er mit den Manuskripten vorgesorgt hatte, würde er sich ganz intensiv seinem Sohn widmen. Es wurde auch Zeit. Sie würden durch die Republik reisen: Easy Rider in einem roten Porsche 911 T Targa aus dem Jahr 1980 mit offenem Verdeck. Der Wagen war genauso alt wie Bodo selbst, und er pflegte und hütete ihn. Das Auto hatte sowohl zu Hause als auch in dem Bürogebäude in der Stadt einen eigenen Garagenplatz.

Bodo spürte, wie er sich innerlich auf die Reise vorbereitete und nun doch allmählich so etwas wie Vorfreude empfand. Alles würde gut. Er und sein Sohn würden sich wieder näherkommen. Der kleine Knopf würde erkennen, dass Bodo ihn mehr liebte als alles andere auf der Welt. Du und ich und der rote Blitz – und schon gehört uns die Welt, dachte er und freute sich darauf, mit offenem Verdeck zu fahren und zu spüren, wie der Wind ihnen die Haare zerzauste.

Er hatte sich vorgenommen, Freunde und Verwandte mit einem Besuch zu überraschen, und sah sich mit seinem Sohn in gemütlichen Hotelzimmern sitzen, über das Leben parlieren und die Reise Revue passieren lassen. Ernsthafte Expertengespräche würden sie führen. Und er würde nachts den Schlaf des Jungen bewachen und ihn vor Albträumen schützen.

Das Leben musste ja weitergehen, schon allein um des Kindes willen. Auch wenn es für Betty viel zu früh geendet hatte.

Natürlich hatte er seine Nachbarn in seine Pläne eingeweiht. Bevor er es laut ausgesprochen hatte, war er sich nicht sicher gewesen, ob er wirklich den Mut aufbringen würde, ganz allein, nein, gemeinsam mit seinem Kind, ins Ungewisse aufzubrechen, auch wenn der Zeitraum überschaubar und der finanzielle Hintergrund gesichert war. Mit zwanzig war er mutiger gewesen. Da hatte ihm noch die ganze Welt gehört.

Vermutlich waren die Gynnewicks von nebenan ganz froh, mal wieder Zeit für sich zu haben, selbst wenn Tina behauptete: »So ein friedliches Kind ist das. Neugierig, aber immer friedlich.«

Tatsächlich war der Junge nach Bettys Tod stiller geworden – aber er würde ihn wieder zum Erzählen bringen. Bodo nahm sich fest vor, ihm immer und bei allem ganz geduldig zuzuhören. Er war neugierig auf das, was im Kopf seines Sohnes vorging. Alles andere würde sich nach der Reise ergeben. Dann würde Knopf im Kindergarten beginnen, und es würde vielleicht eine neue Normalität einkehren.

All das ging Bodo durch den Kopf, während er mit seinem roten Porsche durch die Stadt fuhr. Das schwarze Verdeck aus Lederimitat war noch geschlossen, aber auf der Reise würde er es öffnen. Auf der Beifahrerseite war bereits der Kindersitz installiert, und zu Hause in der Abstellkammer standen die gepackten Reisetaschen.

Er sah sich nach einem Parkplatz um und stellte den Wagen schließlich auf einem Seitenstreifen zwischen zwei Buchen ab. Mit einem Zwanzigeuroschein und dem Schlüsselbund in der Hand lief er drei Querstraßen weiter zu der Pizzeria, die er sich mithilfe seines Smartphones herausgesucht hatte. Er würde eine kleine Pizza Margherita und eine Quattro Stagioni kaufen und dann seinen Sohn bei der Nachbarin abholen.

»Ab morgen gehst du nicht mehr zu Tina«, würde er dem Jungen erklären. »Denn jetzt unternehmen wir etwas, nur du und ich. Wir fahren einmal um die Welt, und vorher stärken wir uns mit einer Pizza.«

Einmal um die Welt – das war zwar gelogen, aber da Knopf bisher fast nur die kleine Straße und das Bürogebäude kannte, würde ihm ganz Deutschland wie eine neue Welt erscheinen.

Doch es sollte alles ganz anders kommen.

6. Kapitel

Inzwischen war es September. Seit über einem Monat standen Stella Siebert und der kleine Junge jeden Abend vor seinem Wohnzimmerfenster. Karl-Anton hatte die Entdeckung gemacht, dass das Fernsehprogramm längst nicht mehr so spannend war wie einst – oder das wirkliche Leben hatte urplötzlich an Aufregung gewonnen. Sein Herz klopfte lauter als sonst und pochte bis tief in seine Ohren hinein. Oft hielt er sich beide Hände an den Kopf und schnappte nach Luft.

Die beiden kamen nur in der Dämmerung, als warteten sie darauf, dass sein Zimmer von innen beleuchtet war und der am Fenster hockende Boris wie im Bühnenlicht erstrahlte, als müssten sie jedes einzelne Haar an dem Kater überprüfen – und wehe, ihm war eins gekrümmt worden. Immer wieder nahm Karl-Anton sich vor, die Beleuchtung im Wohnzimmer nicht gleich mit Beginn der Dämmerung einzuschalten, und immer wieder vergaß er es.

Boris dagegen schien seine abendlichen Besucher zu genießen und setzte sich für sie in Szene. Karl-Anton wusste nicht so recht, ob ihn das freute oder kränkte. Es gab sogar Tage, an denen er seinen Kater einen eitlen Geck nannte – natürlich im Scherz.

Karl-Anton selbst nämlich fühlte sich von den beiden auf eine eigentümliche Weise kontrolliert, was ihn wiederum an seine Ida erinnerte und ungute Gefühle in ihm auslöste. Hockte die etwa eifersüchtig da oben auf einer Wolke, langweilte sich und rief daher jetzt schon nach ihm? Konnten Engel überhaupt eifersüchtig werden? Bevor der Kater zu ihm gekommen war, wäre er ihren Rufen bedenkenlos gefolgt. Aber nun?

Mehrmals hatte er inzwischen bei der unfreundlichen Anwältin angerufen, um mit ihr über sein Testament zu sprechen, war aber immer von der Telefonistin der Kanzlei mit baldigen Rückrufen vertröstet worden. Die hatten bis heute nicht stattgefunden. »Bald« war in diesen Kreisen offenbar ein sehr dehnbarer Begriff.

Daher war es ihm nicht erspart geblieben, einen langen und erklärenden Brief an seinen jüngeren Bruder zu schreiben und diesen darin zu bitten, sich um Boris' Angelegenheiten zu kümmern, falls er, Karl-Anton, das nicht mehr könne.

Alfred Wederbusch hatte postwendend zurückgerufen und ihn gefragt, ob er noch ganz bei Sinnen sei. »Ein Tier kann nichts erben. Und außerdem hast du Geschwister. Willst du unsere Schwester und mich etwa leer ausgehen lassen? Immerhin hast du das ganze Haus geerbt!« Offenbar hatte Alfred verdrängt, dass Karl-Anton seinerzeit ihn und die gemeinsame Schwester ausgezahlt hatte, die seitdem behaupteten, sie hätten genug und bräuchten nichts mehr. Bei ihren Besuchen versicherten sie ihm stets: »Uns mangelt es an nichts.« Und nun wollten sie das Haus, aber ohne Boris und vor allem ohne ihn. Vermutlich warteten sie schon auf seinen Tod.

Einen so heißen Spätsommer wie in diesem Jahr hatte es früher nicht gegeben. Die Welt spielte verrückt, selbst das Wetter geriet aus den Fugen. Karl-Anton hatte an diesem Abend seine Terrassen- und Haustür geöffnet und sich einen Stuhl in den Durchzug gestellt. Wie angenehm! Außerdem hatte er sich zu einem Entschluss durchgerungen: Es wurde Zeit, mit dieser Stella Siebert aus der Nummer fünf zu reden. So ging es nicht weiter. Sie sollte ruhig wissen, dass er alles wusste und im Gegenzug auch sie engmaschig beobachtete.

Und da schlenderte sie schon, wie immer das Kind an der Hand, in gespielter Unschuld auf ihn zu. Wehe, der Kleine machte sich noch mal über Boris' Napf her! Schließlich stand gerade die Haustür zum Lüften offen. Dann gäbe es aber ein Donnerwetter!

Je näher sie kamen, umso heftiger klopfte das Herz des Katzenbesitzers. Dann riss er sich zusammen und rief der Frau mutig entgegen: »Ich sehe Sie morgens überhaupt nicht mehr mit dem Auto wegfahren. Müssen Sie eigentlich gar nicht arbeiten? So gut hätte ich es auch gerne gehabt!« So, jetzt wusste sie wenigstens, dass auch er sie im Blick hatte.

Stella Siebert lächelte. »Guten Abend«, antwortete sie und kam noch einen Schritt näher. »Da haben Sie sich ja ein angenehmes Plätzchen ausgesucht. Doch, natürlich arbeite ich – und zwar für uns beide.« Dabei streifte ihr Blick das stille Kind. »Glücklicherweise gibt es ja inzwischen das Homeoffice, und in meinem Job ist das sowieso das Beste. Wer kann schon in Großraumbüros eine Sache zu Ende denken?«

Er, der nicht viel Englisch verstand, fragte sich, was sie ihm damit sagen wollte. War das möglicherweise der Geheimcode ihrer Spionagetätigkeit? Er beschloss, wachsam zu bleiben.

»Mein Knopf unterhält sich so gern mit Ihrem Boris«, fuhr Stella Siebert fort. »Darf der Kleine ihn auch mal streicheln, bitte?«

Woher konnte die Frau wissen, wie sein Kater hieß?

»Nein!«, rief Karl-Anton, schob den Stuhl in den kühlen Flur zurück und schloss panisch die Tür von innen. Sogar den Schlüssel drehte er um.

Währenddessen miaute Boris und wischte sich hinter der gekippten Fensterscheibe demonstrativ über beide Augen.

»Der ist traurig«, kommentierte Knopf die Geste des Katers.

Seit einigen Wochen nahm Stella wahr, dass Knopf in Gegenwart von Boris zu flüstern begann und dabei mit dem Tier in eine vertraute Zwiesprache eintauchte. Gelegentlich ging sie in die Hocke und lauschte den Worten des Kleinen. Aber es waren immer nur Bruchstücke, die sie mitbekam und später mühsam zusammensetzte. Von seiner Mama sprach er und von sich als Knopf, und sie hatte herausgehört, dass er das Autofahren liebte.

»Der ist traurig« – das war der erste Satz, den er ungefragt an sie gerichtet hatte.

In der Hoffnung, dass er beim Autofahren ein wenig gesprächiger würde, war sie öfter mit ihm unterwegs gewesen. Er hatte schweigend aus dem Fenster geblickt, alles und jedes registriert, aber kein Wort gesagt. Er war das stillste Kind, das ihr jemals begegnet war, und immer wieder drängte sich ihr der Gedanke auf, dass sie mit ihm zu einer Psychologin gehen sollte. All die neuen Eindrücke mussten doch verarbeitet werden.

Alex und Vicky jedoch waren strikt dagegen.

»Mach das bloß nicht, denn ehe ihr euch's verseht, ist unser Knopf weg. Ihr schaut immer wieder die Vermisstenanzeigen durch, und ihr habt mit der Polizei Kontakt aufgenommen. Da kann euch niemand einen Vorwurf machen«, hatte Alex gesagt.

Stella durchschaute ihn noch immer nicht so ganz. Was mochte er im Schilde führen? Woher kam diese plötzliche Fürsorglichkeit? Oder war es doch eher Besitzdenken?

»Und das hier ist übrigens unser Knopf« – so hatte er den Jungen seinen Kollegen vorgestellt, während er mit der Selbstzufriedenheit eines Oligarchen Grillpartys in Vickys Garten veranstaltete und sich nur zu gerne von seiner Freundin bedienen ließ. Mit der hatte er es zu was gebracht! Vicky hatte Alex zuliebe das Rauchen aufgegeben, während er aufgehört hatte, ständig mit allen Frauen zu flirten, die ihm über den Weg liefen. Hoffentlich hielt das noch lange an.

Auch Stella und der Kleine waren zu den Gartenfesten eingeladen. Dabei war den Kollegen von der Polizeiinspektion unausgesprochen vermittelt worden, dass Stella Siebert erstens Knopfs Mutter und zweitens für Flirtspielchen tabu war. Den jungen und mittelalten Männern war anzusehen, dass sie Alex die Wandlung vom Frauenhelden zum treu sorgenden Lebensgefährten noch nicht ganz abnahmen.

Vor seiner Begegnung mit Vicky hatte er quasi jede Woche eine Neue gehabt und war nachts mit seinen Freunden um die Häuser gezogen. Doch von heute auf morgen war aus dem unverbindlichen Spiel ein ernsthafter Einsatz geworden. Der schöne Polizeihauptmeister hatte sich eine junge Frau gesucht, die so gar nicht seinem Beuteschema entsprach. Ein ganz normales, etwas altbackenes, mittelblondes Mädchen mit einem Haus aus den Fünfzigerjahren und Grundstücken im Bauerwartungsland.

Zu dieser etwas eigenartigen Konstellation gehörte auch Knopf. Niemand hatte den Kleinen bisher als vermisst gemeldet oder gar öffentlich nach ihm gesucht.

Stella dachte sich manchmal, Knopf sei aus der Zeit gefallen und zufällig hier bei ihnen in der Kurzen Straße gelandet. Vielleicht war er ihnen von einem freundlichen Schicksal geschickt worden. Denn er tat ihnen allen gut. Für sie selbst war er weitaus besser als Ferdinand, der sich vermutlich immer noch mit Carina, seiner neuen Liebe, auf der ledernen Wohnlandschaft ein Nest baute und dabei über Druck- und Medientechnik dozierte. Sollte er doch.

Niemals hätte sie gedacht, dass ihr die täglichen Telefonate mit Christine genügen würden. Wenn sie zu den wöchentlichen Meetings ins Büro fuhr, brachte die aufgekratzte Carina sie schon lange nicht mehr aus der Ruhe. Stella hatte Knopf, und der verbrachte diese Stunden mit Vicky, die ihm sogar das Haar schneiden durfte.

Seitdem sah er aus wie ein kleiner Prinz.

Tatsächlich hatte Stella in Knopfs Gegenwart mehr Ideen, und die Arbeit ging ihr ganz leicht von der Hand, wenn er einfach nur im Nebenzimmer saß und seine Puzzles legte. Abends, wenn er schlief, konnte sie die Teile ihrer Arbeit machen, bei denen sie sich stärker konzentrieren musste. Manchmal las sie ihm einen Drehbuchentwurf vor, und wenn er lächelte, wusste sie, dass er gut war. Er lächelte nicht immer.

»Hör mal, du fehlst hier«, hatte Christine vor einigen Tagen gesagt. »Maximilian ist dauernd mit Carina unterwegs und macht Akquise, und die anderen hocken nur rum und bohren in der Nase. Damit will ich sagen, die lassen die Dinge schleifen. Was nützen uns die besten Aufträge, wenn niemand sie erledigt und wenn die Tickets nicht gepflegt werden.«

»Und du?«

»Auf mich hört doch keiner von den Kreativen. Du hast morgens immer gesagt: ›So, jetzt erst mal Brainstorming – und bis heute Abend haben wir einen Haufen Ideen!‹ Wenn ich das sage, ziehen die gerade mal die Stirn kraus und nicken müde. Maximilian fühlt sich für das Schöpferische nicht verantwortlich, der ist komplett ausgepowert, weil er angeblich nun für alles die Verantwortung trägt. Termine müssen eingehalten werden – und da sehe ich ziemlich schwarz! Du bist die Einzige, die da Druck machen kann.«

»Aber ich arbeite doch den ganzen Tag! Von mir kriegt ihr lauter Dialoge und Plots für Drehbücher. So viel hab ich selbst zu meinen besten Zeiten in der Agentur nicht geschafft.«

»Du bist die Einzige, die hier noch was tut. Aber allein mit deiner Arbeit trägt sich der Laden nicht. Als du täglich im Büro warst, hat jeder seinen Teil geleistet. Jetzt hältst nur noch du den Laden am Laufen. Maximilian hat zwar einen Kameramann aufgetan, der sicher exzellente Filme dreht, aber niemand steht hinter ihm und führt Regie. Wie gesagt, wir versinken im Chaos. Wir brauchen dich.« Das hatte fast wie ein Hilferuf geklungen, aber Knopf brauchte sie doch auch!

Die Legespiele für Kleinkinder genügten dem Jungen schon lange nicht mehr. Inzwischen brachten ihm Alex und Vicky von ihren Ausflügen in die große Stadt Puzzles mit hundert Teilen mit, die ganze Tierfamilien abbildeten. Er setzte die Bilder mit größter Konzentration zusammen. Nie aber fragte er: »Was ist das?« Oder: »Was machen die da?« Hatte ihm jemand das Fragen verboten? Waren in seinem früheren Leben alle Fragen unbeantwortet geblieben?

Sobald er die Puzzles zusammengesetzt hatte, hockte Stella sich unaufgefordert an seine Seite und erklärte ihm, was darauf zu sehen war: »Schau mal, ein Känguru. Die leben vor allem in Australien. Australien ist ganz weit weg. Und im Bauchsack der Mutter sitzt das Baby.«

Dieses Motiv gefiel ihm besonders. Er legte es fast jeden Tag aufs Neue und kam anschließend ganz nah an Stella heran, um sich an ihren Bauch zu schmiegen.

Vor ein paar Tagen waren sie bei einem ihrer Ausflüge mit dem Auto in eine Situation geraten, die ihr immer noch Angst machte. Stella hatte sich und dem Kind ein Eis aus jenem Café versprochen, in das sie früher oft mit Ferdinand gegangen war. Ob er auch nach der Trennung seine Rituale beibehalten und gerade heute dort mit Carina einen Früchtebecher für zwei geordert hatte? Falls sie den beiden zufällig begegnen sollte, würde sie behaupten, Knopf sei das Kind ihrer Nachbarin. Da der Kleine von Haus aus nichts sagte, würde er an dieser Stelle bestimmt nicht widersprechen. Wenigstens das war kalkulierbar.

Selten hatte sie sich so unerschrocken gefühlt und zudem eine unverhohlene Freude daran gehabt, ein Verbot zu hintergehen. »Die Stadt ist tabu!«, hatten Alex und Vicky erklärt. Was für ein dramatischer Satz. Als befänden sie sich in einem Krieg!

Auf der Hinfahrt hatte sie von Knopf wissen wollen, ob er lieber Schokoladen- oder Vanilleeis mochte. Was eindeutig eine sinnlose Frage war, denn er nickte wie üblich, ohne sich mit einem Wort für oder gegen eine Sorte zu entscheiden. Na gut, dann würde er also beides bekommen.

Dieser Abend schien es gut mit ihnen zu meinen. Gegenüber vom Eiscafé wurde ein Parkplatz frei, und sie hatte den Kleinen gebeten, im Auto sitzen zu bleiben und auf sie zu warten.

»Ich bin sofort wieder zurück. Du bekommst einen Becher mit Vanille und Schokolade und obendrauf noch Schlagsahne!«

In der Eisdiele war niemand gewesen, der sie von früher kannte. Nicht einmal der Mann hinter der Theke schien sich an sie zu erinnern. Als sie mit zwei großen Eisbechern zu ihrem Auto zurückkehrte, war der Beifahrersitz leer.

Knopf hatte sich selbstständig aus seinem Kindersitz befreit und war weggelaufen – oder entführt worden. Sie dachte, sie müsse sterben, ihre Knie wurden weich, ihr Herz klopfte, und ihr erster Impuls war, Alex anzurufen.

Bevor sie jedoch zum Handy greifen konnte, sah sie das Kind. Der kleine Junge war unter den Bauch eines großen Hundes gekrochen – als vermute er dort den Beutel eines Kängurus, in den er hineinkrabbeln konnte. Stellas erster Gedanke war: Er will immer noch woandershin. Ein ungewohnter Schmerz lähmte sie. Neben dem Tier stand eine hochgewachsene Frau in einem weinroten Seidenoverall, die kopfschüttelnd die Szene betrachtete. Vorsichtig trat Stella näher. Der Afghane roch nach frischem Shampoo und nach Äpfeln und stand ganz still. Die Schnauze des Hundes war schokoladenbraun und glänzte. Er ließ es zu, dass Knopf sich unter ihm zusammenrollte.

»Ist das Ihrer?« Der Seidenoverall wies vorwurfsvoll auf Knopf.

Stella nickte stumm.

»Ich kenne den doch!« Ein Zeigefinger mit weinrotem Nagellack deutete auf den Jungen, der sich unter dem Hund ganz klein machte. »Sie sollten besser auf ihn achtgeben. Vor ein paar Wochen ist der mir schon mal untergekommen. Dieser Streuner! Na ja, wenigstens sieht er jetzt nicht mehr so verwahrlost aus wie damals. Hallo, Kleiner.« Ihre Stimme klang etwas freundlicher. »Wie heißt du denn?«

Knopfs Blick ging zwischen ihr und Stella hin und her.

»Er heißt Knopf«, antwortete Stella.

»Na, wenigstens hat er einen Kosenamen. Mit mir hat er damals übrigens kein Wort gesprochen.« Die Hundebesitzerin bemühte sich um ein Lächeln, dem ein Hauch von Arroganz anhaftete. »Er ist doch hoffentlich jetzt in Behandlung?«

Später dachte Stella, dass sie bei dieser Frage eigentlich hätte nicken müssen. Stattdessen aber fragte sie: »Wieso?«

»Ach, das kennt man ja. Wenn man zu nah dran ist, sieht man das alles nicht so genau. Aber wenn Sie mich fragen, mit dem stimmt was nicht. Ich habe ja keine Ahnung von Psychologie und so, aber ich bin davon überzeugt, dass der Junge schwer verhaltensgestört ist.«

Knopf saß immer noch unter dem Hund und starrte die beiden Frauen mit großen Augen an.

»Spätestens wenn er in die Schule kommt, werden Sie es merken«, fuhr die Hundebesitzerin fort. »Der sagt kein Wort zu Fremden, immer noch nicht, und zudem verhält er sich wie jemand, der sich dauernd verstecken will. Was beispielsweise sucht er ausgerechnet unter meinem Hund? Kinder in seinem Alter sind eigentlich ganz anders drauf.«

»Ist Ihr Kind in Knopfs Alter?«, hatte Stella gefragt und sich krampfhaft darum bemüht, so etwas wie Normalität aufkommen zu lassen.

»Ich habe keine Kinder«, sagte die Frau schnell und griff nach dem Halsband des Hundes. »Ich habe meinen Bruno.«

Es lag Stella auf der Zunge zu fragen, ob der Hund frei von jeder Verhaltensauffälligkeit sei, aber sie verkniff es sich. Falls Knopf doch irgendwann mit einem Foto gesucht würde, könnte sich die Overallträgerin melden, die sich bestimmt an die despektierliche Begleiterin des Kindes erinnerte. Bloß nicht auffallen. Das war auch so ein Satz, der von Alex kam.

Stella griff mit der rechten Hand nach dem Ellenbogen des Jungen, während sie in ihrer Linken immer noch die beiden Eisbecher balancierte. »Komm, Knopf. Wir setzen uns da drüben auf die Parkbank.«

»Ich meine es doch nur gut mit Ihnen«, murmelte die Dame im Overall und befahl dem Hund: »Bruno, komm!«

Stella spazierte mit Knopf auf die Bank zu. Diese Upperclass-Tussi sollte auf keinen Fall sehen, mit welchem Wagen Stella wieder heimfuhr. Nachher notierte sie sich noch die Nummer. Oder fotografierte sie gleich ab.

Auf der Rückfahrt grummelte Stella vor sich hin. Das hatte ihr gerade noch gefehlt, diese vermeintliche Expertin mit Ferndiagnose. Und was hieß schon verhaltensgestört? Wirklich verhaltensgestört waren die Kinder, die sie von den Dreharbeiten zu ihren Werbespots kannte. Verwöhnte kleine Stars mit hysterischen Eltern und unerträglichem Benehmen. Gut, dass Knopf nicht so war. Der verhielt sich normal. Sie würde dafür kämpfen, dass es so bleiben konnte. Er sollte der werden, der er war. Er sollte einfach sein dürfen. Sie würde ihn nicht manipulieren.

Stella beschloss, weder Vicky noch Alex von dieser Begegnung zu berichten. Die mussten nicht alles wissen. Aber in die Stadt würde sie so schnell auch nicht mehr fahren. Und schon gar nicht mit Knopf an ihrer Seite. Das schwor sie sich.

Draußen roch es nach Gewitter, und drinnen grollte Karl-Anton. Er konnte es doch nicht zulassen, dass die einfach so in sein Haus kamen und Boris streichelten. Was dachten die sich dabei? Ob der kleine Junge stumm war? Karl-Anton hatte ihn noch nie sprechen hören. Egal. Wenn man solchen Leuten auch nur einmal die Tür öffnete, dann war es zu spät. Dann kamen sie immer wieder. Das hatte seine Mutter ihn gelehrt.

Karl-Anton seufzte. Ihm wurde alles zu viel, und mit seinem Testament kam er auch nicht weiter. Am besten setzte er sich selbst hin und brachte alles handschriftlich zu Papier. So hatte sein Vater es gemacht und auch der Großvater, und alle waren gut damit gefahren.

Anstatt wie sonst gemeinsam mit dem wohlig schnurrenden Boris neben sich fernzusehen und dabei Kartoffelchips zu essen, wischte er nun den Küchentisch erst feucht und dann trocken ab, holte einen Spiralblock mit kariertem Papier und begann zu schreiben. Das Wichtigste zuerst, damit er es ja nicht vergaß:

»Frau Siebert aus der Nummer fünf und das Kind...« Er hielt inne. Sollte er schreiben, dass die beiden keinesfalls sein Haus betreten durften? Oder lieber, dass es ihnen im Falle seines Ablebens strengstens verboten sei, seinen Kater Boris auch nur anzufassen? Vielleicht sollte er seinen Verdacht in Worte fassen, dass die Frau möglicherweise eine Katzenentführerin war. Warum sonst kam sie jeden Tag hier vorbei und beobachtete gemeinsam mit dem kleinen Jungen seinen Boris, der sich übrigens nach wie vor über die beiden abendlichen Bewunderer zu freuen schien? Na ja, Boris sah sich ja auch jeden noch so absurden Film im Fernsehen an. Der ließ sich so schnell nicht schrecken.

Es war gar nicht so leicht, seinen letzten Willen auf Papier zu bannen. Fabian würde zwar das Haus erben, aber was er damit machte, war natürlich seine Sache. Wie wäre es, wenn er schriftlich festhielt, dass sein Enkel zwar das Anwesen an seinen Großonkel Alfred vermieten oder verkaufen dürfe, allerdings unter der Bedingung, dass das Badezimmer so bliebe, wie es war? Karl-Anton lächelte in sich hinein. Damit könnte er Alfred ganz schön ärgern.

Nachdenklich stand er auf und ging zum Kühlschrank. Draußen war es noch immer sehr warm. Da half nur ein kaltes Bier. Durch das Küchenfenster war in der Ferne ein Wetterleuchten auszumachen.

Und er hatte gerade einmal eine Zeile zu Papier gebracht. Schreiben war ihm noch nie leicht von der Hand gegangen. Schon deshalb musste alles von Anfang an stimmen. Also trank er das Bier, beobachtete das Wetterleuchten, wartete auf Blitz und Donner, wurde müde, legte beide Arme auf den Tisch und bettete seinen Kopf darauf.

Boris kam von seinem Platz am Wohnzimmerfenster und setzte sich mitten auf die Tischplatte neben Papier und Kugelschreiber. Ein Passant hätte meinen können, er würde gleich zur Feder greifen. Wachsam sah der Kater auf den schlafenden Karl-Anton und legte sich nach einer Weile neben dessen Ellenbogen. Direkt auf den Tisch. Obwohl ihm das ja eigentlich verboten war.

7. Kapitel

Wie üblich ging Stella auch an diesem Morgen ihre Checklisten durch. Neuerdings jedoch hielt sie sich nicht mehr strikt an ihre eigenen Pläne, und es fehlten etliche Erledigt-Häkchen. Wenn ihre Assistentin recht hatte, brachte es ja auch nichts, die offenen Aufgaben an die Agenturmitarbeiter zu delegieren. »Glaub nur nicht, dass sich damit irgendwas erledigt«, hatte Christine neulich am Telefon gesagt. »Sie gucken sich das an, und es passiert nichts. Und wenn ich hinterherrenne und nachfrage, bin ich die Böse.«

»Und Maximilian?«

»Der öffnet Türen.«

Genau, und zwar mit dem unwiderstehlichen Brecheisen Carina, dachte Stella und lächelte. »Ich rede mit ihm, sobald ich den aktuellen Plot im Kasten habe. Versprochen.«

Es war ein Werbespot zum Thema Haushaltshandschuhe, der ihr seit Tagen besonders zu schaffen machte. Kurz hatte sie erwogen, das Problem mit Vicky zu besprechen, schließlich beschäftigte sich die von morgens bis abends mit nichts anderem als Putzen, Kochen, Backen und dem Arrangieren von Blumensträußen. Vicky wäre somit eine Expertin für die Kunst des Reinemachens und den richtigen Einsatz von Haushaltshandschuhen gewesen. Doch mit Vicky zu sprechen hieße auch, sich ein Loblied auf den besten aller Männer anhören zu müssen, auf Alex, der übrigens immer noch keinen Pickel auf der Stirn oder sonst wo im Gesicht hatte. Er hätte das ideale Model für Herrenkosmetika abgegeben – doch die Agentur war nun mal für einen Spot zu Haushaltshandschuhen gebucht worden.

Die Liebesgeschichte zwischen ihrer Hausbesitzerin und dem gut aussehenden Polizisten bereitete Stella Sorgen, obwohl sie sich immer wieder einredete, dass sie das nun wirklich nichts anginge.

Es war noch gar nicht so lange her, da hatte Vicky ihr gestanden, dass sie nie zu den Frauen gehört habe, die spontan in Cafés angesprochen wurden oder denen die Männer hinterherpfiffen. Nie habe sie in der ersten Reihe gestanden, und in der Tanzstunde damals sei sie das Mauerblümchen gewesen, mit dem niemand einen Walzer wagte. Dass Alex nun mit ihr zusammen war und inzwischen sogar überlegte, seine kleine Wohnung zu kündigen, da er sich ja sowieso ständig in der Kurzen Straße aufhielt, erschien ihr wie ein Wunder, über das sie jeden Tag aufs Neue staunte.

Das ist ja auch ein Wunder, hatte Stella bei sich gedacht, doch sie sprach es nicht aus.

»Du hast dich durch ihn sehr verändert«, hatte sie stattdessen gesagt. »Du strahlst. Äußerlich und innerlich. Du bist viel selbstbewusster geworden.«

»Das hab ich mir von dir abgeguckt«, gestand Vicky. »Früher bin ich immer weggelaufen, wenn es nicht so lief, wie ich es brauchte. Jetzt mache ich Checklisten zur Problemlösung und hake die dann ab. Genauso wie du.«

Dabei erweckte Vicky den Anschein, als habe sie gar keine Probleme mehr. Zusätzlich zur Musik von Roland Kaiser gab es nun den handfesten Alex in ihrem Leben. So viel Glück hatte Stella an Ferdinands Seite nie erlebt. Ob er es nun mit Carina fand? Das Glück oder was auch immer? Dieser Gedanke tat erstaunlicherweise nicht mehr weh.

Es war frühmorgens, und Knopf schlief noch. Sie hatte ihm ihr sogenanntes Atelier als eine Art Kinderzimmer eingerichtet, aber am liebsten hielt er sich in ihrer Nähe auf. Er mochte es, wenn sie tippte und seufzte und gelegentlich über ihre eigenen Einfälle lachte. Still und zufrieden sah er dann zu ihr auf und legte seine Puzzles. Manchmal schlief er auch auf dem Teppichboden ein, und Stella deckte ihn dann vorsichtig mit einem ihrer übergroßen Kaschmirschals zu. Wohlig drehte er sich daraufhin zur Seite und träumte – hoffentlich von Kängurus und großen Hunden, in und unter deren Bäuchen er sich aufgehoben und geschützt fühlte. Stella hätte zu gerne gewusst, wovor.

Und warum suchte niemand nach ihm?

Seit er bei ihr wohnte, hatte er kaum mit ihr gesprochen. Der Kater hinter seiner Fensterscheibe hatte wesentlich mehr von ihm erfahren, möglicherweise, weil Boris nichts weitersagte und lediglich mit Pfoten- und Kopfbewegungen reagierte. Eine kluge Ernsthaftigkeit ging von ihm aus, als habe er viele Katzenleben hinter sich und schon Dinge erfahren, die ihn unerschütterlich machten. Daher sprach das Kind zu ihm. Boris schien für alles Verständnis zu haben.

Mit Vicky und Alex redete Knopf gar nicht. Sie hatten sich daran gewöhnt, dass er keinen Laut von sich gab. Alex behauptete, das Kind sei entweder stumm oder leide an Autismus.

In der letzten Nacht hatte es gewittert. Fast gleichzeitig waren Blitz und Donner über die Kurze Straße niedergegangen, gefolgt von einem heftigen Platzregen. All das hatte Knopf verschlafen, während Stella in einem Sessel neben seinem Bett döste. Sie wollte für ihn da sein, falls er wach wurde, und erschrak, doch er hatte so tief geschlafen, wie sprichwörtlich nur die Gerechten schliefen.

Der nächtliche Wolkenbruch hatte das gegenüberliegende Bauerwartungsland in eine braune Schlammwüste verwandelt. Das protzige und übergroße Werbeschild mit seinen auf dem Reißbrett entworfenen weißen Reihenhäusern unter blauem Himmel war vom Wind zerfetzt worden. Stella fand, dass die Welt dadurch ein wenig ehrlicher geworden war.

Hinter ihrem Rücken gähnte Knopf nun und reckte sich.

Sie drehte sich zu ihm um: »Frühstück? Kakao?«

Er nickte und ging auf Zehenspitzen ins Bad. Als dürfe er nicht auffallen und schon gar keinen Lärm machen. Ein unhörbares und unsichtbares Kind. Sie sah ihm lange nach.

Als Knopf später zu ihr an den Schreibtisch trat, lagen dort mehrere Dutzend unterschiedlicher Haushaltshandschuhe und leuchteten in allen Farben des Regenbogens – Modelle mit und ohne Noppen, aus reinem Gummi, aus reiner Baumwolle mit und ohne beschichtete Innenflächen und zum größten Teil mit abenteuerlichen Mustern bedruckt. Stella zog sich zwei unterschiedliche Modelle über und spielte mit ihnen Fingertheater: Der Zeigefinger rechts erhob sich und sang für die fünf Finger der linken Hand mit brüchiger Stimme das Lied vom kleinen Segelschiffchen. Es ging doch nichts über alte Kinderlieder.

War einst ein kleines Segelschiffchen,
das war noch nie, nie, nie, noch nie zur See,
ohe, ohe!
Hissen müssen wir Matrosen Segel in die Höh,
die Fregatte gleitet über See.

Knopf klatschte in die Hände, und ihr kam die Idee, einen Werbespot aus Sicht der Handschuhe zu erfinden. Was sahen die, was berührten sie, wo und wie konnte Witz in die Szene einfließen? Warum drängten sich einige zum Staubputzen vor und andere zum Kartoffelschälen? Wie reagierten sie angesichts riesiger Spiegelflächen, und welche Konflikte entstanden durch einen falschen Einsatz?

Ein Spot ganz ohne Schauspieler. Sie müsste nur mit einem Zeichentrickstudio verhandeln und natürlich ein pfiffiges Drehbuch schreiben.

Christina sollte auf jeden Fall schon mal bei potenziellen Zeichenateliers anfragen. Schnell schrieb sie eine Mail an ihre Assistentin und vertagte die weiteren Gedanken zu diesem Kurzfilm auf morgen. Stattdessen erfand sie einen dramatischen Konflikt in einem großen Haushalt zwischen allen Generationen, der sich allein durch die Darreichung des richtigen Konfekts in Wohlgefallen auflöste.

Später betrachteten sie und Knopf das unter Wasser liegende Bauerwartungsland. Zu gerne hätte sie gewusst, was er sich dazu dachte. Ob er es am Abend Boris erzählen würde? Trotz des heftigen nächtlichen Gewitters war es immer noch drückend.

Knopf beschäftigte sich mit einem neuen Puzzle. Es bestand aus einhundertzwanzig Teilen.

»Das schafft der nie!«, hatte Alex behauptet, aber Vicky hatte zuversichtlich dagegengehalten: »Wetten, dass doch!«

Entstehen sollte das Bild eines Breitmaulnashorns. Ein schwieriges Motiv, vor allem, weil es fast nur aus Braun- und Grautönen bestand. Am äußersten Rand des sumpfigen Teiches dümpelten zum Glück Seerosen vor sich hin und gaben ein paar Anhaltspunkte. Knopf hatte einen guten Blick für die zusammenpassenden Teile.

»Das ist eine Inselbegabung«, meinte Alex, der für alles einen Begriff hatte und mit seinen Etikettierungen jede Einzigartigkeit ins Banale zog.

Als gäbe es keine Wunder.

Mit der Dämmerung kam ein leichter Wind. Stella zog dem Kind Strümpfe und Sandalen an und versprach wie jeden Abend: »Nun statten wir Boris einen Besuch ab«, was Knopf mit einem begeisterten Nicken quittierte. Sie fragte sich seit einiger Zeit, wie lange es wohl noch dauern mochte, bis er auf diese Ankündigung mit einem »Miau« reagierte.

Während sie durch den kleinen und farbenprächtigen Vorgarten schritten – Vicky hatte ihre einstigen Raucherplätze durch blühende Büsche ersetzt –, fuhren ein Polizeiauto und ein Rettungswagen, gefolgt von einem Notarztwagen, in die Kurze Straße und hielten vor der Nummer eins.

Stella nahm Knopf auf den Arm. »Schau mal, da ist was passiert. Hoffentlich geht es Boris gut.«

Dabei wusste sie genau, dass allein für einen Kater niemals die Polizei ausrücken würde – höchstens die Feuerwehr, falls sich das Tier in einem Baumwipfel verklettert haben sollte. Da musste etwas Größeres passiert sein.

Ein paar Nachbarn und Bewohner der umliegenden Straßen standen bereits in Karl-Anton Wederbuschs Vorgarten. Stella ging langsam auf die Menschentraube zu. Gestern hatte der Alte doch noch ganz vergnügt in seinem Hauseingang gesessen und ihr durch die Blume zu verstehen gegeben, dass er sie kontrollierte. Vielleicht war ja bei ihm eingebrochen worden. Aber warum kam dann ein Notarzt? Hatten die Einbrecher ihn verletzt?

Schon von Weitem erkannte sie die Stimme, diesmal mit einem knappen Befehlston unterlegt. Polizeihauptmeister Alex Groll hatte offensichtlich das Kommando an sich gerissen.

»Ich kenne mich aus in dieser Straße«, erklärte er gerade. »Sie ist quasi mein Revier. Meine Lebensgefährtin wohnt dort drüben. Und Sie, Sie gehen jetzt mal schön zur Seite!«

»Was ist denn eigentlich hier los?«, fragte jemand.

»Wir wissen es noch nicht!«, antwortete Alex Groll. Ob er seine Vorstellung so aufwendig inszenierte, weil er auf Vicky als Zuschauerin hoffte? Die stand um diese Zeit immer in der Küche und kreierte ein abendliches Menü für sich und ihren Liebsten.

»Karl-Anton hat kein Licht gemacht«, sagte eine der Großmütter aus dem Mehrgenerationenhaus. »Deshalb habe ich den Notruf gewählt.«

Sie hielt an jeder Hand ein kleines Mädchen, die Knopf keinen Moment aus den Augen ließen. »Bist du neu hier?«, fragte die eine.

Der Junge betrachtete sie mit der gleichen Ernsthaftigkeit, mit der er seine Puzzleteilchen zu begutachten pflegte, und gab keine Antwort.

»Nur weil einer kein Licht macht, ruft man doch nicht gleich Polizei und Notarzt!« Alex Groll tippte sich aufrichtig empört an die Stirn.

Stella sah Vicky über die Straße huschen. Sie hatte noch mehlige Finger, vermutlich buk sie mal wieder ein Brot. Bald würde es im ganzen Haus danach duften.

Die Großmutter mit den zwei Enkelinnen drängte sich vor. »Ich bin ums Haus herumgegangen. Er liegt am Küchentisch«, erklärte sie. »Vielleicht schläft er, aber er rührt sich nicht, obwohl ich mehrfach gegen das Fenster geklopft habe. Sonst reagiert er immer sofort. Nur der Kater hat den Kopf gehoben und ziemlich miaut. Spätestens da hätte Karl-Anton eigentlich wach werden müssen. Vielleicht ist er krank.«

»Wer? Der Kater?« Alex Groll verlieh seinem Auftritt zusätzlichen Theaterdonner und streifte Vicky mit einem prüfenden Blick. Bekam sie auch alles mit?

Offensichtlich.

»Nein, natürlich nicht. Ich spreche von Karl-Anton, unserem Nachbarn.« Die ältere Frau schüttelte den Kopf, und die beiden Mädchen fragten besorgt nach Boris.

»Dem geht es gut. Und wenn der Nachbar ins Krankenhaus kommt, kann der Kater bei uns bleiben«, versicherte ihnen die Oma. »So wie der geguckt hat, hat er sicher Hunger. Wer weiß, seit wann sein Herrchen da liegt. Und die ganze Zeit hat Boris auf ihn aufgepasst und sich gekümmert. Da konnte er natürlich nichts essen.«

Jetzt wirkten die beiden Mädchen ebenso beruhigt wie Knopf, der aufmerksam zugehört hatte.

Polizeihauptmeister Alex Groll hob nun demonstrativ den Wederbusch-Ersatzschlüssel, den die Nachbarin ihm in die Hand gedrückt hatte. »Ich betrete jetzt mit dem Notarzt und den Sanitätern das Haus. Die Anwohner bleiben draußen. Auch ihr!« Dabei nahm Alex Stella und vor allem Vicky ins Visier.

»Das macht er gut. Eine echte Autoritätsperson«, flüsterte Vicky stolz.

Nur wenige Augenblicke später wurde die Haustür von innen geöffnet. Ein blasser Alex verkündete mit Grabesstimme: »Wir brauchen keinen Rettungswagen, wir brauchen ein Bestattungsunternehmen und eine Bergungswanne. Herr Wederbusch lebt nicht mehr.« Er suchte den Blick seines Kollegen. »Kümmerst du dich darum?«

»Wie kann das sein?« Die Mehrgenerationenhausoma schüttelte ungläubig den Kopf. »Gestern war er doch noch kerngesund. Da haben wir uns nett unterhalten. Er hat mir sogar für den nächsten Kindergeburtstag ein ganz besonderes Schokoladenfondue angeboten. Wie schade!«

Es war nicht klar, ob sie damit das entgangene Fondue oder das Ableben ihres Nachbarn meinte.

»So schnell kann es also gehen«, bemerkte jemand aus der Zuschauermenge. »Man weiß nie, wann einem die Stunde schlägt.«

»Selbstmord?«, fragte Vicky leise und suchte den Blick ihres Lebensgefährten.

Der schüttelte den Kopf. »Danach sieht es nicht aus. Er ist beim Schreiben eingeschlafen. Eigentlich ein schöner Tod.«

Es stieß Stella bitter auf, dass Alex das gleich benoten musste. Als gäbe es einen guten und einen schlechten Tod – so wie es in der Schule gute und schlechte Noten für Aufsätze oder Zeichnungen gegeben hatte. Der Tod war endgültig und unumkehrbar. Egal, ob formvollendet oder stümperhaft gestorben wurde. Oder garantierte ein schöner Tod etwa die baldige Reinkarnation? Und wäre das wirklich wünschenswert?

»Herrschaften, bitte machen Sie Platz! Hier gibt es nichts mehr zu sehen!« Alex' Stimme war ungewöhnlich schnell von der Betroffenheitslage wieder in den Befehlston zurückgefallen. »Mein Kollege hat die Familie des Toten schon informiert. Sie werden sicher gleich hier sein.«

»Was ist mit Boris?«, fragte eines der Mädchen.

»Der hält Totenwache«, erklärte Polizeihauptmeister Groll, als sei es das Normalste der Welt, dass ein Kater sich an die Seite eines Verstorbenen setzte. Der Einzige, der ihm darin recht gab, war Knopf. Stella fragte sich, wieso das Kind verständnisvoll nickte und ob Knopf überhaupt wusste, was Totenwache bedeutete. Was für ein seltsamer Junge. Irgendjemand hatte mal gesagt: Kinder sind fremde Menschen. Da war was dran.

Das EEG des immer noch namenlosen Patienten auf Zimmer 304 des Kreiskrankenhauses zeigte an diesem Septembermorgen größere Ausschläge als sonst. Schwester Agnes meinte ein Zucken seiner Hände zu bemerken. Sie beugte sich über den Mann, dessen Augenlider flatterten.

Das Schicksal schien noch einiges mit ihm vorzuhaben, sonst hätte er nicht so oft Glück im Unglück gehabt. Erst der entsetzliche Unfall, bei dem ihm fast alle Knochen gebrochen waren, dann die komplizierte Operation. Als die überstanden war, hatten sich Symptome einer Blutvergiftung gezeigt, verbunden mit einem Kreislaufzusammenbruch, und wenn da nicht sofort Antibiotika eingesetzt worden wären – wer weiß, ob der Mann jetzt noch leben würde. Bei jeder dieser Komplikationen hatte das Team anschließend aufgeatmet: »Das ist ja gerade noch gut gegangen.«

Man hatte sich darauf geeinigt, den Unbekannten in ein künstliches Koma zu versetzen und ihn künstlich zu ernähren. Natürlich hatte die Polizei gehofft, dass jemand nach ihm suchen würde. Doch niemand hatte sich bisher gemeldet.

Auch war ein Gebissabdruck des Mannes genommen und durch die Interpol-Datenbank für Katastrophenopfer geschickt worden. Ohne Erfolg.

Ein Foto des Verunglückten war an alle Polizeistationen und später an die Presse gegangen. Vergeblich.

Seine Fingerabdrücke waren in keinem System zu finden, das heißt, er war niemals polizeilich erfasst worden und hatte nach 2017 keinen neuen Pass beantragt, denn dafür hätte er ja seinen Fingerprint abgeben müssen.

»Der wird noch einige Zeit bei uns bleiben«, hatte Schwester Ingeborg nach einigen Wochen prophezeit und vorgeschlagen, ihm den Namen »Fides« zu geben. Der Treue.

Also stand nun N.N. Fides auf seinem Krankenblatt. Agnes atmete auf und flüsterte: »Mein lieber Fides, das haben wir aber gut gemacht. Hoffnungszeichen sind immer gut.«

Schwester Agnes fragte sich, ob er womöglich aus einer anderen Stadt, aus einem anderen Land stammte. Welche Sprache mochte er sprechen? Und wie lebte es sich wohl ganz ohne Kollegen, Freunde, Nachbarn, Beziehungen? Wieso vermisste ihn niemand? Sie stellte sich vor, dass er sich gerade an dem Tag, an dem der Unfall geschah, für eine längere Reise abgemeldet hatte. Aber jede Reise endete doch irgendwann. Und zwar in der Regel nach spätestens vier Wochen.

8. Kapitel

In Karl-Anton Wederbuschs Flur hing über dem Telefontischchen eine handgeschriebene Liste der wichtigsten Telefonnummern. Ganz typisch für allein lebende alte Menschen dieser Generation, dachte Alex Grolls Kollege Günther und griff nach seinem Handy. Er tippte die oberste Zahlenkombination ein, hinter der das Wort »Fabi« stand. Seine Erfahrung sagte ihm, dass die oberste Nummer für den Verfasser dieser Liste die wichtigste war. Das hatte er schon oft genug erlebt. Und immer waren es Telefonkontakte der nächsten Angehörigen, noch nie hatte er auf handgeschriebenen Listen ganz oben die Notrufnummern von Polizei und Feuerwehr oder gar die des ärztlichen Notdienstes gefunden. Ob alte Leute die auswendig kannten?

Während er auf seinen Gesprächspartner wartete, betrachtete er den altmodischen Telefonapparat aus schwarzem Bakelit mit Schnur und Wählscheibe. Der würde sicher mal in einem Museum landen. Oder es gab noch mehr Leute wie ihn, die so was sammelten. Am liebsten hätte er den Fernsprecher mitgenommen – seufzend strich er über den breiten Hörer. Da hatte man wenigstens etwas in der Hand, was dem Begriff »Ferngespräch« ein ganz anderes Gewicht verlieh.

Fabian Wederbusch hatte gerade seinen Rechner heruntergefahren, um in den wohlverdienten Feierabend aufzubrechen, als sein Handy klingelte. Es war eine ihm unbekannte Nummer, und während er noch darüber nachdachte, wem er in letzter Zeit seine Nummer gegeben hatte, bestellte ihn eine etwas gestresst klingende Stimme in die Kurze Straße. Das Gespräch war beendet gewesen, noch bevor Fabian nachfragen konnte, was denn da los sei.

Mit einem unguten Gefühl im Bauch und zitternden Knien betätigte er in seinem Auto Kupplung und Gas und raste verkehrswidrig schnell in den einst idyllischen Vorort, in das Paradies seiner Kindheit. Dabei hoffte er, dass seinem Großvater nichts geschehen war. Nein, das konnte nicht sein! Schließlich war der Opa doch seit dem Einzug von Boris in die Kurze Straße so fit wie schon lange nicht mehr! Er ging sogar jeden Tag spazieren – eine Runde mit Boris an der Leine durch den Garten – behauptete er zumindest.

Vorsichtshalber hatte Fabian auch gleich seinen Vater informiert, der wie immer mit: »O Gott, o Gott!« reagierte und versprach, sich augenblicklich mit Fabians Mutter Hilde auf den Weg zu machen.

»Hoffentlich kann ich noch mit Opa sprechen«, murmelte Fabian nun gegen die Windschutzscheibe und gab erneut Gas. Wenn er sich eines wünschte, dann das. Er liebte den Alten mit all seinen Ecken und Kanten und natürlich auch wegen des wunderbaren Kakaos, den niemand so kochen konnte wie er.

Sein Großvater hatte ihm öfter erzählt, wie er während seiner Ausbildung zum Koch die Basis für dieses fast verboten gut schmeckende Getränk aus rohen Kakaobohnen und Zucker kreiert hatte. Auf die Idee dazu hatte ihn seine spätere Frau Ida gebracht. Fabians Großmutter nämlich war Apothekenhelferin gewesen und wusste, was gut war, und vor allem, was guttat. Erst ihre Spezialwürze hatte dem Kakao das besondere Etwas verliehen. Seine Großeltern hatten sich mit diesem Getränk so manchen schönen Abend gemacht und viel später auch den Alltag ihres Enkels Fabian und dessen Sandkastenfreundin Vicky Aschenbrenner versüßt.

So gut wie alle Ferien hatten sie als Kinder bei ihren jeweiligen Großeltern in der Kurzen Straße verbracht und es genossen, dort all das zu dürfen, was Mama und Papa nicht ohne Weiteres erlaubten. Zum Beispiel fernsehen bis mindestens acht Uhr abends oder vom Frühstückstisch aufspringen und in den Garten rennen, ohne sich vorher die Zähne zu putzen oder gar beim Abräumen helfen zu müssen. Sie hatten fast jeden Tag miteinander gespielt und jede Menge Geheimnisse gehabt. Doch dann waren sie größer geworden und hatten sich aus den Augen verloren, insbesondere als Vicky nach Hamburg gezogen und kaum noch bei den Großeltern gewesen war.

Nach dem Tod der alten Aschenbrenners hatte sie nun

das Haus und mehrere Grundstücke geerbt, wie Fabian von seinem Opa wusste. Vickys Eltern lebten schon seit Jahren in ihrer Finca in Andalusien und waren heilfroh, dass sie mit dem Haus in der Kurzen Straße nichts mehr zu tun hatten. Nicht einmal zu den Beerdigungen der beiden alten Aschenbrenners waren sie angereist, was Fabians Großvater empörend gefunden hatte. »Die Leute wissen einfach nicht mehr, was sich gehört!«, hatte er gebrummt. Obwohl Vicky hierhergezogen war, hatte Fabian sie nie zu Gesicht bekommen. Das lag sicher auch daran, dass er so selten bei seinem Großvater war. Er schwor sich, in Zukunft öfter zu ihm zu fahren.

So gut das Getränk auch mundete – für den Großvater hatte die Kreation in einer Enttäuschung gemündet, denn als er es bei einem Wettbewerb für Jungköche als flüssiges Dessert kredenzte, belegte er damit nur den vorletzten Platz. Fabian gegenüber hatte er den Verdacht geäußert, es habe der Jury so verdächtig gut geschmeckt, dass sie wohl den Einsatz unerlaubter Substanzen unterstellt habe. Tatsächlich ergab eine spätere Laboranalyse, dass das Getränk nicht nur Kakao, sondern auch Serotonin, Endorphine, Phenylethylamin und Anandamid enthielt, also einen durchaus erfreulichen Cocktail aus glücksverheißenden Neurotransmittern.

Wenn Fabians Großvater von dem Wettbewerb erzählte, hatte er immer ein wenig geschimpft. Schließlich war Coca-Cola bis zum Ende des 19. Jahrhunderts mit Kokain angereichert worden – und zwar bewusst. Er aber hatte von den Botenstoffen in seiner süffigen schwarzen Kreation nichts geahnt, denn Ida hatte ihre Spezialmischung immer nur als »Kakaogewürz« bezeichnet.

Um seine Enttäuschung über den zweitletzten Rang zu verdauen, hatte er damals gleich vier Gläser mit seiner wunderbar süffigen Nachspeise selbst geleert – und schon war es ihm so gut gegangen, dass er beschwingt nach Hause geeilt war und seiner Ida einen Heiratsantrag gemacht hatte. Rückblickend war das das Beste an diesem ganzen Wettbewerb gewesen und hatte letztendlich alle Minuspunkte aufgewogen.

Fabian staunte, was ihm auf dem Weg zu seinem Opa alles durch den Kopf ging.

Der Feierabendverkehr war grauenvoll, alle Autofahrer schienen sich darauf geeinigt zu haben, sich ausgerechnet ihm in den Weg zu stellen. Fabian hupte, fuhr zu schnell und wurde an einer Ampel geblitzt. Egal. Hauptsache, dem Opa war nichts Schlimmes passiert. Dann würde alles gut.

Doch wenig später stand er in der Küche der Kurzen Straße Nummer eins und musste zusehen, wie der leblose Körper seines Großvaters von den Mitarbeitern eines Bestattungsunternehmens in eine Bergungswanne gebettet wurde.

Wild gestikulierend redeten Fabians Eltern währenddessen im Vorgarten auf die Nachbarn und Anwohner ein. Fabian fragte sich, über was oder wen da schon verhandelt wurde und was seine Eltern mal wieder alles zu erzählen hatten. Denen war der Großvater doch zeitlebens ziemlich egal gewesen. Die wussten doch kaum was von ihm.

Bruchstückhaft drang die Stimme seines Vaters zu ihm durch: »Das hier ist kein Tatort, da kann die Polizei sagen, was sie will. Mein Vater ist eines ganz natürlichen Todes gestorben.«

Fabian sah sich nach Karl-Antons Augenstern um und entdeckte den Kater schließlich im Badezimmer. Verstört hockte Boris in der hintersten Ecke seines grauen Katzenklos. Ob er gesehen hatte, wie fremde Männer sein Herrchen in eine Kiste gelegt hatten? Nicht einmal mit einem Leckerli ließ er sich zum Herauskommen bewegen. Das Tier schien aus tiefster Seele zu seufzen, und sein sonst so rosafarbenes Näschen war ungewöhnlich blass.

»Hey, Boris, was wird denn jetzt aus dir?« Fabian ging vor ihm in die Hocke. »Ich kann dich nicht zu mir nehmen. Da bist du zu viel allein.« Boris hob die rechte Pfote und wischte sich erst über das eine, dann über das andere Auge. Dazu drehte er den Kopf. Eine zutiefst verzweifelte Geste.

»Musst nicht weinen«, tröstete Fabian ihn und würgte an dem Kloß in seinem Hals.

Wieso waren seine Eltern da unten so hektisch, wo doch gerade eine ganze Welt zusammengebrochen war? Da musste man doch erst mal ein bisschen innehalten. Er stand auf, schloss die Tür von innen, setzte sich auf den weißen Wannenrand und kämpfte mit den Tränen.

Boris scharrte in seiner Katzenstreu, verließ zögernd sein Toilettenhäuschen und setzte sich zu Fabians Füßen. Seine Augen waren groß und goldgrün. Wenigstens einer, der ihn verstand und der mit ihm trauerte. Fabian fühlte sich in Boris' Gegenwart nicht mehr ganz so allein und lockte ihn mit sich in die Küche. Dort servierte er ihm ein Stück frische Leber aus dem Kühlschrank. So wie er seinen Großvater kannte, hatte genau die heute auf dem Speiseplan für Mensch und Kater gestanden.

Nachdenklich betrachtete er den Zettel, der auf dem Küchentisch gelegen hatte und den er aus einem plötzlichen Impuls heraus zusammengefaltet und in seine Hosentasche gesteckt hatte. Das also waren die letzten Worte seines Großvaters. Ob die an ihn, seinen einzigen Enkel, gerichtet waren? Und was hatte es damit für eine Bewandtnis? Wollte Karl-Anton Wederbusch nur etwas Banales festhalten, etwas ganz Alltägliches? Angesichts seines plötzlichen Zusammenbruchs bekam dieser unvollendete Satz nun eine ganz besondere Bedeutung: »Frau Siebert aus der Nummer fünf und das Kind …«

Fabian biss sich auf die Lippen. Sollten die sich etwa um den Kater kümmern? War das Karl-Antons Plan gewesen? Er hatte nie davon gesprochen, dass er sich mit den beiden angefreundet hatte.

Was wusste Fabian eigentlich von seinem Großvater? Viel zu wenig. Er betrachtete den konzentriert fressenden Kater und holte ihm eine zweite Portion Leber aus dem Kühlschrank. Dann wusch er sich Gesicht und Hände im Spülbecken der Fünfzigerjahre-Küche und stellte sich erneut dem Leben. Es musste ja irgendwie weitergehen. Sein Opa hätte gesagt: »Wenn was anbrennt, schmeiß es weg, und fang von vorne an. Gerettet werden kann da nichts mehr. Spar dir also Zeit und Nerven.«

Fabian trat ans Fenster und sah die Straße hinunter zum Haus mit der Nummer fünf, wo jetzt Vicky wohnte.

»So wird es dir auch ergehen«, hatte sein Opa einmal spaßeshalber gedroht. »Du erbst dieses Haus. Mach damit, was du willst, aber wenn dein Großonkel Alfred hier einziehen will, muss auch das Badezimmer drinbleiben, und zwar genauso, wie es ist. Versprochen?« Fabian hatte dazu genickt. Anschließend hatte sein Großvater sich darüber ausgelassen, dass Vicky Aschenbrenner eines ihrer ererbten Grundstücke verkauft habe, um ihr Haus zu renovieren und das Obergeschoss an eine fremde Frau zu vermieten, was ihm offenbar ganz und gar nicht gefallen hatte. Und jetzt sollten ausgerechnet diese Fremde und deren Kind sich um Boris kümmern? War das sein Ernst?

Sein Opa, mit dem er mindestens zweimal in der Woche telefonierte, hätte ihm das doch mal erzählen können. Fabian wusste, dass die Frau und der Junge allabendlich vor dem Haus des Großvaters gestanden und stumme Zwiesprache mit Boris gehalten hatten. Er selbst hatte dabei sogar einige Male zugeschaut – aber nicht eingreifen dürfen. »Ich regle das auf meine Weise«, hatte sein Opa versprochen. »Du hast schon genug mit deinem Leben zu tun.« Nur – war das die Regelung, dass ausgerechnet die zwei sich jetzt um das Tier kümmerten? Aber was sonst sollten die Zeilen bedeuten?

Mit einem flüchtigen Blick hatte Rolf Wederbusch den Leichnam seines Vaters bedacht, als dieser von den Mitarbeitern des Bestattungsinstitutes aus dem Haus getragen worden war. Weitaus mehr interessierten ihn der Zustand und der geschätzte Wert der Immobilie.

»Das ist jetzt alles deins, Fabian«, erklärte er. »Opa wollte ja, dass du es kriegst, und das ist mir sogar sehr recht. Wir haben ja unser gutes Auskommen. Aber ich helfe dir natürlich, es zu verkaufen. Vorher sollten wir es aber an der einen oder anderen Ecke etwas aufhübschen. Wer will denn schon in einer solchen Hütte hausen? Alles total veraltet. Viel ist das nicht mehr wert. Ich frag Hilde mal, ob sie noch was mitnehmen will – als Erinnerungsstück. Und dann bestellen wir entweder einen Makler oder die Abrissbirne.«

Fabian Wederbusch schüttelte den Kopf. »Opa ist tot, und du denkst nur ans Geld.«

»Junge, ich denke an deine Zukunft. Jetzt werde bitte nicht sentimental.« Das hatte Papa Rolf schon gesagt, als Fabian noch ganz klein war. Wenn Rolf Wederbusch »sentimental« sagte, klang es so, als meine er »schwachsinnig«, und fast immer tippte er sich bei diesem Wort demonstrativ gegen die Stirn.

Die Polizei hatte inzwischen alle Türen und Fenster überprüft und jeden Raum untersucht. »Da ist definitiv nicht eingebrochen worden«, meinte einer der Beamten. »Der Notarzt meint, der alte Herr sei eines natürlichen Todes gestorben. Der vorläufige Totenschein wurde schon vom Notarzt ausgestellt. Um alles Weitere kümmern sich die Leute vom Bestattungsinstitut. Dann war's das wohl.« Wie in einem schlechten Film legte der Beamte die Fingerspitzen an seine Mütze. »Wir sind dann mal wieder weg.«

Nach einer erneuten Beileidsbekundung fuhr die Truppe davon, jetzt ohne Blaulicht und ohne Sirene. Der Notarzt und der Rettungswagen waren bereits zu einem anderen Einsatz gerufen worden. Auch der Bestattungsdienst war schon wieder zurückgefahren und ging nun seinen notwendigen Geschäften nach.

Im Garten standen noch die Nachbarn. Ob sie auf etwas warteten? Auf Karl-Antons Rückkehr? Auf belegte Brote und Früchtetee? Auf den sagenumwobenen Kakao?

Fabian trat auf seine Eltern zu. »Nehmt ihr den Kater?«

Sein Vater schüttelte den Kopf: »O Gott, o Gott! Nein.« Er wirkte irgendwie fehl am Platz mit seinem rosafarbenen T-Shirt, der hellblauen Jeans und den Flipflops an den nackten Füßen. Fabians Mutter trug ein Kleid mit Spaghettiträgern und Gesundheitssandalen. Vermutlich hatten beide auf der Terrasse ihres gepflegten Reihenhäuschens ein Nickerchen gehalten, als er anrief und sie in die Kurze Straße schickte.

Seine Mutter riss entsetzt die Augen auf. »Bist du wahnsinnig? Du weißt doch, dass ich eine Allergie habe. Gegen alles, was Haare hat.«

Ich habe auch Haare, dachte Fabian und fragte sich, ob seine Mutter ihn deshalb so selten umarmt oder gar mit ihm geschmust hatte. Und er fragte sich auch, wie er gezeugt worden sein mochte. Hatte seine Mutter dabei etwa einen allergischen Schock erlitten? Mittlerweile hatte Fabians Vater eine Glatze. Das machte das Zusammenleben der beiden vielleicht etwas einfacher.

»Gib ihn ins Tierheim«, schlug Rolf Wederbusch vor.

»Allein im Haus kann er jedenfalls nicht bleiben. Womöglich kratzt er an den Wänden und pinkelt in die Ecken. Wenn ein Haus nach Katzen stinkt, ist es gleich viel weniger wert. Allergiker wie deine Mutter dürften dann gar nicht einziehen. Wie gesagt, ich setze ja sowieso auf die Abrissbirne, auch wenn das teuer wird. Vielleicht kannst du die Kosten dafür ja einem potenziellen Käufer des Grundstücks aufs Auge drücken. Soll ich mich mal um einen Makler kümmern? O Gott, o Gott. Immer ist irgendwas, um das man sich sorgen muss. Nie hat man mal seine wohlverdiente Ruhe!«

»Es ist doch gar nicht deine Sorge«, widersprach Fabian. »Opa wollte mir sein Haus vermachen. Und falls ich es an Großonkel Alfred verkaufe, muss das Badezimmer drinbleiben. Nur dann kriegt er es. Das musste ich dem Opa versprechen.«

»Echt?« Fabians Vater lachte. »O Gott, o Gott! Das nenne ich ärgern bis über den Tod hinaus.« Jovial schlug er seinem Sohn auf die Schulter und lachte ein wenig zu laut. »Aber du bist jetzt ein gemachter Mann! Einer mit Vermögen. Beste Voraussetzungen für einen Neustart! So hätte ich damals auch gern angefangen, aber wir hatten ja nix, gar nix hatten wir!«

Fabians Mutter nickte.

Wie konnte er nur so reden, der Großvater war nicht einmal zwölf Stunden tot! Hilflos sah Fabian zu Boden.

»Nun freu dich doch, Kind!«

»Ich war hier glücklich«, murmelte Fabian. »Und jetzt bin ich traurig.«

Hier, in diesem Haus, hatte er die beste Schokolade seines Lebens getrunken und dabei neben Oma und Opa auf dem Sofa gesessen und *Meister Eder und sein Pumuckl*, *Lindenstraße* und *Traumschiff* geguckt. Weder Ida noch Karl-Anton fürchteten sich vor Kindern mit Haaren auf dem Kopf. Sie hatten ihn sogar manchmal an sich gedrückt und ihre Hände auf seinen Kopf gelegt.

Sein Vater wandte sich erneut dem Hausinneren zu, diesmal aber mit den Augen eines Immobilienmaklers. »Das Badezimmer müsste tatsächlich dringend neu gemacht werden«, meinte er. »Und die Küche ist eine einzige Katastrophe. Wo hat man heute noch Büfett, Herd und Kühlschrank separat ohne eine einheitliche Arbeitsplatte darüber? Und dann dieses altmodische Telefon im Flur, das gehört wirklich auf den Schrottplatz. Das gilt im Grunde für alles hier! Ich hätte mich viel früher darum kümmern müssen – aber der alte Sturkopf hat sich ja nie reinreden lassen, was das Haus betraf.« Rolf Wederbusch war rot angelaufen.

Fabian hatte das beklemmende Gefühl, als rege er sich vor allem deshalb auf, weil er damit seine Trauer über den Verlust seines Vaters überspielen konnte. Das versöhnte ihn ein wenig mit der Situation. Die ganze Geschichte schien seinen Eltern doch nahezugehen, auch wenn sie es niemals zeigen würden.

»Jetzt lass doch die Einrichtung«, unterbrach er das Gejammer seines Vaters. »Wann hast du eigentlich zuletzt mit Opa gesprochen?«

Rolf Wederbusch hielt inne. »Wieso?« Er dachte nach.

»Vor ein paar Wochen haben wir mal miteinander telefoniert.«

»Hat er dir von der Frau mit dem Kind erzählt?«

»Ich glaube nicht.«

Fabian zog das Blatt Papier aus der Hosentasche und zeigte es seinem Vater. »Vielleicht will er ja, dass die den Kater nehmen?«

»Also, über das Vieh haben wir nie gesprochen«, meinte Fabians Mutter, und sein Vater ergänzte: »Überhaupt hat der sein Herz viel zu sehr an diesen Kater gehängt. Das konnte ja nicht gut gehen. Man braucht Menschen um sich, nicht Tiere!«

»Es ist aber gut gegangen«, widersprach Fabian. »Die beiden haben sich gegenseitig ziemlich gutgetan.«

Sein Vater wies auf das beschriebene Blatt Papier: »Vielleicht war dieser Zettel ja der Anfang eines Testamentes. Möglicherweise wollte mein Vater alles seinem Kater und dieser Frau mit dem Kind vermachen – Junge, da hast du aber noch mal Glück gehabt, dass er rechtzeitig den Stift zur Seite gelegt hat – und zwar für immer.«

Rolf Wederbusch stellte sich an das Fenster und betrachtete das vom nächtlichen Sturm zerfetzte Werbeschild für das neue Baugebiet.

»Auch dieses Grundstück wird von Tag zu Tag wertvoller«, bemerkte er nachdenklich.

Der Garten hatte sich inzwischen geleert. Die Nachbarin aus dem Mehrgenerationenhaus kam mit ihren beiden Enkelinnen vorbei, um einen Strauß Rosen vor die Tür des Verstorbenen zu legen und eine Kerze anzuzünden.

Die Blumen hatten das gleiche Rosa wie Rolf Wederbuschs Freizeithemd. Ob sie sich etwas dabei gedacht hatte?

»Komm, Junge, jetzt fahren wir nach Hause zu uns. Ich mach uns was zu essen.« Fabians Mutter zeigte sich unvermittelt fürsorglich.

Fabian schüttelte den Kopf. »Nein. Ich möchte noch hierbleiben. Ich hatte noch gar nicht Zeit, richtig Abschied zu nehmen. Und außerdem muss sich jemand um den Kater kümmern.«

»O Gott, o Gott!« Rolf Wederbusch schüttelte den Kopf. »Ihr seid doch alle verrückt! So ein Gedöns um eine Katze!«

Inzwischen war es draußen ganz dunkel geworden. Fabian sah seinen Eltern nach, die über den Rasen zum Gartentor gingen. Seine Mutter umarmte sich selbst. Sie fror. Kein Wunder, sie war viel zu dünn angezogen.

Auf der Fensterbank des Wohnzimmers saß Boris und sah auf die Straße. Fabian wusste, dass das Teil des abendlichen Katerrituals war. Danach ließ Boris sich zu Tisch rufen. Ob er auch reagieren würde, wenn eine andere Stimme ihn lockte?

Boris hatte zwar vor einer guten Stunde eine frische Leber verspeist, doch er war eigentlich immer hungrig, das wusste Fabian. Also begab er sich auf die Suche und entdeckte schließlich in der hintersten Ecke eines Küchenschranks eine geöffnete Tüte Trockenfutter. Er tat etwas davon in eine kleine Schüssel, die er auf den Esstisch stellte. Dann rief er nach Boris.

Der Kater kam angerannt und sprang erst auf den Stuhl und dann auf den Tisch. Er sah in seinen Napf und begutachtete voller Skepsis das Angebot. Mit einem Schütteln wandte er sich wieder ab, sprang auf den Fußboden und klagte laut: »Miau!«

»Ich habe nichts anderes. Was um Himmels willen hat Opa dir denn sonst noch gegeben? Er wird doch wohl nicht zweimal am Tag für dich gekocht haben?«

Boris setzte sich auf seine Hinterbeine, sah gedankenverloren und erhaben zugleich auf einen erdachten Punkt und wischte sich mit der rechten Pfote über beide Augen. Fabian kam es so vor, als wolle das Tier ihm mit dieser Geste sagen: »Was denn sonst?«

Der Enkel des Katzenkochs stellte einen Napf mit Wasser auf den Tisch. »Aber trinken wirst du doch!«

Boris sprang nicht einmal hoch, um das Angebot zu begutachten. Er war eindeutig schwer gekränkt.

Hochbeinig und steif schritt er an Fabian vorbei Richtung Wohnzimmer. Dort hockte er sich vor eine verschlossene Schranktür.

»Willst du mir etwa sagen, dass hier dein Menü auf dich wartet?« Fabian öffnete die Schranktür. Das dahinterliegende Regalfach war voller Tüten mit Erdnussflips und Kartoffelchips. Eine Chipstüte mit Zwiebelaroma war bereits angebrochen. Spaßeshalber hielt Fabian dem Vierbeiner eine Kartoffelscheibe hin. »So etwas wirst du doch wohl nicht essen! Das ist viel zu salzig!«

Boris aber schnappte danach und schnurrte zufrieden. Offensichtlich hatte er nun das, was er wollte. Fabian schüttete ein Häufchen Chips in ein neues Schüsselchen und sah mit schlechtem Gewissen zu, wie Boris den Inhalt in sich hineinknabberte. Hoffentlich bekam er davon keine Magenschmerzen.

Erst jetzt nahm er wahr, dass das ganze Haus nach Karl-Anton roch. Nach dessen Aftershave mit Vanillearoma, nach den immer perfekt gerösteten Bratkartoffeln und der legendären heißen Schokolade. Was würde er darum geben, noch einmal eine Tasse davon aus der Hand seines Großvaters entgegennehmen zu dürfen.

Seufzend sah er sich um. Der zweigeschossige Rotklinkerbau dürfte inzwischen siebzig Jahre auf dem Buckel haben. Fabian fragte sich, ob er hier einziehen sollte. In zehn Jahren befand sich dort, wo jetzt noch eine einsame Bushaltestelle stand, bestimmt eine U-Bahn-Station. Sofort verwarf er den Gedanken wieder. Der Weg zur Arbeit wäre zu weit, und insgesamt war es ihm hier viel zu einsam. Seine Freunde aus der Stadt würden ihm fehlen, mit denen er nach der Arbeit was trinken ging und einmal pro Woche zum Fußballspielen verabredet war.

Was sollte er schon mit den Bewohnern eines Mehrgenerationenhauses anfangen oder gar mit Vicky Aschenbrenner? Auch wenn er sich als Sechsjähriger mal mit ihr verlobt und ihr ewige Sandkastentreue geschworen hatte. Sogar einen Plastikring hatte er ihr an den Finger gesteckt. Na ja, nichts hielt ewig. Aber immer noch schön war die Erinnerung an die von den Großeltern ausgerichtete Verlobungsfeier mit dem legendären Kakao. Er seufzte. Warum nur hatte er sich nicht das Rezept geben lassen?

Fabian drehte noch eine Runde durch die Küche. Dabei fiel sein Blick auf eine zugegebenermaßen etwas kitschige Dose mit Engelsmotiv. Er griff danach und öffnete sie. Ein intensiver Geruch schlug ihm entgegen, den er nicht sofort zuordnen konnte. Irgendwelche Backgewürze vermutlich.

Ihm fiel Vicky ein. Vor dem Haus waren so viele Nachbarn gewesen, ob auch sie unter ihnen gewesen war? Er hatte sie schon so lange nicht mehr gesehen und hatte keine Ahnung, wie sie jetzt aussah. Er steckte die kleine Gewürzdose ein. Die würde er Vicky Aschenbrenner geben. Vielleicht würde sie sich darüber freuen, es wäre eine Erinnerung an seine Großeltern. Er selbst backte ja nie, insbesondere keine Gewürzkuchen.

Fabian beschloss, gleich zur Nummer fünf hinüberzugehen. Womöglich konnte er bei der Gelegenheit die Frage klären, wo der Kater bleiben sollte. Jetzt kam ihm die Idee des Großvaters gar nicht mehr so schlecht vor, dass Boris zu der Frau mit dem kleinen Jungen zog. Mütter von kleinen Kindern waren ja häufig zu Hause und konnten sich bestimmt gut um eine Katze kümmern.

»Na gut, dann sehe ich jetzt mal zu, dass jemand gut für dich sorgt«, versprach er dem Kater. »Und ab sofort wird wieder vernünftiger gegessen. Was für eine Schande, da wächst du bei einem Koch auf und ernährst dich von fetten Chips. Ungeheuerlich ist das!«

Der Kater fraß ungerührt weiter.

Wenig später klingelte Fabian bei Vicky Aschenbrenner. Als sie öffnete, stellte er fest, dass sie sich eigentlich kaum verändert hatte. Oder doch? Er hatte sie aus der Kindheit und Jugend nicht als besonders hübsch in Erinnerung. Nett, das schon, aber keine Schönheit, eher so was wie eine graue Maus. Nun jedoch stand sie selbstbewusst und mit geröteten Wangen vor ihm. Der Duft nach frisch gebackenem Brot schlug ihm aus der Wohnung entgegen.

»Hallo, Vicky, ich bin's, Fabian«, sagte er zur Begrüßung.

»Ach, das ist ja schön, dass du vorbeischaust. Wirklich traurig, das mit deinem Opa. Und so plötzlich. Tut mir sehr leid«, entgegnete sie. »Möchtest du kurz hereinkommen?«

»Heute nicht, es ist schon spät, und ich muss gleich noch hoch zu deiner Mieterin. Die ist bestimmt da, oder?«

»Na, klar. Gibst du uns noch Bescheid, wann die Beerdigung ist?«

»Ja, mach ich, versprochen. Noch was.« Er zauberte die emaillierte Engelsdose hervor und gab sie Vicky. »Die ist für dich, als Andenken an meine Großeltern. Du warst doch so oft bei uns und hast manchmal Oma Ida beim Backen geholfen. Vielleicht kannst du die Backgewürze hier gebrauchen.«

»Danke.« Vicky öffnete die Dose und schnupperte. »An irgendwas erinnert mich der Duft. Fällt mir gerade nicht ein. Soll ich dich raufbringen zu meiner Nachbarin?«

»Nicht nötig, das schaff ich schon allein.«

Andere Kinder hätten gefragt, was mit dem alten Mann los war, der so gerne schimpfte und seinen grauen Kater an einer Leine spazieren führte oder einsperrte. Aber Knopf fragte nicht. Mit hängendem Kopf war er an Stellas Hand nach Hause getrottet und hatte sich dann schweigend mit seinem Breitmaulnashorn-Puzzle beschäftigt, während sie Tortellini für ihn kochte. »Nudeln machen glücklich«, hatte Ferdinand immer gesagt, und ein bisschen stimmte das auch.

Stella ertappte sich bei einer Fantasie, in der Carina pausenlos Gin Tonics in sich hineinkippte und Nudeln aß. So viel, bis sie die Figur eines Weinfasses hatte. Sollte sie doch so aus den Nähten platzen, dass Ferdinand nicht mehr zu ihr auf das Ledersofa passte. Fünfzig Prozent davon nämlich gehörten immer noch Stella.

»Kommst du?«, rief sie dem Jungen zu. Wenigstens hörte er auf sie. »Schau mal, ich habe Tortellini gekocht. Die magst du doch so gerne.«

Er nickte, setzte sich an den Tisch und schaufelte mit einem großen Löffel die gefüllten Nudeln mitsamt der Sahnesoße in sich hinein.

Stella sah ihn fragend an. »Und was ist mit dem Salat?«

Schweigend aß er auch den.

Je länger Knopf bei ihr lebte, desto mehr wurde ihr bewusst, wie unnötig Worte eigentlich waren. Sie verstanden sich mit Blicken, Handzeichen, kleinen Gesten. Dabei arbeitete sie in einem Job, der nicht zuletzt von der Sprache lebte, manchmal auch von Sprüchen. Je schriller, desto besser.

Als sein Teller leer gegessen war, sah Knopf sie an und gähnte demonstrativ.

»Müde? Dann gehst du jetzt ins Bad und ziehst deinen Schlafanzug an. Schaffst du das allein? Dann helfe ich dir hinterher mit dem Zähneputzen.«

Er nickte und ging davon.

Sie sah ihm nach. Wäre er einer ihrer vierjährigen Werbestars, hätte er nun protestiert und im Brustton der Überzeugung behauptet, er müsse unbedingt noch das Breitmaulnashorn fertig puzzeln. Sie konnte sich die Diskussion lebhaft vorstellen.

Fast ein bisschen schade, dass Knopf nicht darauf bestand. Als sie ihm ins Bad folgte, trug er bereits den dunkelblauen Pyjama mit Bermudahose, den Vicky mitgebracht hatte. Sie putzte ihm die Zähne und brachte ihn dann ins Bett.

»Bestimmt kannst du gut schlafen. Blitz und Donner wird es heute Nacht nicht geben.«

Er nickte.

Sie fragte sich, ob all das, was er heute gesehen hatte, in seine Träume einfließen würde. Die Polizei, der Rettungswagen, das schwarze Gefährt des Bestattungsinstitutes. Und mittendrin Alex Groll, der ein Stockwerk tiefer gerade mit Vicky zu den Klängen von Roland Kaiser tanzte – oder zu Abend aß. Wer wusste das schon?

Vielleicht war dem Jungen die Situation mit Rettungswagen und Bestattern in schwarzen Anzügen ja von früher vertraut. Schließlich war seine Mutter gestorben. Wer weiß, was er alles schon in seinem kleinen Leben gesehen hatte. Kurz überlegte sie, ob sie einfach behaupten sollte: Der alte Mann von nebenan ist nun auch im Himmel und schaut auf uns herab.

Allerdings war sie sich nicht sicher, ob der Nachbar ihnen wohlgesonnen war. Tatsächlich barg es ein gewisses Risiko, einfach zu behaupten, dass der Alte da oben sitze und auf sie aufpasse. Möglicherweise hockte er zwar da oben, warf ihnen aber von dort aus hinterrücks Steine in den Weg.

Wie kam sie nur immer auf solche Gedanken? In diesem Augenblick klingelte es an der Tür.

9. Kapitel

Der Mann, den alle Fides nannten, sollte in zwei Tagen in eine Rehaklinik verlegt werden. Schwester Agnes hatte das Bedürfnis, sich von ihm zu verabschieden. Doch wie nahm man Abschied von einem, der nicht wusste, wer er war? Garantiert würde er sie bereits in dem Moment vergessen, in dem er das Krankenhaus verließ. Sein Kurzzeitgedächtnis funktionierte noch lange nicht so, wie es sollte. Auch wenn sie jeden Tag eine halbe Stunde mit ihm ein wissenschaftlich untermauertes Gedächtnistraining absolvierte.

Vorgestern hatte er zum ersten Mal auf seinen eigenen Beinen gestanden. Und dabei war ihm bewusst geworden, dass er das Stehen, Laufen und Hinsetzen neu erlernen musste. Er musste mit allem von vorn beginnen.

Sie hatte das Entsetzen in seinen Augen wahrgenommen. »Wer bin ich?«, krächzte er. Wenn du wüsstest, wie lange wir uns das schon fragen, dachte sie kopfschüttelnd und half ihm mit geübten Handgriffen, sich aufzusetzen.

Erst vor einer Woche war ihm die Magensonde entfernt worden.

Anfangs hatte er nur Suppen und breiförmige Speisen zu sich nehmen können. Jetzt freute er sich schon über ein ungetoastetes Weißbrot mit Eierscheiben und Mayonnaise. Das stand zwar nicht auf seinem Speiseplan – sie brachte es ihm dennoch mit, weil sie ihm damit eine Freude machte.

Als er sich zum ersten Mal im Spiegel gesehen hatte, war er vor dem vollbärtigen Fremden zurückgeschreckt. »Wer ist das?«

»Das sind Sie«, hatte Schwester Agnes geantwortet und hinzugefügt. »Wir nennen Sie Fides.«

Agnes stellte sich vor, dass er in seinem früheren Leben charmant, humorvoll und witzig gewesen war, und sie fragte sich, ob er jemals dorthin zurückfinden würde und was ihn dann dort erwarten mochte. Eine Frau, die auf ihn gewartet hatte? Sie wünschte es ihm.

»Wir werden Sie verlegen«, verriet Schwester Agnes ihm nun. »Übermorgen kommen Sie in eine Rehaklinik, die sich auf Patienten wie Sie spezialisiert hat. Sie werden sehen, bald können Sie wieder richtig laufen und auch wieder was mit Ihren Händen machen. Knöpfe schließen, Zähne putzen, sich selbst rasieren, sich die Haare kämmen.« Während sie das aufzählte, fühlte sie sich miserabel. Das waren doch absolute Selbstverständlichkeiten für einen erwachsenen Mann. Wie mochte dieser Katalog an Alltäglichkeiten auf ihn wirken? »Freuen Sie sich?«

Er hob die Schultern. »Weiß nicht.«

Die Neurologin hatte ihnen allen geraten: »Denken Sie daran: Dieser Mann ist wie ein leeres Blatt. Er kann auf nichts zurückgreifen und keine Vergleiche ziehen. Fragen Sie ihn deshalb nie, ob er sich freut oder fürchtet.« Und jetzt hatte Agnes die falsche Frage gestellt. Sie ärgerte sich und wandte sich dem Kleiderschrank mit seinem Namensschildchen zu. Meine Güte, wer mochte das alles bezahlen? Die Operationen, den Krankenhausaufenthalt, die Pflege. Der Verwaltungsdirektor des Klinikums glaubte weiterhin ganz fest daran, dass irgendwann die wahre Identität des Herrn N. N. Fides zutage treten würde. Dann hätte man eine Krankenkasse als Ansprechpartner. Aber was, wenn das nicht passierte?

»Hoffentlich sind Sie gut versichert«, murmelte Agnes nun und stand hilflos vor dem fast leeren Kleiderschrank. Der arme Mann besaß ja nichts. Ein Schlüsselbund mit einem Autoschlüssel, Schuhe und ein zerrissenes Hemd. Wenn es das war, was von einem Leben übrig blieb … Sie erinnerte sich, dass bei seiner Einlieferung das perfekt gebügelte Hemd erwähnt worden war – fast wie ein besonderes Kennzeichen. Ihr Tipp, auch die privaten Büglerinnen der Stadt zu befragen, war von der Polizei beiseitegewischt worden. »Die kennen ihre Kunden doch gar nicht. Und außerdem hat da bestimmt auch nicht jede ein Gewerbe angemeldet und steht im Branchenbuch. So was machen die doch schwarz unter der Überschrift Freundschaftsdienst.« Die Polizei wusste manchmal nicht nur alles, sondern oft auch alles besser.

Das Hemd war inzwischen gewaschen und von einer Kollegin geflickt worden und hing nicht mehr ganz so perfekt gebügelt im Krankenhausschrank. Die hartnäckigen

Blutflecken waren weiterhin als graue Inseln sichtbar und erinnerten an den Tag des Unfalls.

Seine zerfetzte Jeans war offensichtlich im Müll gelandet. Bei dem Unfall waren Fides' Unterschenkel und Füße zerquetscht und zum Teil gebrochen worden. Eigentlich ein Wunder, dass er jetzt schon wieder stehen konnte. Alle Mittelfußknochen des linken Fußes waren zersplittert gewesen und in aufwendigen Operationen genagelt und geschraubt worden. Sie hatte das Röntgenbild gesehen und glaubte seitdem an Wunder.

Schwester Agnes maß ihr Gegenüber mit einem abschätzenden Blick. Dieser Fides hatte ungefähr die Größe ihres Mannes, war also einen Meter achtzig groß und normal gebaut. Da müsste doch im Kleidungsfundus des Krankenhauses was zu finden sein. Pullover, Schuhe, Hemden, Unterwäsche – der hatte ja gar nichts und seit seiner Einlieferung im Juni nur Krankenhausnachthemden getragen. Und im Oktober konnte es schon ganz schön kalt werden. Er brauchte was Ordentliches zum Anziehen. Sie machte sich auf den Weg.

Ob es Vicky und Alex waren, denen irgendwelche Kochzutaten fehlten? Stella öffnete die Wohnungstür. Vor ihr stand ein Mann in ihrem Alter, der ihr bekannt vorkam.

»Hallo, ich bin der Enkel von Karl-Anton Wederbusch aus der Nummer eins, kann ich kurz mit Ihnen sprechen?«

Stella nickte. »Mein Beileid zum Tod Ihres Großvaters. Es ging alles so schnell. Gestern haben wir noch miteinander gesprochen. Wer hätte gedacht, dass er so bald von uns gehen wird. Wollen Sie hereinkommen?«

»Gerne. Ich heiße Fabian. Fabian Wederbusch«, stellte er sich vor.

»Stella. Stella Siebert.«

»Ich bin so froh, dass Sie sich mit meinem Großvater angefreundet haben. Wissen Sie, ich hatte immer ein bisschen Angst, dass er sich ganz zurückziehen würde. Über was haben Sie gesprochen? Ich meine, seine letzten Worte kriegen plötzlich so ein ganz eigenes Gewicht, finden Sie nicht auch?«

Stella, die grundsätzlich der Meinung war, dass all das, was ein anderer sagte, von Bedeutung sein oder zumindest ernst genommen werden sollte, nickte und beschloss spontan, ihm nicht zu sagen, dass der alte Wederbusch sie sehr genau beobachtet und ihr das auch in warnendem Ton mitgeteilt hatte.

»Über den Wind haben wir geredet und darüber, wie gut es doch ist, einen offenen Hausflur zu haben und im Durchzug zu sitzen, wenn es draußen so wahnsinnig heiß ist wie in diesem Sommer«, sagte sie nach einer Weile.

Barfüßig war Knopf zu ihnen in die Diele getreten und starrte den Besucher wortlos an. Der Junge stellte sich sehr nah neben Stella, die ihm sanft übers Haar strich. »Schau, Knopf, mach dir keine Sorgen, das da ist ein Freund von Boris. Er wird uns sicher erzählen, was Boris nun macht und ob er in unserer Straße bleibt. Das würden wir beide uns ja sehr wünschen.«

»Ja, und genau deshalb bin ich hier.« Fabian zog den

Zettel aus seiner Hosentasche und reichte ihn ihr. »Ich glaube, mein Großvater wollte, dass Sie sich um das Tier kümmern. So jedenfalls lese ich das.«

Sie bat ihn in die Küche. »Darf ich Ihnen ein Glas Wein anbieten?«

Er schüttelte den Kopf. »Danke, nein.«

Sie setzten sich an den Tisch. Langsam entfaltete Stella das Blatt Papier und las laut: »Frau Siebert aus der Nummer fünf und das Kind ...« Fragend blickte sie auf. »Und weiter?«

»Nichts.«

»Was könnte er damit gemeint haben?«

»Dass Sie sich um Boris kümmern. Sie haben ihn ja jeden Abend besucht.« Fabian starrte auf seine Hände. »Das hat er mir mal erzählt. Meinetwegen kann der Kater auch drüben wohnen bleiben, wenn Sie nur täglich nach ihm schauen und ihn füttern. Mehrmals täglich wäre natürlich noch besser. Er ist es nicht gewohnt, allein zu sein, aber wenn ich ihn zu mir nähme, wäre er der einsamste Kater der Welt.«

»Moment.« Stella hob beide Arme. Das Kind schmiegte sich an ihre Seite und sah bittend zu ihr hoch. Sie nahm den Jungen auf den Schoß und faltete ihre Hände vor seinem Bauch.

»Vielleicht könnte ich doch ein Glas Wein haben?«, fragte Fabian kleinlaut und sah dann zu, wie Stella den Jungen auf den Boden setzte und Rotwein in zwei Gläser füllte.

»Ich arbeite zwar viel zu Hause«, rechtfertigte sie sich,

»aber das mache ich wegen Knopf. Sobald der Junge in den Kindergarten kommt, gehe ich auch wieder in mein Büro.«

»Was, der geht noch nicht in den Kindergarten?«

»Nein, er ist noch nicht so weit«, behauptete Stella.

Was hätte sie sagen sollen? Das mit der mangelnden Kindergartenreife war eine blöde Ausflucht. Sie konnte den Kleinen ja gar nicht dort hingeben. Er hatte keinen Ausweis und keinen Namen – und vor allen Dingen sagte er nichts. Man würde ihn ihr augenblicklich wegnehmen.

»Kindergarten ist was Tolles«, wandte Fabian sich an Knopf. »Da sind ganz viele in deinem Alter, und die dürfen von morgens bis abends miteinander spielen und toben.«

War er etwa Erzieher? Wieso kannte er sich so gut aus?

Stella wies auf das halb fertige Puzzle, das mitsamt seiner Pappunterlage auf der Küchenplatte lag. »Er beschäftigt sich lieber allein. Mit den Nachbarskindern mag er auch nicht spielen. Die sind ihm zu wild. Aber wir sollten jetzt nicht über Knopf reden, sondern über Boris. Wie alt ist der Kater eigentlich?« Das Kind kletterte wieder auf ihren Schoß.

»Fünf Jahre.« Fabian nahm einen Schluck Wein. »Irgendwo da drüben liegt sicher sein Impfausweis.«

Sogar der Kater hatte einen Ausweis, dachte Stella. Ohne Ausweis existierte man vermutlich nicht.

»Können wir uns das noch überlegen?«, schlug sie dann vor. »Knopf und ich würden das gern in aller Ruhe miteinander besprechen.«

»Ja, natürlich.« Fabian nickte erleichtert. »Immerhin ist es der letzte Wille meines Großvaters, dass Boris zu Ihnen zieht. Zur Not könnte ich auch im Mehrgenerationenhaus fragen. Oder bei Vicky Aschenbrenner. Zumindest fürs Erste.«

»Ich sag Ihnen morgen Bescheid«, versprach Stella. »Geben Sie uns eine Nacht. Und mit Vicky rede ich.«

»Klar, überstürzen Sie nichts. Ich werde Sie auch darüber informieren, wann und wo die Beerdigung stattfindet. Wäre das okay?«

»Natürlich, sehr gern. Wir kommen auf jeden Fall.«

Die beiden tauschten ihre Telefonnummern aus und verabschiedeten sich.

Als Fabian fort war, brachte Stella Knopf zu Bett. »Sollen wir Boris zu uns nehmen?«

Er nickte aufgeregt und griff begeistert nach ihren Händen. Damit war die Entscheidung ja wohl schon gefallen.

Eine halbe Stunde später rief Stella bei Vicky an. »Ist Alex noch da? Wir müssen etwas klären. Könnt ihr hochkommen?«

Kurz darauf saßen sie zu dritt an Stellas Küchentisch.

»Wow!« Alex bewunderte die Fortschritte des Puzzles. »Wer hätte das gedacht. Der hat echt einen Blick fürs Detail.«

Vicky nickte stolz. »Das habe ich doch gleich gesagt. Der ist hochbegabt.«

»Apropos Details«, meinte Stella und schenkte allen Wein ein. »Mir fehlt zu Knopf ein ganz wichtiges Detail.

Dass er keine Papiere hat, kann höchstens noch ein Jahr so weitergehen – wir haben überhaupt bisher mehr Glück als Verstand gehabt. Aber spätestens mit fünf muss er in den Kindergarten und dann in die Schule. Wie soll ich ihn da anmelden? Ohne Ausweis? Quasi ohne den Nachweis seiner Existenz? Nicht einmal sein Geburtsdatum kenne ich.« Sie beobachtete Alex von der Seite. »Kannst du da nicht was drehen? Ihr kommt doch sicher an Formulare? Da kann man doch was faken.«

»Du willst, dass ich was Kriminelles mache und womöglich meinen Job riskiere?« Alex schüttelte den Kopf und prophezeite: »In spätestens einem halben Jahr ist der wieder bei seinen leiblichen Eltern. Da unternehmen wir jetzt erst mal nix. Und wir beide machen uns unser eigenes Kind.« Er legte seine Hand um Vickys Schultern und zog sie an sich. Die wurde rot.

»Du meinst, dann nehmen sie ihn mir wieder weg?« Stella war blass geworden.

»Ja, was denkst du denn? Der ist dir nur geliehen.«

»Das ganze Leben ist uns nur geliehen«, murmelte Vicky, was angesichts des gerade verstorbenen Nachbarn etwas makaber klang und möglicherweise sogar einem Roland-Kaiser-Song entlehnt war.

»Aber er hat sich an mich gewöhnt. Er fühlt sich hier wohl«, meinte Stella.

»Du wirst sicher ein Besuchsrecht bekommen.« Alex klang gleichermaßen beruhigend wie ausweichend. Es war klar, dass er sich mit diesem Problem nicht auseinandersetzen wollte.

Sie hätte die beiden gar nicht fragen sollen.

Grinsend fügte Alex hinzu: »Sei froh, dass wir dich nicht wegen Kindesentführung anzeigen. Aber ich sag nichts, versprochen.« Sollte das etwa ein Scherz sein? Niemand lachte.

In dieser Nacht schlief Stella schlecht. Immer wieder stand sie auf und sah nach Knopf. Sie hatte ihn doch gar nicht entführt. Er war ihr zugelaufen. Ein Geschenk des Himmels. Allerdings ohne Lieferschein und ohne Absenderkärtchen.

Als sie im Morgengrauen wegdöste, war ihr klar, dass sie sich um den Kater kümmern würde. Noch vor dem Frühstück rief sie Fabian Wederbusch an, der gerade im Auto zu einem auswärtigen Termin unterwegs war. Wenn sie sich nicht gemeldet hätte, wäre er am Abend in die Kurze Straße gekommen, um Boris zu füttern, sagte er. Fabian wirkte sehr erleichtert und verriet ihr, wo der Hausschlüssel versteckt war, falls sie Boris gleich holen wolle: nämlich auf der Fensterbank unter einem Blumentopf.

»Boris ist übrigens ein bisschen eigen, was das Essen angeht«, gab er Stella noch mit auf den Weg. »Aber das merkt ihr dann schon. Ich glaube, mein Opa hat öfter mal für ihn gekocht. Trockenfutter mag er jedenfalls nicht, aber vielleicht funktioniert es ja mit Nassfutter.«

Mithilfe von Vicky, die sich bei den Wederbuschs ja noch von früher auskannte, zog Boris an diesem Vormittag zwei Häuser weiter. Allen war klar, dass sein Körbchen in Knopfs Zimmer gehörte. Wohin auch sonst?

»Bei uns steht vielleicht bald eine Wiege«, kommentierte Vicky den Umzug des Katers.

»Hast du dir das gut überlegt?«, wollte Stella kurz darauf von ihrer Vermieterin wissen. Sie tranken Kaffee, aßen Kekse und beobachteten das vertraute Miteinander von Kind und Kater. »Willst du wirklich ein Kind von Alex? Ihr kennt euch doch kaum.«

»Aber er ist so süß! Und so schön! Das wird ein Traumbaby.« Vicky strahlte, und Stella fragte sich, ob allein das Aussehen genügte. Als die anderen Mädchen in ihrer Schulklasse für Alex geschwärmt hatten, waren sie pubertär und unvernünftig und gerade mal vierzehn Jahre alt gewesen. Das war verzeihbar. Aber Vicky war eine erwachsene Frau und sollte über das Schwärmen hinausgewachsen sein.

»Warst du schon mal in seiner Wohnung?«

Vicky schüttelte den Kopf. »Was soll ich da? Er ist ja immer hier.«

»Du könntest dort ein Gefühl für sein Leben kriegen. Ich meine für das Leben, das er vor dir geführt hat. Er war nicht gerade ein Frauenverächter, nach allem, was man so von seinen Kollegen hört. Red mal mit seinem Kumpel Günther darüber. Ich meine, wer weiß, wie lange das noch hält? Und was willst du machen, wenn er eines Tages verschwindet? Euer mögliches Kind alleine erziehen?«

Vickys Augen wurden schmal. »Dazu wird es nicht kommen! Was ist los, willst du einen Keil zwischen uns treiben? Gönnst du ihn mir etwa nicht?«

»Natürlich freue ich mich für euch, ich habe nur Angst, dass du dich da in etwas verrennst.«

»Ins Glück kann man gar nicht schnell genug rennen«, behauptete Vicky im Brustton der Überzeugung und klang wie eine alte, weise Frau.

»Bist du denn schon schwanger?«

»Nein. Aber das wird schon noch. Und dann kann Knopf auf unser Baby aufpassen. Wie findest du das?« Sie schien völlig vergessen zu haben, dass Alex das Bleiberecht des Jungen noch am gestrigen Abend infrage gestellt hatte.

Vereint und sehr vertraut saßen Knopf und Boris vor dem Puzzle. Stella entwarf Drehbücher für Werbespots und suchte in den Filmschnipseldateien nach dramatischen Sonnenuntergängen, einstürzenden Häusern und explodierenden Vulkanen. Vor diesen Kulissen machten Werbebotschaften sich besonders gut. Die Arbeit ging ihr ungewöhnlich leicht von der Hand. Mit dem Jungen und dem Kater fühlte sie sich wie eine heile Familie. Wie ein geschlossenes System, dem die ganze Außenwelt in Form einer verliebten Vicky und eines undurchsichtigen Polizeihauptmeisters nichts mehr anhaben konnte. Das also war es, was Leute dazu trieb, zu heiraten, sich ein Häuschen zu bauen und in ihrem Gärtchen Blümchen zu pflanzen. Die Vorstellung, das Gefühl des Glücks konservieren zu können.

Kurz darauf stand sie in der Küche und kochte für sich und ihre kleine Familie Mittagessen. Plötzlich hörte sie jemanden flüstern. Sie schlich zur Kinderzimmertür. Knopf redete mit dem Vierbeiner. Ganze Sätze sagte er. Ein Wunder! Stella lauschte.

»Dir geht es hier gut. Bestimmt. Sonst hätten wir dich nicht geholt«, versicherte Knopf dem Tier. »Und dein Opa, der ist jetzt auch im Himmel. Bestimmt schon bei meiner Mama. Die passen jetzt beide auf uns auf. Das ist doch gut so.«

Stella stand mit offenem Mund in der Tür. Knopf und Boris schwiegen in stillem Einverständnis. Das Puzzle wuchs.

Kopfschüttelnd ging Stella zurück in die Küche, deckte den Tisch und füllte einen Napf mit Nassfutter.

»Es gibt Essen!«, rief sie dann. Wortlos stand Knopf auf, der Kater folgte ihm.

»Ob er sein Futter nicht mag? Aber vielleicht ist er ja auch gar nicht hungrig?« Ratlos blickte Stella auf ihren vierbeinigen Gast hinab. Der saß vor seiner Mahlzeit, »zarte Häppchen in Gelee«, hatte einmal kurz daran geschnuppert und sich dann verächtlich abgewandt. Demonstrativ wischte er sich mit der rechten Pfote über beide Augen. Möglicherweise weinte er auch angesichts des Elends, das sich da vor ihm in dem Napf befand.

Knopf biss sich auf die Lippen. Sie sah ihm an, dass er fast etwas gesagt hätte. Ihr Herz jubelte.

Jetzt war sie schon seit mehreren Wochen weg, und als er an diesem strahlenden Septembermorgen in der Küche stand und sich einen Kaffee aufgoss, bemerkte Michael

Gynnewick mit einem eigenartigem Staunen, dass er seine Frau Tina überhaupt nicht vermisste. Wer hätte das gedacht? Man gewöhnte sich also an alles. Daran, allein aufzuwachen und allein ins Bett zu gehen. Daran, lediglich für sich selbst einkaufen zu müssen und allein zu essen. Früher hatte Tina ihm bei den gemeinsamen Mahlzeiten etwas erzählt. Jetzt las er während des Essens die Zeitung. Anfangs hatte er beim Heimkommen den Duft frischer Bügelwäsche vermisst. Doch das war schnell vergangen.

Er hatte bemerkt, dass Tinas Hemdenkunden ins gegenüberliegende Haus gingen, dort ihre Wäsche hinbrachten und wieder abholten. Stefanie Heller, die dort wohnte, hatte Tina manchmal geholfen, wenn ihr die Wäsche über den Kopf wuchs und die Aufträge überhandnahmen. Vielleicht wusste die da drüben ja sogar, wie es Tina ging, und telefonierte womöglich regelmäßig mit ihr. Aber es interessierte ihn nicht. Tina war mit dem Kind zu ihrer eigenen Mutter gezogen, vermutlich in Absprache mit Bodo. Oder der hatte endlich seinen Plan in die Realität umgesetzt und war mit dem Jungen zu jener großen Reise aufgebrochen, von der er ihnen erzählt hatte. Genau, das könnte Tina dazu bewogen haben, sich mal eine Auszeit zu gönnen. Sollte sie!

Wenigstens konnte Michael nun wieder in seinen eigenen vier Wänden rauchen und beim Fernsehen die Füße auf den Sessel legen, ohne dass sie gleich angerannt kam, um ihm ein Tuch darunterzuschieben.

Vielleicht würde sie die Scheidung einreichen, dachte Michael. Es gab da eine ganz nette Verkäuferin in seinem

Laden, möglicherweise würde sich was ergeben. Irgendwas ging ja immer.

Komisch war nur, dass Bodo Ruhland ihm nichts gesagt hatte. Immerhin hatten sie monatelang auf seinen Jungen achtgegeben. Aber er würde auch nicht nachfragen. Er mischte sich nicht in die Angelegenheiten anderer ein. Es ging ihn ja auch eigentlich nichts an. Und wenn dieser Bodo nicht mit ihm reden wollte – bitte. Dann eben nicht.

Umso mehr erschrak er, als plötzlich in der Wohnung das Telefon läutete. Er hatte ganz vergessen, dass es in der Diele stand, seine wenigen Kontakte liefen übers Handy. Wozu brauchte man eigentlich heutzutage noch ein Festnetz?

»Ja, hallo?« Seine Stimme klang ängstlicher, als er sich fühlte.

Es war Tina. »Wie geht es euch?«

»Wieso uns?«

»Dir, dem Kleinen und Bodo?«

Er schwieg. Was um Himmels willen wollte sie damit sagen? Und schon kam das tinatypische vorwurfsvolle Nachhaken. »Ist der Junge denn nicht bei dir?«

»Nein. Wo steckst du denn überhaupt?«

»Bei meiner Mutter. Ich werde nächste Woche zurückkommen.«

Das klang wie eine Drohung, und er zuckte zusammen. »Ist okay«, sagte er dann leidenschaftslos.

Sie klang schon wieder anklagend: »Warum hast du nie hier angerufen? Du hättest dir doch denken können, wo ich bin. Nicht mal gesucht hast du nach mir.«

»Ich dachte, du willst das nicht«, behauptete er.

Tatsächlich hatte er nicht einmal den Impuls verspürt, mit Schwiegermutter oder Ehefrau zu sprechen.

»Das mit dem Jungen ist ja komisch«, sagte er dann.

Sie schwieg einen Augenblick. »Na ja, Bodo hatte uns doch erzählt, dass er ein paar Monate mit dem Kind verreisen will. Er hatte wohl gerade ein Projekt abgeschlossen. Dann hast du die Abfahrt vermutlich nicht mitgekriegt.«

Klang da ein Vorwurf mit? Er ging nicht darauf ein, sondern murmelte: »Das erklärt ja alles.« Denn in der Nachbarwohnung war schon seit Längerem keiner mehr.

»So kommen sich Vater und Sohn endlich mal wieder ein bisschen näher.« Tina seufzte erleichtert.

Michael wusste, dass es gemein war, dennoch konnte er sich die Frage, die wie ein kleines und hinterhältiges Geschoss auf seiner Zunge lag, nicht verkneifen: »Und wie ist es, wenn Mutter und Tochter sich näherkommen?«

Er bekam keine Antwort und wusste, dass er sie getroffen hatte. Nach einer Weile lenkte sie ein. »Ich dachte nur, ich warne dich vor. Nicht dass du einen Schreck bekommst, wenn plötzlich wieder jemand in der Wohnung ist. Nach so langer Zeit.«

»Das ist nett.« Er lachte ein bisschen zu laut und stellte sich vor, sie hätte ihn in flagranti mit der netten Kollegin aus dem Verkauf erwischt. Na ja, eigentlich war er für solche Sachen schon zu alt. Die würde noch mal alles auf Anfang drehen wollen: Haus bauen, Kinder bekommen, nie mehr allein sein, immer mindestens zu zweit an einem

Tisch. Er war alt genug, um zu wissen, dass so etwas in das Reich der Träume gehörte.

»Ich will dann aber getrennte Schlafzimmer«, sagte er ins Blaue hinein. Seine Frau am anderen Ende der Leitung schien zu nicken.

»Ja. Wir müssen uns erst wieder aneinander gewöhnen.« Dann lachte sie. »Und natürlich auch an unser Schnarchen.«

Michael sah sich in der Wohnung um. Sollte sie doch in ihr Bügelzimmer ziehen.

Was für ein Glück der Junge nun doch in all dem Unglück hatte. Er fuhr mit seinem Vater durch die Welt. Sicher in diesem roten alten Porsche Cabrio. Michael sah die beiden vor sich, mit wehenden Haaren im Wind. Jetzt, bei diesem wunderbaren Wetter.

Im Bügelzimmer lagen noch ein paar Spielsachen, als sei er gerade mal fünf Minuten weg. Ein halb fertiges Puzzle, ein Rennauto aus Legosteinen, dem nur noch die Reifen fehlten. Michael überlegte, ob er sie anbauen sollte. Eigentlich war es ja doch ganz nett gewesen mit dem Kind, dachte er.

Er seufzte. Dann würde es also kein Abenteuer mit der Kollegin geben, und vielleicht war es auch gut so. Wer wusste schon, welchen Ärger er sich dadurch ersparte.

10. Kapitel

Der Angestellte des Bestattungsinstitutes führte die kleine Prozession an. Er ging etwas wackelig, als habe er eine extrem schwere Last zu tragen. Mit seinem grauen Anzug, seinen grauen Schuhen und seinem grauen Gesicht wirkte er wie die personifizierte Tristesse. Feierlich trug er die Urne aus Lärchenholz, die warm zu leuchten schien.

Es war eine kleine Truppe, die sich dort auf dem Friedhof versammelt hatte. Hinter dem berufsmäßig Trauernden gingen Fabian und dessen Eltern Rolf und Hilde Wederbusch. Mit gesenkten Köpfen schritten Karl-Antons zwei Geschwister mit ihren Partnern hinter den dreien her. Dahinter reihten sich die Vertreter des Mehrgenerationenhauses in die Trauerprozession ein: zwei Großmütter, zwei Mütter, mindestens acht Kinder und ein ältlicher, sehr runder Mann, von dem Stella geglaubt hatte, er klebe auf immer und ewig an der Gartenbank fest – jetzt aber stand er da, mit vor dem Bauch gefalteten Händen, und sah zu Boden.

Die Zeremonie lief perfekt. Wie Stella später von Fabian

Wederbusch erfuhr, hatte sein Großvater schon im Vorfeld alles genau bestimmt. Selbst die Rede des Bestatters hatte er gleich nach der Trauerfeier für seine Ida Wort für Wort aufgeschrieben, damit bei seiner eigenen Beerdigung ein paar persönlichere Sätze fielen. Bei Ida waren es fast nur Allgemeinplätze und Bibelzitate gewesen. Falls ein Geistlicher Zeit habe, so könne natürlich der die Worte sprechen, hatte Karl-Anton seinem Enkel anvertraut, doch der Pfarrer der zuständigen Gemeinde war ausgebucht gewesen, und so las nun das graue Männlein die Rede vor, in der das Leben des Verstorbenen mit einer Mahlzeit verglichen wurde. Mal habe es ein Sechs-Gänge-Menü gegeben, dann wieder nur eine Graupensuppe – aber die Quintessenz lautete: Karl-Anton habe niemals hungern müssen, und für Herzenswärme im Alter habe vor allem sein Kater Boris gesorgt, dem hiermit gedankt sein solle.

Der Kater hatte seit seinem Einzug bei Stella so gut wie gar nichts gegessen. Einmal nur, und vermutlich aus reiner Gutmütigkeit, hatte er einen Keks weggeknabbert, den Knopf ihm hingehalten hatte. Gestern Nacht jedoch hatte Stella ihn erwischt, als er sich über die Reste ihrer Kartoffelchips hermachte. Und danach hatte er gefühlte zwei Stunden Wasser geschlabbert.

Sie waren zu viert zum Friedhof gegangen, Vicky, Alex, Stella und Knopf. Der Junge ging an der Hand der beiden Frauen. Sollten die Leute sich doch ausdenken, zu wem Knopf gehörte. Alex trug seine Uniform mit Mütze und ging sehr gerade. Mit Uniform sah er noch besser aus als sonst, und er wusste es ganz genau.

Die Kinder aus dem Mehrgenerationenhaus trugen Blumensträuße in den Händen, und Knopf hatte ein zusammengeklebtes Puzzle aus zweiundsiebzig Teilen dabei, das eine auf einem Kissen ruhende Katze zeigte. Ein Abbild von Boris, hatte Stella gedacht, als er ihr das fertige Bild zeigte. Gemeinsam hatten sie die einzelnen Puzzleteile mit Klebstoff bestrichen und auf ein großes Blatt Papier geklebt. »Das geben wir dem Herrn Wederbusch dann mit auf die Reise«, hatte Stella erklärt.

Wie ernsthaft der Kleine daraufhin genickt hatte. Es hatte ihr fast das Herz gebrochen.

Sie betrachtete den Jungen und tröstete sich mit dem Gedanken, dass er nun wenigstens alles dem Kater erzählte. Wenn sie sich Zeit nahm und lauschte, würde sie vielleicht mehr erfahren, möglicherweise Knopfs Namen, seine Herkunft. Aber wollte sie das überhaupt? Wäre es dann nicht ihre Pflicht, diese Informationen an Alex weiterzugeben? Und der könnte sich dann nicht mehr ahnungslos stellen.

Die Zeremonie war inzwischen vorbei, und die Leute hatten sich in kleinen Grüppchen zusammengefunden. Stella beobachtete Karl-Anton Wederbuschs Geschwister nebst Partner – vier finster dreinblickende Gestalten, die direkt vor ihr standen.

»Der kann doch nicht einfach so gehen, ohne ein ordentliches Testament«, klagte seine Schwester. »Glaubst du auch, dass die jetzt alles kriegen? Der Rolf und der Fabian? Das ganze Haus mit allem, was da drin ist? Quasi mit meiner Kindheit? Dabei hätte ich so gern noch ein paar Erinnerungen.«

»Was willst du mit Erinnerungen?« Karl-Antons Schwager klang ungeduldig. »Wir haben doch wirklich schon Zeug genug. Das staubt alles zu. Du kommst ja sowieso mit dem Putzen nicht nach.«

Seine Frau wischte sich mit einem Stofftaschentuch die Nase und seufzte dramatisch.

»Wenn du von früher geredet hast und von dem weißen Vorzeigebad, hast du immer nur vom Unglück erzählt und vom ständigen Putzen«, fuhr der Schwager fort. »Willst du uns etwa dieses Unglück ins Haus holen? Wieso sollte es ausgerechnet jetzt mit einem Mal schöne Erinnerungen geben?«

Karl-Antons Bruder warf den beiden einen strengen Blick zu und zischte: »Doch nicht hier!«

Fabian drehte sich um. »Worum geht es?«

»Um nichts!« Die Schwester des Verstorbenen lächelte schief.

»Wir können doch sowieso nichts machen«, raunte ihr Ehemann weiter. »Es gibt eine gesetzliche Erbfolge, und da ist Rolf der nächste, er ist ja schließlich der Sohn.«

»Und wenn der sein und mein Elternhaus abreißen lässt? Dann ist alles weg. Auch unsere Kindheit.«

Kopfschüttelnd sah ihr Mann sie von der Seite an. »Du mit deiner Kindheit! Die ist auch so weg, glaub mir. Und zwar schon lange.«

Knopf griff nach Stellas Hand. Er sah zum Himmel. Im Westen zog eine dunkle Wolke auf. Bald wird es regnen, dachte Stella und wunderte sie sich darüber, dass das Leben einfach so weiterging.

»Wir haben einen Tisch in einem Café reserviert«, wandte Fabian Wederbusch sich an die Trauergäste. »Das hätte ihm gefallen. Opa wollte nie, dass man hungrig auseinanderging. Das war sein Lebensmotto.«

Der Einzige, der weiterhin hungerte, war Boris. Nach der Trauerfeier im Café öffnete Stella die Tür zu ihrer Wohnung, und der Kater schlich ihnen entgegen wie ein alter Mann. Breitbeinig ließ er sich auf seinem Hintern nieder, der Stella schmaler vorkam als noch vor einigen Tagen, stützte sich mit der linken Pfote ab und zog die rechte demonstrativ über beide Augen.

Stella sah das Kind an. »Warum weint er?«

Knopf hob die Schultern.

»Meinst du, er ist so traurig über den Tod seines Herrchens, dass er gar nichts mehr essen mag?«

Der Junge zuckte wieder mit den Schultern.

»Dann ist wohl Nassfutter auch nicht sein Ding!«

Knopf seufzte, sah fragend zu Boris und trat mit ihm in einen stummen Dialog. Dann nickte er.

»Na gut, dann koche ich uns heute Abend Kartoffelbrei und zweige eine Portion ohne Salz und Pfeffer für ihn ab«, erklärte Stella. »Dafür mit einem Klacks Sahne. Der fällt uns ja sonst vom Fleisch.«

An diesem Abend schleckte Boris seinen Napf zum ersten Mal ganz leer. Stella und der Junge sahen ihm dabei zu und freuten sich wie über ein Wunder. Anschließend sprang der Kater erwartungsvoll auf das Sofa, putzte sich ausgiebig und betrachtete sein Spiegelbild auf dem dunklen Fernsehbildschirm. Knopf setzte sich an seine Seite, und augenblicklich begann Boris so laut zu schnurren, dass selbst Stella in der Küche es hören konnte.

Jetzt ist er ganz bei uns angekommen, dachte sie. Jetzt sind wir zu dritt.

An diesem Abend war sie endlich mit dem Plot für die Haushaltshandschuhe fertig. Auf was für einen Beruf hatte sie sich da eigentlich eingelassen? Sie versah Produkte mit Sehnsuchtsattributen, auch wenn diese Artikel weder nachgefragt noch vermisst oder gar gebraucht wurden. Und ihr Part bei diesem Überredungsspiel bestand darin, die Ware so darzustellen, dass jeder sie besitzen wollte. Obwohl alle wussten, dass es sich hier nur um ganz normale Haushaltsgegenstände handelte. Als würde man glücklicher, nur weil man mit diesen oder jenen genoppten oder ungenoppten Gummihandschuhen Waschbecken und Klos putzte.

Als gut bezahlte Lügenproduzentin fragte sie sich, ob sie Knopf schon einmal angelogen hatte, und wenn ja, wie oft. Nein, dachte sie dann, ihm hatte sie noch nie die Unwahrheit gesagt. Was sicher auch damit zu tun hatte, dass er keine Fragen stellte. Für ihn musste sie weder Geschichten noch Werbeplots erfinden oder gar Luftschlösser bauen.

Gerade wollte sie sich mit einem Glas Wein aufs Sofa setzen, da hörte sie ungewohnte Klänge aus dem Kinderzimmer nebenan. Sie stand auf und sah nach.

Mitten auf dem Schreibtisch thronte Boris, vor ihm saß Knopf und sang ihm ein Schlaflied vor.

La-Le-Lu,
nur der Mann im Mond schaut zu,
wenn die kleinen Katzen schlafen,
drum schlaf auch du.

Stella blieb an der Tür stehen und lauschte dem Lied, das Knopf umgedichtet hatte. Er sang mit einer kindlichen, aber ganz klaren Stimme und schien sie gar nicht zu bemerken. Der Kater gähnte und machte einen sehr schönen runden Buckel. Dann rollte er sich zusammen.

Leise zog sie die Tür zu und wusste, dass sich so das Glück anfühlte. Und zwar ganz ohne Handschuhe, genoppt oder nicht genoppt.

Das komische Gefühl nagte seit der Trauerfeier an ihm, und Alex fragte sich, woher es kam, schließlich hatte er den alten Wederbusch so gut wie gar nicht gekannt. Nur gelegentlich hatte er dessen weißen Schopf durch den Vorgarten der Kurzen Straße Nummer eins huschen sehen und dabei gedacht, der Alte könne etwas zu verbergen haben. Warum sonst sollte er angesichts einer Polizeiuniform zusammenzucken und geduckt verschwinden? Andererseits, hatte nicht jeder irgendwas zu verbergen?

Und dann diese bombastische Trauerfeier heute Nachmittag. Sie hatten viel zu viel Kuchen gegessen, danach hatte es noch Kanapees und Heringssalat gegeben und dazu Weißwein und Bier.

Vicky stand in der Küche und kochte. Wie konnte sie nur! Ihrer beider Mägen waren doch noch randvoll.

»Bei Beerdigungen wird mir immer klar, wie kostbar dieses Leben ist«, hatte sie auf dem Friedhof gemurmelt, sich bei ihm untergehakt, und sie waren wie ein Ehepaar über den Kies geschritten. Und genau das hatte sich nicht mehr so gut angefühlt wie sonst. Alex seufzte.

»Ein bisschen Musik?«

Vicky stand an ihrer Anlage und suchte seinen Blick. Sie besaß nur CDs von Roland Kaiser. Alex dachte unvermittelt, wenn schon deutsche Songs, dann doch lieber was von Udo Lindenberg oder Herbert Grönemeyer. Aber schon ertönte Roland Kaisers Stimme, und Vicky zog Alex vom Stuhl: »Komm, wir tanzen.«

Laut und mit gar nicht so schlechter Stimme fiel sie in den Song ihres Schwarms ein:

»Alles, was du willst, liegt in deinen Händen,
es beginnt die Wirklichkeit, wenn die Träume enden.«

Alex dachte über den Text nach. Vicky lag zwar gerade nicht in seinen Händen, sondern in seinen Armen, aber wollte er sie? Für immer? Sollte das wirklich alles sein? Für den Rest seines Lebens? Er war doch nicht einmal vierzig.

Sauer stieß ihm der Heringssalat auf.

Nein, so richtig glücklich war er nicht.

Es gab etwas überaus Wichtiges in seinem Leben, das genauso alt war wie er selbst. Eigenartig, dass ausgerechnet diese Information ihn aus dem Nichts heraus ansprang, sich in seinem Kopf einnistete, sich dort festhakte und nach weiteren Erinnerungen zu bohren schien.

»Was könnte das sein?«, wollte der Ergotherapeut Gerold

Ossenhuber von ihm wissen. Doch der Mann, der aufgrund seines fehlenden Namens weiterhin Fides genannt wurde, hatte verschämt die Schultern gehoben.

Die Kollegen von Gerold Ossenhuber waren mit Vorschlägen gekommen: ein Schrebergarten? Ein Spielzeug? Eine Antiquität?

Beim letzten Angebot hatte Fides an sich heruntergeschaut und zögernd wissen wollen: »Wie alt bin ich denn?«

»Ende dreißig«, hatte eine Ärztin erwidert. »Wir gehen davon aus, dass Sie etwa 1980 geboren wurden.«

Seit einiger Zeit fragte sich Fides, warum und wofür er sich unbedingt erinnern sollte. Wem lag so viel daran? Und wem nutzte es?

»Wenn Sie keine Erinnerung haben, dann haben Sie auch keine Zukunft«, hatte die Ärztin erklärt.

Mit ihren Kitteln und den Schildchen an der Brust sahen sich die Angestellten der Rehaklinik alle ähnlich. Fides' Welt hatte sich in einen großen, weichen und weißen Brei verwandelt, und er genoss es, sich darin einzukuscheln und zu schlafen. Am besten nur noch schlafen. Aber diese Menschen wollten unbedingt, dass er wach wurde.

»Warum?«

»Wir müssen wissen, wie Sie heißen, damit wir einen Ansprechpartner haben, vor allem wegen der Therapiekosten«, hatte kürzlich ein etwas genervter Weißkittel gesagt.

Das war auch so ein Satz gewesen, der einen Klick in

ihm auslöste und sich in ihm einnistete. Es ging also gar nicht um ihn, es ging vor allem darum, wer für ihn zahlte.

Das Ding übrigens, das genauso alt war wie er selbst, brauchte auch dauernd Geld. Immer war irgendwas an und mit ihm, immer musste etwas repariert und gerichtet werden.

»Reparieren«, murmelte er, und sein Ergotherapeut horchte auf.

»Also ein Gerät, etwas Elektronisches?«

»Oder mechanisch.« Fides staunte, dass ihm solche Worte einfielen und dass er ungefähr wusste, was sich dahinter verbarg. Vermutlich hing es mit der vielen Bewegung zusammen. In den letzten Wochen hatte er das Laufen neu erlernt, er wusste seit einiger Zeit, wie man Messer und Gabel hielt und mit welchen Bewegungen Korkenzieher in Flaschen hineingedreht und Korken herausgezogen wurden. Wenn er das machte, musste er immer lächeln.

»Da haben Sie sicher oft was gefeiert und dazu eine Flasche Wein geöffnet«, bestätigte Gerold Ossenhuber. »Mit wem haben Sie denn gefeiert? Mit Ihrer Frau? Sind Sie verheiratet?«

Fides sah auf seine zwei verwaisten Ringfinger. Da war mal was. Er hatte mal einen Ring getragen, den aber abgelegt, als es an der Zeit war. Was war passiert? Etwas Dunkles, Schweres.

»Nicht mehr«, sagte er langsam. Überrascht lauschte er seinen Worten nach. Sie klangen nach Trauer.

»Was ist mit Ihrer Frau?«

Der Typ da vor ihm ließ einfach nicht locker. Fides massierte sich die Stirn. »Mein Kopf tut weh.«

»Es sind wohl eher die Erinnerungen, die schmerzen«, entgegnete Gerold Ossenhuber. »Lassen Sie uns spazieren gehen.«

Tagsüber laufen und reden und sich den Kopf zerbrechen und abends Ringelreihen. Er machte alles mit. Er sang mit den anderen und stellte sich mit ihnen zu Kreistänzen auf oder absolvierte mit ihnen einen Tanz im Sitzen. Dabei ahnte er, dass er sich früher all diesen Aktionen verweigert hätte. Er und seine Leidensgenossen legten sich die Hände auf die Schultern und marschierten durch den großen Speisesaal. Wie im Kindergarten.

Er hatte gestutzt. Beim Wort »Kindergarten« rührte sich etwas in ihm, er bekam es aber nicht zu fassen. War er in einem früheren Leben Erzieher gewesen? Vorstellen konnte er sich das nicht.

Gelegentlich wurde er dabei ertappt, wie er mit den Fingern auf die Tischplatte tippte, als spielte er Klavier. Sein unermüdlicher und hoffnungsvoller Therapeut bat ihn, sich an den hauseigenen Flügel zu setzen. Fides saß davor, alles erschien ihm fremd, und er schaffte nicht einmal eine Tonleiter.

»Nein«, sagte Ossenhuber. »Ein begnadeter Pianist waren Sie offenbar nicht. Aber Sie haben was mit einer Tastatur gemacht. Vielleicht mit einem Laptop? Einen Versuch wäre das wert.«

Fides nickte, wie er zu allem nickte.

Hauptsache, er durfte bald wieder schlafen.

11. Kapitel

Stella hatte damit angefangen, von Kind und Kater kleine Videosequenzen vor der inzwischen tiefblau gestrichenen Wand ihres einstigen Ateliers zu drehen. Sie hatte sich eigens dafür einen ebenso blauen Teppich zugelegt. Später würde sie mithilfe der Bluescreen-Technik Sequenzen der beiden freilegen, und wenn Knopf irgendwann nicht mehr bei ihr wohnte, könnte sie ihn jederzeit in die Aufnahmen anderer Räume hineinkopieren und würde ihn so weiterhin in ihrem Leben behalten. Allerdings würde sie ihn nicht heranwachsen sehen.

Insgeheim ahnte sie, dass Alex recht hatte. Die schöne Zeit mit Knopf konnte nicht ewig dauern. Täglich könnte sich jemand melden und Anrecht auf das Kind erheben. Keiner lebte ganz für sich und ohne Bindungen. Auch Knopf kam aus einer Familie, und in die würde er zurückgehen müssen. Hoffentlich war die gut. Gut für ihn und gut zu ihm.

Stella hatte gar nicht gewusst, dass der Junge so schön singen konnte. Ihr wurde klar, dass sie alles, was mit Tönen zu tun hatte, nicht mit ihm in Verbindung brachte und stattdessen seine anderen Fähigkeiten bestaunte und bewunderte. Welches Kind in dem Alter konnte schon Puzzles mit so vielen Teilen legen? Das zeugte von hoher Intelligenz und einem räumlichen Blick. Er hängte seine eigenen Strümpfe mit Wäscheklammern an die Leine. Aus Knete schuf er Figuren, die Hand und Fuß und vor allen Dingen einen Kopf hatten und damit entfernt Ähnlichkeiten mit Menschen, Katzen und Kängurus aufwiesen.

Aus ihren Castings wusste sie, dass jede Mutter ihr Kind für ein Genie hielt – aber sie war erstens nicht Knopfs Mutter und zweitens schon gar nicht mit ehrgeizigen Eltern zu vergleichen. Sie registrierte Knopfs unglaubliche Fähigkeiten mit neutralem und sachlichem Blick.

Sobald aus der unteren Wohnung die satten Bässe mit den unvermeidlichen Songs von Roland Kaiser dröhnten, bewegte der Kleine sich sogar zu der Musik – allerdings noch etwas ungelenk. Und seit Kurzem sprach und sang er sogar – wenn auch nicht mit ihr.

In ganzen Sätzen erklärte er dem Kater Boris die Welt, wusste, was oben und unten, vorn und hinten, hell und dunkel war. Mit Stella sprach er nicht. Weder über das, was er sah, noch über das, was er fühlte. Und erst recht nicht über das, was er erlebt hatte.

Lächelnd betrachtete sie eine Filmsequenz, auf der Knopf dem Kater Boris ein Puzzleteil hinhielt. Boris gähnte und schüttelte den Kopf. Und obwohl sie wusste, dass es falsch war, dem Tier menschliche Verhaltensweisen zu unterstellen, nickte sie stolz: Boris hatte garantiert auf Anhieb erkannt, dass dieses Puzzleteil nicht an die geplante Stelle passte. Wenn sie diese Szene auf ein Drahtseil montierte … oder auf ein Floß inmitten des Ozeans? Die gefährlichsten Plätze der Welt würden Frieden ausstrahlen.

Jäh wurden ihre Überlegungen vom Klingeln des Telefons unterbrochen.

»Tut mir leid, dass ich dich so spät noch anrufe. Aber es gibt da ein Thema, das ich nicht vom Büro aus mit dir besprechen kann.« Christines Stimme klang gleichermaßen besorgt wie beherzt.

»Kein Problem«, sagte Stella schnell, und dabei wurde ihr mit dem Anflug eines schlechten Gewissens klar, dass ihr die Agentur, ihr einstiger Mittelpunkt der Welt, inzwischen kaum noch etwas bedeutete. Selbst auf die wöchentlichen Meetings in der Stadt hätte sie gut verzichten können. Maximilian tat, als hätte er alles im Griff, die Angestellten gaben sich engagiert, und auf Stellas Frage, wann die aktuellen Projekttickets bearbeitet seien, hieß es vielversprechend: »Spätestens morgen«, wobei jeder wusste, dass es nicht stimmte. Früher hätte sie getobt und stündlich nachgefragt, jetzt dachte sie an Knopf und Boris und freute sich aufs Heimkommen. »Weißt du, uns fehlt, ehrlich gesagt, jemand, der die Leute motiviert und ein bisschen Druck macht«, erklärte Christine. »Erst jetzt wird mir und vermutlich auch Maximilian klar, dass du den Laden am Laufen gehalten hast. Deine Checklisten, über die sich alle mokierten, haben den Tag und die Leute strukturiert. Keiner blickt mehr durch, nicht einmal der Chef. Weißt du, was Maximilian dauernd sagt?«

»Nein.« Stella dachte an die Meetings der letzten Wochen, die er halbherzig moderiert hatte und in denen von ihm selbst kein kreativer Input gekommen war.

Christine stöhnte im Tonfall des Agenturinhabers: »Bald ist Stella ja wieder da, dann wird alles gut.«

Stella lachte. »Warum sagt er mir das nicht selbst? Wir sitzen doch jede Woche an einem Tisch.«

»Wahrscheinlich traut er sich nicht. Und wenn du da bist, ist ja auch alles gut. Aber kaum fällt die Tür hinter dir zu… Maximilian macht zwar irgendwelche Brainstormings mit Ulrich Rosengarten, seinem neuen Kameramann, der möglicherweise auch ganz gut ist, aber es kommt nichts dabei heraus. Alles wird angedacht und angesprochen, nichts wird fertig. Ich hab schon seit Wochen keine Rechnungen rausgeschickt, was ja auch heißt, dass keine Zahlungen eingehen. Wenn das so weitergeht, dann…«

Sie schwieg, und Stella fragte sich, was dann passieren mochte: Weltuntergänge, Schreiattacken, durch die Räume fliegende Tassen nebst Untertassen, Löffeln und Gabeln?

»Ja, was ist dann?«, wollte sie schließlich wissen.

»Dann geht alles den Bach runter. Ich bin die Einzige, die noch Checklisten macht, weil ich es so von dir gelernt habe. Aber niemand hält sich daran, und wenn ich zu Maximilian sage, er soll mal nachhaken und die Leute auf Trab bringen, kriege ich zur Antwort: Darum kümmert sich Stella, wenn sie wieder da ist. Jetzt mal ganz unter uns: Wann kommst du zurück? Und kommst du überhaupt zurück? Sonst muss ich mir nämlich langsam einen anderen Job suchen. So geht das nicht mehr lange gut.«

Stella biss sich auf die Lippen. »Ich weiß es nicht. Nie hab ich so gut arbeiten können wie jetzt, hier in meinem Studio. Die Projekte, die ich übernehme, bringen doch Geld rein.«

»Das macht aber nur eine Rechnung pro Woche! Früher waren das dreißig bis vierzig. Mit deiner Arbeit kannst du uns nicht alle ernähren. Auch wenn die anderen das so sehen mögen. Verlass dein Studio, zumindest für zwei ganze Tage die Woche. Dann glaube ich wieder an die Agentur.«

Studio – wie sich das anhörte, dachte Stella. Nach einem Berg genialer Ideen, die mühelos im Tagebau abgetragen werden konnten. Schwupps fielen sie in die Lore, wurden abtransportiert und verarbeitet.

Sie schüttelte über sich selbst den Kopf und schlug vor: »Das Thema mit den Listen könnte ich beim nächsten Meeting ansprechen, aber zwei ganze Tage zurück ins Office – nein. Das ist derzeit ein bisschen *too much* für mich. Hier habe ich die besten Einfälle und kann in Ruhe arbeiten. Ihr habt es doch gesehen, meine jüngsten Plots sind alle bestens angekommen.«

»Das schon, aber wenn du nicht mehr lieferst, und damit meine ich mengenmäßig, hängen wir alle hier in der Luft, und ich glaube nicht, dass das noch lange gut geht. So. Jetzt ist es raus. Bei dir nämlich gehen die Dinge noch voran, hier geht alles nur noch rückwärts. Eine Katastrophe ist das. Tu was!«

»Okay, ich kümmere mich darum«, versprach Stella und nahm sich vor, ihrem Kompagnon ins Gewissen zu reden. Schließlich hatte Maximilian die Agentur gegründet. Er verkaufte sich Kunden gegenüber als Ideenfeuerwerk, er trat als Geschäftsführer in Verhandlungen auf, und er verbreitete um sich herum ein solides Flair von Großartigkeit und Genialität, während sie neben ihm so sehr verblasste, dass man sie geflissentlich übersah und gar nicht bemerkte, dass eigentlich sie den Laden schmiss.

Die Agentur trug natürlich seinen Namen: Maximilian Trift. Das klang doch schon ganz anders nach Erfolg als »Stella Siebert«. So hatte er es ihr eingeredet, und sie hatte zustimmend genickt.

Aber offensichtlich traf sich nun kaum noch jemand mit ihm, und triftige Gründe für Geschäftsabschlüsse gab es wohl auch nur noch selten. Wenn Christine recht hatte, hing der gute Maximilian nun von früh bis spät schlapp in seinem Le-Corbusier-Sessel, beide Füße auf dem Couchtisch, einen erkalteten Roibuschtee in der Hand, um ergebnislos nachzudenken. Der musste mal in die Gänge kommen!

Per WhatsApp schickte sie ihm einen winzigen Film, eine Szene, in der Boris vor dem Bluescreen hockte und sich so über die Augen strich, als könne er das ganze Elend nicht mehr sehen und müsse schrecklich weinen. Dazu stellte sie die Frage: »Mein Lieber, trifft das etwa gerade auf uns zu? Wie geht es der Agentur? Wann kommen die nächsten Quartalszahlen? Geht's voran?« Sie wusste, dass er solche Sätze hasste, weil sie ihn total unter

Druck setzten, und verspürte einen Hauch von Schadenfreude.

Tina Gynnewick wuchtete mit einem erleichterten Seufzer ihren Koffer auf den Tisch. Endlich wieder daheim! Das fühlte sich doch tatsächlich nach einem wirklichen Ankommen an. Nicht wie das notgedrungene Unterschlüpfen bei der eigenen Mutter, die sich zudem nicht einmal gefreut hatte. »Findest du es denn gar nicht schön, dass ich hier bin?«, hatte Tina gelegentlich und wider besseres Wissen gefragt, und die Frau Mama hatte dann nur mit den Schultern gezuckt. Beleidigt und gekränkt war Tina schließlich abgereist.

Zudem hatte sie in der Stadt ihrer Kindheit den kleinen Knopf und ihren Bügelservice vermisst. Wie hatte sie es nur so lange ohne den Jungen aushalten können? Ob er in den vergangenen Monaten gewachsen war? Voller Vorfreude ließ sie den halb ausgepackten Koffer auf dem Tisch liegen, um an der Wohnungstür ihres Nachbarn zu läuten.

Keine Reaktion. Vermutlich war Bodo tatsächlich noch auf Deutschlandreise, um dem Jungen die Welt zu zeigen. Was für ein wunderbarer Gedanke. Tina lächelte und stellte sich vor, wie der Kleine neben seinem Papa in einem roten Cabrio saß und ihnen vom Straßenrand die Herzen nur so zuflogen. Glück aus vollen Kübeln. So viel Glück, dass man sich fast ducken musste oder einen Sonnenschirm bräuchte, um sich davor zu schützen.

Oder war er doch schon zurückgekommen und war mit dem Jungen nur gerade in der Nähe unterwegs? Neugierig spähte sie durch den Briefkastenschlitz und wunderte sich über die vielen Postsendungen im Wohnungsflur. Hatte Bodo nicht gesagt, um all das würde sich jemand kümmern, und die wichtigen Dinge gingen ohnehin an seine Büroadresse, da es dort einen Briefkasten gab, der fast so groß war wie ein Papiercontainer?

Sie hatte damals gelacht und ihn gefragt, ob dann vielleicht auch gleich ein Schredder eingebaut sei. Bodo liebte solche absurden Rückschlüsse und Erklärungen, über die Tinas Mann nur verständnislos den Kopf schütteln konnte. Grinsend hatte Bodo versprochen, Tinas Idee mit dem Schredder weiterzugeben – und direkt darunter würde er noch eine Altpapiertonne stellen. Damit wäre alles perfekt.

»Und was ist mit dem Blumengießen?« Tina war es nun mal gewohnt, alles im Blick zu behalten.

»Blumen sind keine mehr in unserer Wohnung«, hatte Bodo geantwortet. »Die gehörten zu Betty. Ich habe alle auf ihr Grab gepflanzt.«

Wenn er also in allem schon so umsichtig war, wie konnte es dann passieren, dass so viele Briefe für ihn in der Wohnung lagen? Womöglich waren Rechnungen darunter oder andere wichtige Schreiben? Kamen solche Dinge heutzutage überhaupt noch per Briefpost?

Kopfschüttelnd holte sie aus ihrer eigenen Wohnung Bodos Zweitschlüssel und öffnete seine Wohnungstür. Sie klaubte die gesamte Post zusammen und schob sie in eine Tragetasche, die am Ende bis zum Bersten gefüllt war.

An ihrem Küchentisch sortierte sie die Sendungen

nach Poststempeln. Die ältesten Briefe stammten von jenem Tag, an dem sie Michael verlassen hatte. Was für ein seltsamer Zufall! Oder doch nicht? War Bodo Ruhland Hals über Kopf aufgebrochen? Aber warum? Als sie zuletzt miteinander sprachen, hatte der Abreisetermin doch noch gar nicht so genau festgestanden. Ob er dann doch spontan aufgebrochen war, weil sie ihren Mann verlassen hatte und nicht mehr als Babysitterin zur Verfügung stand?

Tina dachte fieberhaft nach. Knopf sollte doch nach der großen Reise im Kindergarten anfangen. Vielleicht konnte sie dort anrufen und nachfragen. Womöglich machte sie sich ganz unnötig Sorgen, weil die beiden noch auf Reisen waren und die Eingewöhnung im Kindergarten erst später beginnen würde. Nur, wie hieß die Einrichtung noch mal? Tina sah die Post durch und entdeckte zwei Briefe, auf denen als Absender ein Kindergarten ganz in der Nähe aufgedruckt war. Sie suchte auf ihrem Handy die Telefonnummer der Einrichtung heraus, rief gleich an und landete bei der Leitung des Kindergartens.

»Hallo, hier ist Lydia Ruhland, Vincents Großmutter«, schwindelte Tina. »Wissen Sie, ich mache mir ein bisschen Sorgen um den Kleinen. Nach dem Tod meiner Schwiegertochter hat mein Sohn sich ja sehr zurückgezogen, und der Junge ist so still geworden. Deshalb hoffe ich umso mehr, dass ihm der Kindergarten guttun wird. Wann erwarten Sie denn die beiden für die Eingewöhnung? Bodo hat offenbar das Schreiben von Ihnen verlegt, jedenfalls konnte er mir den genauen Termin nicht mehr sagen.«

»Das ist jetzt aber seltsam. Wir haben Ihrem Sohn mittlerweile zwei Briefe geschickt, aber nichts von ihm gehört. Nicht einmal eine Absage. Wo doch so viele Eltern verzweifelt auf einen Kindergartenplatz warten. Fair ist das nicht. Die Eingewöhnung wäre schon vor zwei Wochen gewesen. Wir haben Vincents Platz inzwischen an ein anderes Kind vergeben.« Die Stimme klang so, als dulde sie grundsätzlich keinen Widerspruch.

Tina Gynnewick spielte weiterhin die besorgte Großmutter, was ihr nicht schwerfiel, weil ihre Sorge echt war. »Und da haben Sie nicht die Polizei gerufen?«

»Das ist nicht unsere Aufgabe. Wir können niemanden dazu zwingen, sein Kind in den Kindergarten zu geben. Das wäre ja noch schöner. Also, Ihr Enkel ist nicht hier, mehr kann ich Ihnen dazu nicht sagen.«

Tina verabschiedete sich. Da stimmte etwas nicht. War sie etwa die Einzige auf der ganzen Welt, die sich um den kleinen Knopf sorgte?

Ohne großes Nachdenken wählte sie die Notrufnummer der Polizei und bemühte sich um Sachlichkeit: »Ich möchte ein Kind als vermisst melden.«

»Da verbinde ich Sie mit der zuständigen Abteilung.« In der Leitung erklang die übliche Wartemusik.

Schließlich meldete sich am anderen Ende eine Frau.

»Seit wann vermissen Sie das Kind?«, erkundigte sie sich.

»Seit dem 14. Juni.«

Das war der Tag ihres Auszugs gewesen. Der Tag, an dem so vieles schiefgelaufen war.

»Seit einem Vierteljahr? Und da melden Sie sich erst jetzt?«

»Ich war längere Zeit verreist und habe gar nicht gewusst, dass das Kind weg ist.«

»Um was für ein Kind handelt es sich denn? Kennen Sie es näher?«

»Es geht um den Sohn unserer Nachbarn. Ich habe nach dem Tod der Mutter eine Zeit lang regelmäßig auf das Kind aufgepasst. Dann war ich längere Zeit weg. Meine Mutter hat nämlich Hilfe gebraucht, und ich bin ein wenig überstürzt abgereist«, behauptete sie. Die Details gingen diese Polizistin ja wirklich nichts an. »Als ich zurückkam, waren Vater und Sohn weg.«

»Meinen Sie nicht, die beiden könnten verreist sein? Zerbrechen Sie sich nicht den Kopf. Die werden einfach einen längeren Urlaub machen.«

»Ich weiß schon, die beiden haben eine längere Reise geplant, aber ich mache mir trotzdem Sorgen. Da stimmt was nicht. Ich habe auch schon im Kindergarten angerufen, wo weder der Junge noch der Vater zum vereinbarten Termin aufgetaucht sind.«

»Haben Sie zufällig ein Foto von dem Kind? Oder am besten eines, auf dem Vater und Sohn abgebildet sind?«

»Wenn, dann wären die Aufnahmen ja schon ein paar Monate alt.«

»Trotzdem. Besser als nichts.«

Die Frau von der Vermisstenstelle schrieb sich Tinas

Kontaktdaten auf und gab die Mailadresse durch, an die Tina die Fotos schicken sollte. Außerdem notierte sie sich Namen und Adresse der beiden Vermissten.

»Ich mache mich bei meinen Kollegen schlau und melde mich wieder bei Ihnen. Das wird schon nicht so schlimm sein. Meistens ist so was nur ein Missverständnis. Wir kümmern uns darum.«

Tina stellte sich ans Fenster und sah auf die Straße hinaus. Sie hatte das Problem zwar in andere Hände abgegeben, fühlte sich aber dadurch nicht erleichtert. Es war eigenartig. Nun, da sie darüber gesprochen hatte, erschien ihr alles noch dramatischer als zuvor.

Im Haus gegenüber öffnete Stefanie das Fenster.

»Hey, du bist ja wieder da!«, rief sie über die Straße hinweg.

Tina nickte. Im selben Moment fiel ihr ein, dass Stefanie etwas gesehen haben oder zumindest mehr wissen könnte als sie. Sofort wählte sie die Nummer der Nachbarin. Stefanie holte ihr Handy und erschien dann wieder am gegenüberliegenden Fenster.

»Wie geht es deiner Hüfte?«, erkundigte sich Tina.

Stefanie seufzte. »Geht so. Und wie war es bei deiner Mutter?«

»Geht so. Was macht der Bügelservice?«

»Der blüht und gedeiht. Ich bin froh, dass du wieder da bist. Wir haben jetzt noch mehr Kunden. Und das, wo doch heutzutage so vieles den Bach runtergeht.« Stefanie hob siegreich den Daumen. »Die Welt braucht uns! Gerade jetzt.«

Zögernd stellte Tina endlich die Frage, die ihr so sehr auf dem Herzen brannte: »Hast du eigentlich mal unseren Nachbarn Bodo und den kleinen Vincent gesehen?«

Stefanie schüttelte den Kopf. »Nein. Wieso fragst du? Hattest du das Kind denn nicht zu deiner Mutter mitgenommen? Michael hat mal so was angedeutet.«

Tina schluckte. Es war nicht zu fassen. Da war ihrem Mann aufgefallen, dass das Kind nicht mehr zu ihnen kam, und schon setzte er stillschweigend voraus, dass Tina es mitgenommen hatte. Nicht einmal angerufen hatte er deswegen. Der machte es sich wirklich leicht. Unglaublich.

»Ich war ohne Kind unterwegs«, erklärte sie. »Und ich frage mich, wo der Junge stecken könnte.«

»Das ist eine gute Frage. Aber es wird sich schon alles aufklären. Mach dir keinen Kopf. Deinen Mann habe ich übrigens ein bisschen im Blick behalten. Da war nix – ich meine, der ist dir treu geblieben.«

Tina schwieg. Daran hatte sie nie gezweifelt. Wer würde denn so einen wie ihren Michael noch wollen? Sie waren doch alle viel zu alt für so was.

»Und die Polizei war auch nicht hier und auch niemand vom Jugendamt?«, hakte sie stattdessen nach.

Stefanie im gegenüberliegenden Fenster schüttelte den Kopf. »Nicht dass ich wüsste. Warum sollten die? Ist doch alles im grünen Bereich. Und außerdem passen wir aufeinander auf.«

Das sieht man ja, dachte Tina und hörte, wie sich ein Schlüssel im Schloss drehte.

»Du, ich muss Schluss machen, Michael kommt zurück.«

»Na, der wird sich freuen«, prophezeite die Nachbarin, und sie beendeten das Gespräch.

Als Tina sich umblickte, sah sie Michaels entsetztes Gesicht.

»O Gott, wie sieht es denn hier aus! Kannst du nicht einmal ein bisschen Ordnung halten?« Kopfschüttelnd starrte er den halb ausgepackten Koffer an und das Papierchaos auf dem Küchentisch. Dann wollte er vorwurfsvoll wissen: »Gibt's kein Abendbrot?«

»Ich kümmere mich«, sagte Tina. Alles war wie immer. Sie war tatsächlich wieder zu Hause angekommen.

12. Kapitel

Maximilian antwortete postwendend, was sich mit einem schlechten Gewissen erklären ließ. Für ihn waren Attacken und Angriffe die besten Verteidigungsformen. Sie kannte ihn. Anstatt sich zu entschuldigen, legte er polternd los: »Wer hat das Copyright? Das will ich haben, und zwar sofort!«

Stella brauchte einen Moment, bevor sie begriff. »Meinst du etwa den kleinen Film, den ich dir gerade geschickt habe?«

»Genau.«

»Ich habe den Film gedreht.«

»Genial, wir brauchen diesen Kater! Der ist super! Der ist tausendmal besser als dein Spot mit den tanzenden Fingern, die so wunderbar anzüglich in Handschuhe schlüpfen, um dann lustvoll zu putzen und zu wienern – und der war schon verdammt gut. Und weißt du was, ausgerechnet heute kam eine Anfrage für eine Katzenfutterwerbung. Mit deinem Kater als Filmstar kriegen wir den Zuschlag. Ich sehe es schon vor mir …« Er geriet ins Schwärmen.

Stella nahm ihm den Wind aus den Segeln. »Boris frisst kein Katzenfutter, wir kochen täglich für ihn.«

Er stutzte. »Wir? Na, da hast du dich aber schnell getröstet nach deinem Ferdinand, richtig so. Der war sowieso viel zu spießig für dich. Was willst du mit einem fantasielosen Berufsschullehrer? Soll sich doch Carina mit ihm rumschlagen. Was die bloß an dem findet.«

Stella ging über seine Bemerkung hinweg und fragte streng nach: »Was ist eigentlich los bei euch? Die jüngsten Zahlen sind ja eine Katastrophe!«

Sofort ging er in die Defensive. »Wieso, was soll schon sein?«

»Ich finde, es fehlen Erfolgsmeldungen. Oder die erreichen mich nicht, was aber auch bedenklich wäre.«

»So ein Quatsch. Wir haben deinen Handschuhplot und vor allem den Trickfilm dazu für viel Geld verkauft. Du wirst ihn bald jeden Abend in der Werbung sehen.«

»Und was habt ihr sonst noch verkauft?« Ihre Stimme klang, als würde sie die Punkte einer Checkliste abfragen.

Maximilian schwieg.

»Also nichts.« Stella seufzte.

»In jeder Branche gibt es mal eine Flaute. Jetzt stell dich nicht so an. Ausgerechnet du müsstest das doch wissen. Aber der Film mit dem Kater ist super! Ich habe die Sequenz schon an Ulrich geschickt.«

»Wer ist Ulrich?«

»Ulrich Rosengarten – unser neuer Kameramann. Der hat einen göttlichen Blick! Ihr solltet zusammenarbeiten!«

»Wir brauchen keinen göttlichen Blick, sondern schwarze Zahlen.« Sie klang streng.

Er zögerte. »Hat Christine dich angerufen?«

»Ja.«

»Das hätte ich mir gleich denken können. Du kennst sie doch, sie macht sich immer viel zu viele Sorgen.«

»Ja, ich kenne Christine, und daher weiß ich, dass ihre Sorgen berechtigt sind.« Stella lauschte in Richtung Kinderzimmertür. Dort war alles ruhig.

»Stella!« Plötzlich klang Maximilians Stimme flehend. »Komm zurück. Wir brauchen dich, und zwar hier in der Agentur und nicht im Homeoffice.«

Das hätte er damals sagen sollen, dachte Stella, damals, als sie wegen Ferdinand jeglichen Glauben an sich selbst verloren hatte. Jetzt war es zu spät.

»Du siehst doch, wie produktiv ich bin, wenn ich zu Hause arbeite. Hier kann ich mich tausendmal besser konzentrieren als in der Agentur, wo pausenlos einer was von mir will.«

Er schwieg und schien in sich zu gehen. »Das ist ja komisch. Ich kann hier bestens arbeiten und werde so gut wie nie gestört.«

Weil du keine Entscheidungen fällst und niemandem etwas sagst, was ihn weiterbringen könnte, dachte Stella, laut aber sagte sie: »Du kannst dich eben besser abgrenzen.« Gleichzeitig fragte sie sich, warum sie log. Maximilian war doch einfach nur faul. Und an den hatte sie mal geglaubt.

»Dann musst du eben auch lernen, dich abzugrenzen.

Sieh es als eine Aufgabe, und schreib es dir ganz oben auf deine Checkliste. Du kommst jeden Morgen in die Agentur und lernst hier, Grenzen zu ziehen und dir Freiräume zu schaffen.«

Im Verkaufen war er wirklich gut. Das musste man ihm lassen. Aber schon ihr Selbstversuch in Sachen Small Talk war in dieser Agentur kläglich gescheitert.

Sie rieb sich die Stirn. »Warum soll ich dafür Energie aufwenden? Mich würde interessieren, warum eigentlich von euch nichts mehr kommt. Kein Output, kein Input. Unsere Meetings waren früher Feuerwerke an Ideen. Du hast einmal behauptet, den kreativsten Haufen aller Zeiten um dich versammelt zu haben. Und was ist daraus geworden? Die Einzige, die kreativ ist und dafür sorgt, dass die laufenden Kosten gedeckt werden können, bin ich. Wie viel Tickets habt ihr denn in den letzten Wochen abgearbeitet?«

Er räusperte sich, dann murmelte er kleinlaut: »Was nutzt uns denn die ganze Kreativität, wenn die Disziplin fehlt?«

Genau das hatte sie immer gesagt, wenn die Mitarbeiter auf den sogenannten Kuss der Muse warteten. Offenbar war ihre Botschaft angekommen.

»Aber ernsthaft«, fuhr er fort. »Lass uns noch mal über dein Katzenvideo reden. Da müsste doch was zu machen sein. So wie der guckt, so wie der weint. Genial. Das ist was für Ulrich. Soll ich den mal vorbeischicken für eine professionelle Katzensequenz? Was meinst du?«

Stella erschrak. »Zu mir? Hier in meine Wohnung? Und was genau soll er da drehen?«

»Da fällt euch schon was ein.«

Der machte es sich wieder mal ganz schön leicht, dachte Stella und nickte halbherzig. »Na ja, wenn dieser Ulrich deine kreative Disziplin hat, wird das ja sowieso noch eine Weile dauern.«

Der Mann, den alle Fides nannten, hatte sich längst an seinen Fantasienamen gewöhnt. Melodiös wie eine Fiedel, dachte er manchmal, leicht wie eine Feder oder fidel wie ein aufgekratztes Kind. Es war schön, dass so viele Worte zurückkehrten und sich mit Sinn füllten. Schade nur, dass er kein Pianist war. Das Bild hätte ihm gefallen – er selbst vor einem Konzertflügel mit schwarzem Frack und roter Fliege zu einem schneeweißen Hemd und glänzenden schwarzen Lackschuhen. Was für ein Lebensentwurf. Aber er wusste, dass es nicht stimmte. Weder Klavier noch Orgel passten zu ihm. Sonst hätte er bestimmt schon mal davon geträumt. Seine Träume aber waren Filme, die ihm wenig sagten, ihn jedoch immer öfter mit einem Gefühl des Verlustes aufwachen ließen. Etwas Wichtiges fehlte ihm. Möglicherweise das Ding, das genauso alt war wie er selbst.

»Sie haben mal in einem Pflegeberuf gearbeitet«, erklärte Gerold Ossenhuber, mit dem er durch den Park der Rehaklinik spazierte. »Sobald jemand stürzt oder sich verletzt, kümmern Sie sich darum. Sogar Wunden haben Sie schon fachgerecht versorgt.«

»Na ja, hier fallen auch ganz schön viele auf die Nase«, entgegnete Fides.

»So ist das nun mal mit Gleichgewichtsstörungen. Manche nennen Sie sogar den Wunderdoktor«, bemerkte Ossenhuber grinsend.

»Wunderdoktor?« Fides wiederholte das Wort und empfand einen eigenartigen Schwindel. Da griff etwas aus seinem früheren Leben nach ihm. Er schüttelte sich.

»Lassen Sie die Bilder kommen. Bitte! Ich pass auf Sie auf. Ihnen passiert schon nichts.«

Gerold Ossenhuber setzte sich auf eine Parkbank, zog eine Schachtel Zigaretten aus der Brusttasche seines Kittels und rauchte.

Fides dachte an eine Betty, die auch geraucht und ihn dabei aus zusammengekniffenen Augen fixiert hatte. Meistens dann, wenn sie mit den Geschichten nicht weiterkam. Er hielt diesen Erinnerungsfetzen fest, setzte sich zu seinem Ergotherapeuten und murmelte: »Wir haben Arztberichte geschrieben. Aber nur solche, die gut ausgingen.«

Ossenhuber hob die Augenbrauen. »Arztberichte? Und wer ist wir?«

Fides sah auf seinen verwaisten Ringfinger. »Wir waren ein Paar. Dann ist sie gestorben. Alle konnten wir mit unseren Geschichten retten, aber im wirklichen Leben habe ich nicht einmal sie halten können.«

»Wer ist sie? Gibt es einen Namen?«

Gerold Ossenhuber blieb am Ball.

»Betty. Betty Blue habe ich sie genannt.« Fides begann zu weinen. Sein Herz schmerzte, er bekam kaum noch Luft.

»Ganz tief durchatmen, alles wird gut.« Gerold Ossenhuber klopfte ihm auf den Rücken. »Und noch mal, einatmen, ausatmen …«

Eine gefühlte Ewigkeit später beruhigte sich seine Atmung, und der Name, der die große Verzweiflung ausgelöst hatte, verblasste wieder.

Doch Gerold Ossenhuber ließ nicht locker.

»Ich habe einen Laptop organisiert«, erklärte er einen Tag später. »Vielleicht tippen Sie einfach mal ein bisschen darauf herum?«

Fides lachte. »Was um Himmels willen soll ich denn tippen?«

»Einen Arztbericht.« Gerold schwieg sehr lange und fügte dann hinzu: »Einen von denen, die Sie immer mit Betty Blue geschrieben haben.«

Die Laptoptastatur war schwarz und glänzend, und die schimmernden Tasten mit den weißen Buchstaben schienen erwartungsvoll zu leuchten.

Fides merkte auf Anhieb, dass es sich gut anfühlte, dass es »sein Ding« war. Ganz anders als bei dem holprigen Herumgeklimper auf dem Klavier.

Er begann, blind zu schreiben, als wäre in seinen Fingern auch die Reihenfolge und der Anschlag der Buchstaben gespeichert.

Staunend lasen er und Gerold Ossenhuber die Zeichen, die sich auf dem Bildschirm zu zwei Zeilen formierten:

Dr. Huber, bitte kommen Sie, der Patient in Zimmer fünfzehn braucht Ihre Hilfe.

»Was bedeutet das denn?«

Gerold Ossenhuber sah fragend auf den aufgeklappten Laptop.

»Betty Blue«, flüsterte Fides und schluckte. Wieder waren da die Kopfschmerzen. »Ich muss mich hinlegen. Mir ist nicht gut. Wir sollten solche Spielchen lassen.«

»Herr Fides, das ist kein Spiel. Es ist der Weg zu Ihnen selbst.«

»Wer sagt denn, dass ich den gehen will?«

»Jemand könnte auf Sie warten!«

»Wer denn? Betty gibt es nicht mehr. Jetzt sind nur noch Dinge da. Und Dinge warten nicht, die stehen nur rum. Warum soll ich zu denen zurück? Es ist doch alles gut so, wie es gerade ist. Hier ist es weiß und warm und gut. Was will ich mehr?« Er drückte beide Hände gegen die Schläfen.

»Hey, guckt mal alle her, das ist ja ein Ding!« Verena Kampmann von der Vermisstenstelle hielt einen DIN-A4-Ausdruck mit Foto hoch. »Der Mann auf dem Bild ist mir schon mal untergekommen. Vielleicht kann mir einer von euch helfen. Das Gesicht kommt mir irgendwie bekannt vor.«

Ihr Kollege trat an den Schreibtisch. Dann nickte er. »Tatsächlich. Den hab ich auch schon mal gesehen. Die Anfrage wurde uns, wenn ich mich recht erinnere, von einer Klinik übermittelt. Das ist aber schon ewig her. Mindestens zwei, drei Monate. Find doch mal raus, wann das war!«

»Das haben wir gleich. So oft kommt ja keine Suchmeldung von Krankenhäusern.« Verena sortierte den Posteingang nach Absendern. »Na bitte, Kreiskrankenhaus. Mitte Juni.« Sie öffnete das angehängte Foto eines Schwerverletzten. »Schau mal, das ist doch der Gesuchte.«

»Aber warum jetzt? Woher kommt das Bild?«

»Eine Frau hat vorhin diesen Mann und sein Kind als vermisst gemeldet. Ich habe gerade mit ihr telefoniert.«

»Und wie heißt der Mann?«

»Der Vater heißt Bodo Ruhland und sein Sohn Vincent. Ist das nicht krass? Schau mal, hier ist ein Foto vom Jungen.« Sie hielt einen weiteren Ausdruck hoch. »Der ist doch höchstens vier. Wie kann das sein, dass der einfach so verschwindet und keiner nach ihm sucht?«

»Ich rufe mal in der Klinik an«, meinte ihr Kollege. »Vielleicht wissen die ja, wo der Patient mittlerweile steckt. Und dann haben wir die Sache ganz schnell aufgeklärt.«

»Aber das Kind?«

»Wenn Herr Ruhland der Vater ist, dann wird das Kind schon bei ihm sein, jetzt werd nicht gleich hysterisch! Frauen!«

»Und wenn er seinen Unfall nicht überlebt hat? Was ist dann aus dem Kind geworden?«

»Eins nach dem anderen. Ich mache mich mal in der Klinik schlau. Und danach kannst du bestimmt schon die überbesorgte Nachbarin beruhigen.«

Zehn Minuten später kam er zurück.

»Das ist wirklich komisch. Im Kreiskrankenhaus kannte niemanden einen Herrn Ruhland. Aber der Mann, dessen Foto wir am 14. Juni bekommen haben, wird unter dem

Namen Fides geführt und findet offenbar gerade in einer Rehaklinik sein Gedächtnis zurück. Also habe ich dort angerufen und mit dem Ergotherapeuten gesprochen, der für Herrn Fides zuständig ist. Der hat gemeint, dass sein Patient noch gar nicht weiß, wer er ist. Und ein Kind hat er auch nie erwähnt. Der Therapeut hat mir aber versprochen, sich bei uns zu melden, falls sich der Zustand seines Patienten ändert.«

»Der ist seit über drei Monaten ohne Gedächtnis?«

Der Kollege nickte.

Verena sah sich erneut das Foto an. Vater und Sohn. Sie seufzte. »Ich bin dafür, dass wir das Foto des Kleinen an alle Dienststellen weiterschicken. Vielleicht ist der von einem unserer Kollegen gesehen worden.«

13. Kapitel

Das war nicht sein Tag. Absolut nicht. Alex war schon beim Aufwachen schlecht gelaunt gewesen, und das war definitiv kein gutes Zeichen. Er kannte sich.

Jetzt saß er beim Frühstück seiner Vicky gegenüber, kämpfte gegen diese schmerzende innere Leere, sah sich suchend um und verkündete mit klagender Stimme: »Sie ist weg.« Dabei wusste er genau, dass er sie hier nicht mehr finden würde.

Vicky hob fragend die Augenbrauen. »Was ist weg?« Sie sah ihn prüfend an. »Deine Uniform hast du an, deine Mütze hängt an der Garderobe. Oder vermisst du deine Uhr? Ist doch alles da. Was fehlt?« Sie klang besorgt.

»Nein, nichts von alledem.« Alex köpfte sein wie immer perfekt gekochtes Fünf-Minuten-Ei und schwieg. Das Eigelb hatte genau die Konsistenz, die ihm am liebsten war.

Fürsorglich sah sie ihn an.

Er seufzte demonstrativ und verkündete mit dem Ton eines Mannes, der sich nach vielem Hin und Her zu einer schwerwiegenden Entscheidung durchgerungen hat: »Heute übernachte ich mal wieder in meiner Wohnung. Das muss sein. Rechne zum Abendessen nicht mit mir.«

Vicky riss die Augen auf. »Warum?«

»Ich muss dort nach dem Rechten schauen.«

Sie war klug genug, um nicht mit einem »Ja, aber« zu kommen, und sie erinnerte ihn auch nicht daran, dass er ja eigentlich zu ihr ziehen wollte. Für immer. Und dass es nur noch darum ging, seine »alte Bude«, wie er das Einzimmerapartment nannte, leer zu räumen und besenrein zu hinterlassen.

»Hast du vielleicht auf der Dienststelle etwas verloren?« Ihre Frage klang mit einem Mal ängstlich.

»Nein, mit der Arbeit hat das nichts zu tun.« Er stand auf und griff in der Diele nach seiner Mütze. »Ich ruf dich dann an. Vielleicht bis morgen.« Wie sich das anhörte! Als stünde auch noch ein »Auf Nimmerwiedersehen« im Raum.

Wie immer blieb sie vor ihm stehen, schloss die Augen und streckte ihm ihren Kopf entgegen. Er hauchte ihr einen Kuss auf die Stirn. Sonst hatte er immer ihre Lippen geküsst.

Draußen lag dichter Nebel und verschluckte selbst die hoffnungsfrohe Zuversicht der längst erneuerten knallbunten Verkaufsschilder. Glückliche Familien mit noch glücklicheren Kindern waren darauf abgebildet, die mit Hunden und Katzen um plastikblaue Swimmingpools in üppigen Fantasiegärten des Bauerwartungslandes tobten. Der Nebel schien jede Form des Glücks zu vernichten. Gespürtes und Gedachtes, Gehabtes und auch Kommendes.

Erst als Alex den Zündschlüssel drehte und sich mithilfe der Nebelscheinwerfer durch die undurchsichtige Wolkenwand tastete, wurde ihm das Ausmaß seines Dilemmas bewusst. Er hatte die Liebe verloren. Die Liebe zu Vicky. Sie war einfach verpufft. Soweit er sich erinnern konnte, hatte er sich noch nie dermaßen ausgeliefert und in der Falle gefühlt.

Was machte er eigentlich hier, in dieser Straße, in diesem Haus, mit dieser Frau? Wieso war er ausgerechnet hier gelandet? Er wusste es nicht.

Wenn er blieb, war er auf Gedeih und Verderb an Vicky gefesselt. Mit allen Vor- und Nachteilen, und auch wenn die Vorteile klar auf der Hand lagen, so spürte er dennoch, dass seine Freiheit ihm wichtig war, wichtiger als jede Zukunftssicherung. Das tat weh. Vor allem aber schmerzte ihn ein völlig neues Gefühl. Er hatte ein schlechtes Gewissen. Er würde Vicky enttäuschen. Sie hatte wirklich etwas Besseres verdient als so einen Schuft wie ihn. Wenn er nur eine Nacht geblieben wäre, dann wäre es etwas anderes gewesen. Damit kamen Frauen klar, vor allem diejenigen, die sich darauf einließen. Er aber hatte sich hier in der Kurzen Straße für mehrere Monate eingenistet und bis heute früh geglaubt, es könne sogar ein ganzes Leben lang so weitergehen. Wie gut, dass das mit der Schwangerschaft noch nicht geklappt hatte. Dann nämlich säße er nun komplett in der Falle. Noch aber gab es einen Ausweg.

Er verfluchte die Liebe. Ohne Vorwarnung war sie gekommen und dann – ohne auch nur den Hauch eines Vorzeichens – wieder verschwunden.

Wenigstens würde die Arbeit ihn ablenken. Hoffentlich!

Währenddessen räumte Vicky den Frühstückstisch leer und fragte sich, warum sie sich so mies fühlte. Es war doch nichts Schlimmes geschehen. Alex wollte mal für sich sein. Jeder brauchte mal ein bisschen Freiraum. Okay, sie nicht unbedingt. Aber so viel Freiheit musste sie ihm lassen. Eine solide Beziehung würde das aushalten. Und ihre Beziehung stand doch auf soliden Säulen. Oder?

Über sich hörte sie Schritte. Stella und Knopf waren also schon wach. Am besten, sie ging erst einmal hoch, plauderte mit den beiden und legte mit Knopf und seinem Kater Boris ein Puzzle. Überhaupt war es schön, zuzuschauen, wie Boris seinem neuen kleinen Herrchen folgte. Buchstäblich auf Schritt und Tritt. Als sei er Knopfs vierbeiniger Schatten.

»Komisch, dass die zwei so gut wie nichts sagen«, hatte Vicky vor wenigen Tagen gemurmelt und dabei Alex von der Seite angesehen. »Beziehungen leben doch durch Sprache und gegenseitigen Austausch.«

Das war morgens im Bett gewesen, und jetzt glaubte sie sich zu erinnern, dass er einen Zentimeter von ihr abgerückt war, um dann im Brustton der Überzeugung zu verkünden: »Die können es beide, aber die haben beide einfach keinen Bock.« Damals hatte sie gelacht und sich vorgestellt, dass der Kater eines Tages auf Stellas Küchentisch springen würde, um im Brustton der Überzeugung zu verkünden: »Ich hätte gern mal eine gebratene Maus, aber dalli!«

Jetzt konnte sie darüber nicht einmal mehr lächeln.

Sie zog sich Jeans und einen Fleecepullover über, drehte sich das Haar zu einem unordentlichen Knoten und ging die Treppe hoch. Was für ein Glück, dass die drei hier in ihrem Haus waren. Da hatte sie wenigstens einmal in ihrem Leben etwas richtig gemacht!

Manchmal durfte sie Knopf und Boris beim Puzzlelegen helfen. Und dann würde sie den von Stella gekochten Kakao trinken, der fast so gut schmeckte wie dereinst bei Karl-Anton Wederbusch, und dazu Müsli essen und sich wieder wie ein behütetes Kind im Haus der Großeltern fühlen. So wäre die Welt – zumindest für ein paar Augenblicke – in Ordnung.

In den Räumen der Inspektion leuchteten wie im tiefsten Winter sämtliche Deckenstrahler. Der Nebel über der Stadt war dichter geworden und hatte dabei die Konsistenz einer trüben Wolke angenommen, die selbst den Schein der Straßenlampen verschluckte. Alex war froh, als er seinen Wagen geparkt hatte und in das gleißende Licht seiner Dienststelle eintauchen konnte. Müde hob er die linke Hand.

»Kaffee?« Kollege Günther stand an der Maschine und sah fragend in Alex' Richtung.

Der Polizeihauptmeister nickte, setzte sich an seinen Schreibtisch und fuhr den Rechner hoch.

»Also, die auf der Vermisstenstelle kriegen ja auch gar

nichts mehr gebacken«, bemerkte Günther, während er Alex eine Kaffeetasse neben die Tastatur stellte. »Dauernd suchen die jemanden und spannen uns dafür ein. Diesmal ist es ein kleiner Junge. Als hätten wir nichts anderes zu tun, als nach verschwundenen Leuten Ausschau zu halten. Mach mal deine Mails auf. Dann siehst du das Foto.«

Alex hob seine Tasse und nickte. Es war ein vertrautes Ritual, morgens zusammenzusitzen, den Tag zu planen, ein wenig über andere Abteilungen zu lästern und dabei zu hoffen, dass auch heute nichts Schlimmes passieren würde.

Er öffnete die Mail von der Vermisstenstelle. »Gesucht wird der vierjährige Vincent R.«, lautete die Überschrift, darunter war ein Foto hineinkopiert, von dem ihn Knopf anstrahlte. Alex hatte den Jungen noch nie so entspannt lachen sehen, und seine Hand zitterte plötzlich dermaßen, dass er den heißen Kaffee verschüttete und somit einen Grund hatte, laut zu schreien: »So ein Mist aber auch! Verdammt!«

»Was denn?«

»Ich hab mir die Finger verbrannt!«

»Brauchst du Brandsalbe?«, erkundigte sich Günther besorgt.

Alex blies auf seine geröteten Knöchel. »Nein. War wohl mehr der Schreck.« Immer noch musterte er das Bild des gesuchten Kindes, und durch seinen Kopf schoss die Frage: Wieso erst jetzt?

Auch Günther betrachtete das Foto. »Kennen wir den Kleinen?«

Alex schluckte und schwieg. »Also, ich kenn den nicht«, log er dann.

»Komisch.« Günther kniff die Augen zusammen und sah erneut auf den Bildschirm. »Mir kommt der irgendwie bekannt vor. Vielleicht aber auch nur, weil er dem Sohn eurer Nachbarin ähnlich sieht, du weißt schon, die Frau, die über deiner Vicky wohnt. Die hat doch einen kleinen Sohn. Aber du hast recht, der Junge auf dem Foto hat nicht so abstehende Ohren.«

Deine Vicky! Wie sich das anhörte.

»Alle kleinen Jungen haben abstehende Ohren«, behauptete Alex belehrend, um nicht allzu lange zu schweigen oder gar an Vicky zu denken. »Das liegt daran, dass die Friseure die Ohren frei schneiden, dann kommen die natürlich ganz anders zur Geltung.« Während er seiner Expertenstimme lauschte, fragte er sich, warum er solch einen Schwachsinn redete, und fügte dann mit dem Brustton der Überzeugung hinzu: »Nein, Knopf sieht ganz anders aus. Außerdem ist er viel älter als dieser Vincent.«

Und tatsächlich, je länger er hinschaute, umso weniger Ähnlichkeiten waren zu erkennen. Gott sei Dank! Man sollte eben nie dem ersten Eindruck trauen.

Nein, das war nicht Knopf, es durfte einfach nicht Knopf sein. Vor seinem innerem Auge spielten sich schreckliche Szenarien ab: Knopf würde gewaltsam aus Stellas Wohnung entfernt werden, möglicherweise müsste er, Alex Groll, auch noch an dem Einsatz teilnehmen. Das wäre dann tatsächlich ein Verrat!

Gedankenverloren blies Alex sich erneut auf die geröteten Fingerknöchel. Dabei ging es dem Kind doch gut! Stella war ständig für ihn da. Knopf lachte zwar nicht mehr mit dieser Unbeschwertheit wie auf dem Foto, aber …

Alex putzte sich die Nase. Dieser Tag war wie ein Griff ins Klo, und er hatte es schon beim Aufwachen gewusst. Wäre er doch nur im Bett geblieben, anstatt vor Vicky zu flüchten. Vielleicht hätte er die verloren gegangene Liebe dort wiedergefunden, zwischen den Laken oder gar unter dem Kopfkissen. Wer weiß, wo die sich versteckt hatte.

Stattdessen würde er heute Nacht über ein Problem nachdenken müssen, von dem er möglicherweise niemals erfahren hätte, wenn er nach dem Frühstück wieder ins Bett und an Vickys Seite zurückgekrochen wäre.

Er ahnte, dass es mit dem Auftauchen dieses Fotos nicht nur um die Zukunft des Kindes ging, auch das Leben von Stella und Vicky würde sich grundlegend ändern, wenn der Kleine nicht mehr bei ihnen wohnte. Und wenn Knopf nun von heute auf morgen aus ihrer Mitte gerissen wurde, dann konnte er selbst ja nicht auch noch verschwinden. Wenn eines an der ganzen Geschichte klar war, dann das. So was machte man nicht. Entweder er oder das Kind. Beide auf einmal konnten nicht gehen.

Warum hatte er sich nur so sehr auf Vicky eingelassen? Welcher Teufel hatte ihn da geritten? Was war passiert, dass er plötzlich dermaßen verliebt gewesen war? Nie zuvor war ihm so etwas passiert.

»Gut für eine Nacht« – nach diesem Motto hatte er bisher die Frauen abgeschleppt, und bei dieser einen Nacht war es dann auch fast immer geblieben.

Aber Vicky war nicht schon in der ersten Nacht bereit gewesen. Ewig hatte sie ihn hingehalten. Mindestens fünf Nächte waren vergangen, bevor sie ihn in ihr Schlafzimmer gelassen hatte, und dort war er dann geblieben und hatte wie ein unbelehrbarer Träumer daran glauben wollen, die Liebe seines Lebens und eine neue Zukunft gefunden zu haben.

Was für ein Segen, dass nur Günther eine Ähnlichkeit zwischen dem vermissten Jungen und Stellas Kind wahrzunehmen schien. Alle anderen hatten den Kleinen auf den Grillfesten in Vickys Garten vermutlich gar nicht richtig angeschaut.

»Ich kann denen schreiben, dass eine Umfrage in unserer Inspektion erfolglos war und dass keiner das Kind gesehen hat«, bot Alex an. Die Kollegen stimmten ihm zu.

Wenigstens war die Kuh vorerst vom Eis.

»Es gibt eine Schlägerei im Birkenweg! Wer kümmert sich darum?« Der Dienststellenleiter war hereingekommen und sah fragend in die Runde. Alex hob die Hand. Er brauchte Abstand von allem. Außerdem war er wütend – auf sich selbst und auf die ganze Situation. Er hätte sich auch in eine Schlägerei verwickeln lassen, nur um sinnlos auf etwas oder jemanden einzuprügeln, nur um den Kopf freizukriegen. In seiner Wohnung hing ein Sandsack. Aber die Wohnung war weit weg.

»Was ist das für eine Suppe da draußen!« Mit diesem Satz betrat Vicky Stellas Wohnung und wies mit verkrampftem Lächeln auf den Nebel vor den Fenstern.

»Ist was passiert? Warum bist du heute so früh? Alles klar bei euch?« Stella bemerkte auf den ersten Blick, dass es ihrer Nachbarin nicht gut ging.

»Nichts ist los. Was soll schon sein!« Vicky stöhnte und verbarg beide Hände in den großen Taschen ihres rosafarbenen Kapuzenpullis mit der Aufschrift »Weekend«. Dabei war erst Mittwoch. »Alex war vorhin so komisch«, murmelte sie dann. »Er hat irgendwas verloren. Aber der kriegt sich schon wieder ein. Ich wollte nur fragen, ob du heute vielleicht ins Büro musst.«

Stella schüttelte den Kopf. Ihr Agenturtag war Montag, und Vicky wusste das. »Aber wenn du Zeit hast, könntest du dich tatsächlich ein bisschen um Knopf kümmern. Ich muss ein Exposé für einen neuen Auftritt schreiben.«

Vicky sah bewundernd zu ihrer Nachbarin auf. »Was du alles kannst!«

»Dafür hast du andere Fähigkeiten.«

»Welche denn?« Vicky klang verzweifelt.

Stella fiel auf Anhieb auch nichts ein.

In diesem Moment kamen Knopf und Boris in die Küche. Beide zogen nun auf die gleiche Art und Weise ihre Beine beziehungsweise Pfoten über den Fußboden, als ginge es darum, im Sand eines imaginären Strandes eine flüchtige Spur zu hinterlassen.

»Na, ihr zwei, wie habt ihr geschlafen?« Vicky klang betont munter. Boris antwortete mit einem ausgiebigen Gähnen und lief erwartungsvoll zu seinem leeren Napf, der von Stella mit Frischkäse und Thunfisch gefüllt wurde, eine Kombination, die er gerade noch zu essen bereit war.

Knopf nickte und erklomm seinen Stuhl.

»Magst du auch einen Kakao?« Stella hatte die Frage noch nicht ausgesprochen, da nickte Vicky schon. »Gern.«

Oje, der ging es also wirklich nicht gut. Stella rasten tausend Dinge durch den Kopf. Und alle drehten sich um Alex: Sie hätte Vicky vor ihm warnen müssen. Sie hätte die beiden niemals miteinander bekannt machen dürfen. Alex war kein Fels, auf den eine Frau bauen konnte. So einer wie er ließ sich viel zu schnell ablenken. Das Bedürfnis nach Zerstreuung und Amüsement sorgte dafür, dass er nicht sesshaft werden konnte. Das war das Flüchtige an ihm. Er flüchtete vor der Zufriedenheit, die er mit Langeweile verwechselte, rannte der Kurzweil hinterher und stürzte sich damit in ein Unglück, das sich als unbeschwerte Selbstverwirklichung tarnte. Nur deshalb trug er als Gepäck einen Rucksack voller Abschiedsworte.

Stella und Vicky saßen am Frühstückstisch und lauschten einer Radiosendung, in der es um Nebelhörner, Nebelschwaden, Nacht- und Nebelaktionen und andere Nebelwörter ging.

Unmittelbar darauf vernahmen sie Knopfs Stimme aus dem Kinderzimmer. »Draußen ist Suppe«, erklärte das Kind dem Kater. »Und bei Suppe sieht man nichts.«

Vicky staunte. »Wie hast du das denn geschafft?«

Stella hob die Schultern. »Mit mir hat das nichts zu tun. Das war Boris.«

»Der Kater kann zaubern!« Vicky seufzte. »Vielleicht auch für mich? Dann findet Alex sicher wieder, was er verloren hat.«

»Probier's.« Stella stand auf. »Ich mach mich nun an meinen Auftrag.«

Wie immer, wenn sie Knopf in ihrer Nähe wusste, ging ihr die Arbeit flott von der Hand. Mit einem Lächeln auf den Lippen schrieb sie ein Drehbuch für gängige und jederzeit austauschbare Produkte und einen originellen und unverwechselbaren Kater. Der Kameramann brauchte, hielt er sich an Stellas Vorgaben, eigentlich nur drei Grundeinstellungen: als Erstes einen suchend und verzweifelt um sich blickenden Kater – darin war Boris sowieso der Beste.

Dann die Szene, in der Boris irgendetwas sah, was ihm gar nicht gefiel, woraufhin er sich im gleichen Maße verzweifelt wie fassungslos über die Augen wischte und dabei dicke Tränen verdrückte.

Enden sollten die jeweiligen Sequenzen mit einem glücklichen Kater. Dazu musste Knopf seinem Freund lediglich einen Teller mit Leberwurstbällchen vorsetzen. Und das alles vor dem Bluescreen aufgenommen, damit es jederzeit in jegliches Ambiente übertragen werden konnte.

Stella tippte wie besessen und stellte sich vor, wie Boris sich als Filmheld machen würde. Die ganze Werbebranche würde ihm verfallen. Nicht umsonst war ja auch sie selbst Abend für Abend zu Karl-Anton Wederbuschs Haus gelaufen, wo ihr unter Boris' traurig-fürsorglichen Blicken das Kind begegnet war. Es war fast wie im Märchen.

Verena Kampmann wertete die eingegangenen Meldungen ihrer Kolleginnen und Kollegen aus. Niemand hatte das als vermisst gemeldete Kind gesehen, nirgends war ein abgängiges Kind gemeldet worden, niemand hatte von einem verschwundenen Jungen gehört. Mittlerweile waren alle Nachbarn befragt und die Nachbarwohnung der Gynnewicks untersucht worden. Dort lagen die Pässe von Bodo und Vincent Ruhland griffbereit auf dem Absatz der Küchenkommode. Hätte man das früher gewusst, hätte man viel früher aktiv werden können. Aber nun? Wer wollte oder konnte sich nach so langer Zeit noch erinnern?

Klar, die meisten Nachbarn hatten gewusst, dass die Mutter des Kleinen gestorben war, und einige von ihnen waren auch mit zur Beerdigung gegangen. Aber danach war man wieder zum Alltagsgeschäft übergegangen. Es hatte ja geheißen, Tina Gynnewick werde sich tagsüber um den Jungen kümmern, und so kümmerte sich jeder wieder nur um die eigenen Belange. Natürlich hätten sie sich bei der Polizei gemeldet, wenn einem von ihnen etwas Besorgniserregendes aufgefallen wäre, versicherten die Nachbarn. Einige der Befragten ließen sich zu wilden Spekulationen hinreißen. Womöglich sei der Kleine entführt und versteckt worden, und sein Vater habe ihn absichtlich nicht als vermisst gemeldet, um das Leben des Kindes nicht zu gefährden.

Aber war so eine Konstellation über Monate auszuhalten?, fragte sich Verena Kampmann, während sie die Protokolle von den Befragungen las. Nein. Niemals. Außerdem gab es keine Lösegeldforderung, oder zumindest hatte niemand davon gehört. Irgendetwas an dieser Geschichte passte so gar nicht zusammen.

Was, wenn der Mann ohne Gedächtnis doch Vincents Vater war? In diesem Zustand konnte der ja gar nicht nach seinem Kind suchen.

Erneut nahm Verena Kampmann sich die Akte vor, in der der Unfall vom 14. Juni dokumentiert war. Sie stieß auf eine Tabelle, in der alles aufgelistet war, was man unternommen hatte, um den Verletzten zu identifizieren: Seine Fingerabdrücke waren durch sämtliche Systeme geschickt worden, allerdings ohne Erfolg. Was ja auch hieß, dass er in seinem bisherigen Leben noch niemals erkennungsdienstlich erfasst worden war. Offensichtlich hatte er beim Zahnarzt noch nie einen Zahnabdruck machen lassen. Eine Röntgenaufnahme seines perfekten Gebisses war einmal durch die ganze Republik geschickt und sogar an Interpol weitergereicht worden – ohne Ergebnis.

Verena fragte sich, warum nicht schon im Juni intensiver nach der Identität des Verunglückten geforscht worden war. Doch sie ahnte bereits die Antwort: Alle hatten angenommen, dass der Mann nach wenigen Tagen wieder wissen würde, wer er war und woher er kam. Und dann war dieser Fall wohl in Vergessenheit geraten und auf der von welcher Instanz auch immer verwalteten Prioritätenliste nach unten gerutscht, weil aktuellere Fälle hinzugekommen waren. Wie immer …

Die Sache ließ ihr keine Ruhe, und sie ging ins Büro des Dienststellenleiters.

»Ich glaube noch immer, dass der im Juni verunglückte Mann, dessen Identität nach wie vor unklar ist, der Vater des gesuchten Kindes sein könnte. Er hat für sich und seinen Sohn Pizzen gekauft. Irgendjemand hat das vor Schreck erstarrte Kind am Straßenrand gesehen und dann einfach mitgenommen.«

Dienststellenleiter Helmut Steyer hob die Augenbrauen. »Was für eine Räuberpistole. So ein Kind kann sich wehren, das wird nicht einfach so mitgenommen. Kinder können schreien. Gerade Vierjährige. Das weiß ich von meinen eigenen zur Genüge. Du kannst hier nicht einfach den Tatbestand einer Entführung konstruieren!«

»Lass mich doch einfach zu dieser Rehaklinik fahren und mit diesem Herrn Fides reden. Da gibt es einen Zusammenhang. Ich habe da so ein Gefühl. Bitte.«

»Na gut, weil du es bist. Versuch dein Glück.«

14. Kapitel

Die Rehaklinik glich eher einem Hotel mit großem Garten als einem Krankenhaus. An diesem Oktobertag waren sämtliche Liegestühle auf den Grünflächen besetzt. Unter Schatten spendenden Bäumen saßen die Patienten, genossen die Ruhe und die Natur, lasen in Büchern oder fuhren mit flinken Fingern über die Displays ihrer Handys und Tablets.

Verena Kampmann meldete sich an der Rezeption und bat darum, mit Herrn Fides sprechen zu dürfen.

»Ich komme von der Vermisstenstelle der Polizei. Wir haben eine Vermutung, was die Identität Ihres Patienten angeht.«

»Natürlich. Ich rufe gleich mal Herrn Ossenhuber, den Ergotherapeuten, der für Herrn Fides zuständig ist.«

Wenig später kam ein kräftig gebauter Mann an die Rezeption und streckte die Hand zur Begrüßung aus. Verena stellte sich kurz vor.

»Schön, dass Sie hier sind«, meinte Gerold Ossenhuber. »Ich habe ja neulich schon mit Ihrem Kollegen telefoniert, doch unser Patient hat bisher leider nicht auf den

Namen Bodo Ruhland reagiert. Wirklich erstaunlich, aber das menschliche Gehirn ist immer für Überraschungen gut. Mittlerweile denke ich, dass Fides selbst darunter leidet, nicht zu wissen, wer er ist und wie seine Vorgeschichte aussieht. Dennoch behauptet er, alles sei gut. Und zwar genau so, wie er es gerade erlebt. Er sagt, er will keine Veränderung. Wir haben Angst, dass er sich in diesem Zustand einrichtet.«

Verena nickte. »Ich würde ihm gern das Foto eines kleinen Jungen zeigen und sehen, was passiert. Der Kleine ist der Sohn von Bodo Ruhland. Wenn es sich bei Ihrem Patienten tatsächlich um Herrn Ruhland handelt, müsste er doch auf das Foto reagieren. Vincent Ruhland wird, das haben meine Recherchen ergeben, seit exakt dem Tag vermisst, an dem Ihr bisher noch namenloser Patient verunglückt ist. Wir sind dankbar für jeden Hinweis.«

Gerold Ossenhuber nickte nachdenklich. »Ich fürchte jedoch, dass Fides damit momentan völlig überfordert wäre. Er hat neulich extrem emotional reagiert, als er sich an seine Partnerin erinnert hat, die offenbar verstorben ist. Selbst wenn es sich bei dem Kind um seinen Sohn handelt, und angenommen, er erinnert sich an ihn – was wollen Sie ihm dann sagen? Dass der Junge vermisst wird? Das würde seine mühsam erarbeitete Stabilität vollkommen ins Schwanken bringen. Mir geht es erst einmal darum, dass Sie sein Vertrauen gewinnen, dann schauen wir weiter.«

Schweigend gingen sie durch lange Flure, deren Linoleumböden in Holzoptik für eine anheimelnde Atmosphäre sorgten. Schließlich hatten sie das Zimmer mit der Nummer 304 erreicht.

»So, da wären wir.«

Der Patient saß mit krummem Rücken an einem großen Tisch und brütete über einem Puzzle mit mindestens fünftausend Teilen. Es zeigte ein römisches Bodenmosaik aus der Basilika in Aquileia. Verena erkannte es sofort. Sie war vor zwei Jahren im Rahmen einer Studienreise dort gewesen, und ihr Mann, der Lehrer für Geschichte, Kunst und Sport war, hatte einen ganzen Tag lang die Mosaiken und Fresken abgezeichnet und wäre am liebsten für den Rest des Urlaubs in dieser Basilika geblieben.

Das Mosaik zeigte den Kampf zwischen einem Hahn und einer Schildkröte. Etwa drei Viertel des Bildes sowie die Randstücke waren schon zusammengefügt.

»Hallo, Herr Fides, Besuch für Sie«, verkündete Gerold Ossenhuber.

Der Angesprochene drehte sich demonstrativ langsam um. Er trug einen dunklen Holzfällerbart und hatte ungewöhnlich rote Lippen. Vermutlich biss er sich immer darauf, wenn er intensiv nachdachte. Das kannte Verena von sich selbst.

Sie reichte ihm die Hand. »Hallo, Herr Ruhland.«

Seine linke Braue schoss fragend in die Höhe. Mit grauen Augen sah er sie an. »Wer sind Sie?«

»Verena Kampmann, ich komme von der Vermisstenstelle der Polizei.«

»Aha? Wer wird denn vermisst?«

»Wir haben Hinweise, dass Ihr Name Bodo Ruhland lauten könnte.«

Kopfschüttelnd wandte Fides sich an den Ergotherapeuten. »Mir sagt dieser Name nichts.«

»Sie hatten im Juni einen schweren Unfall«, fuhr Verena fort. »Können Sie sich noch daran erinnern? Die Polizei sagt, Sie seien in ein Auto hineingelaufen.«

»Mir tut nichts mehr weh«, antwortete er. »Und jetzt hab ich keine Zeit mehr. Es gibt immer so viel zu tun.«

Er wandte sich demonstrativ seinem Puzzle zu.

Gerold Ossenhuber suchte Verenas Blick und griff nach der Zigarettenschachtel in seiner Brusttasche. »Gehen wir kurz raus? Hier und heute kommen wir nicht weiter.«

Verena nickte. »Der soll erst mal sein Bild ordentlich zusammensetzen – vielleicht finden dabei auch die Dinge seines Lebens wieder ihren angestammten Platz.«

»Das haben Sie schön gesagt.« Ossenhuber öffnete eine Tür und wies einladend auf eine unbesetzte Bank im Klinikgarten. »Stört es Sie, wenn ich rauche?«

Sie schüttelte den Kopf. »Wissen Sie, wir suchen händeringend nach dem Kind. Den Schlüssel zu dem Rätsel, wo sich der Junge befinden könnte, hat Herr Ruhland.«

»Auch wenn Herr Ruhland über das Wissen verfügen sollte, kann er momentan nicht darauf zurückgreifen. Bitte verstehen Sie mich nicht falsch. Natürlich möchte ich Ihnen gern weiterhelfen. Aber Sie sehen, dass Fides sich völlig in sich selbst verschließt. Ich werde ihn mit dem Namen Vincent konfrontieren, sobald ich glaube, dass er davon nicht heillos überfordert wäre.«

»Könnten Sie mich anrufen, wenn sich der Zustand von Herrn Ruhland verändert?«

»Auf jeden Fall. Lassen Sie mir einfach Ihre Nummer da.«

Verena gab ihm ihre Telefonnummer und verabschiedete sich. Zurück in der Dienststelle wagte sie einen neuen Vorstoß bei ihrem Vorgesetzten.

»In der Innenstadt gibt es noch genau sieben Litfaßsäulen. Auf denen sollten wir ein Plakat mit dem Bild des Kindes veröffentlichen und die Bevölkerung fragen, wer es gesehen hat. Die Säulen sind an wichtigen Knotenpunkten platziert. Dort laufen die meisten Fußgänger vorbei, und jeder kann stehen bleiben und das Bild betrachten.«

»Einen Versuch ist es allemal wert«, meinte Steyer.

Verena leitete die Fotos von Bodo Ruhlands Nachbarin an einen Kollegen weiter, der ein Plakat mit einem offiziellen polizeilichen Aufruf erstellte, das an die besagten sieben Litfaßsäulen geklebt werden sollte. Sie hatte das Gefühl, als ginge nun endlich etwas voran.

Etwa eine Woche später zitierte der Verwaltungsdirektor der Rehaklinik den Ergotherapeuten Gerold Ossenhuber zu sich.

»Was ist mit der Identität Ihres Patienten, der bei uns immer noch unter Fides läuft? Werden wir irgendwann erfahren, wer er ist?« Besorgt betrachtete er die roten Zahlen auf dem Bildschirm seines Computers. »Irgendwer muss die Behandlungskosten bezahlen. Wir brauchen seine Versichertennummer.«

»Wir kommen jeden Tag einen Schritt voran. Bisher hat der Mann sich noch nicht zu seinem Namen geäußert.« Gerold Ossenhuber verspürte eine plötzliche Unruhe. Was sollte dieses Verhör?

»Was machen Sie denn mit ihm?« Der Verwaltungsdirektor beugte sich vor.

»Wir schreiben uns.«

»Wie bitte?«

»Er spricht nicht gern«, sagte Gerold Ossenhuber, als würde allein dieser Satz alles erklären.

»Und dann schieben Sie sich Zettelchen zu? Ich fass es nicht. Was ist denn das für eine Therapie?«

»Wir korrespondieren über zwei Laptops. Das war meine Idee«, gestand Ossenhuber. »Wenn ich ihm auf diese Art Fragen stelle, antwortet er umgehend. Man könnte fast meinen, dass die Worte eher in seinen Fingerspitzen sitzen als in seinem Kopf.«

Der kleine Mann mit dem Nadelstreifenanzug lächelte nicht einmal, sondern fragte streng: »Zum Beispiel?«

»Ich fange mit einfachen Dingen an. Welcher Tag ist heute? Was gab es zum Mittagessen? Verstehen Sie, ich will ihn nicht verwirren. Der muss erst Sicherheit gewinnen.«

»Worin? In der Bedienung einer Tastatur?« Der Verwaltungsdirektor schob sich die Brille zurecht. »Geben Sie mal ein bisschen Gas! Ich will Ergebnisse. Seit etlichen Wochen ist der hier, und wir wissen immer noch nicht, was und wer er ist. Das gibt's doch nicht, dass da ein Mensch unter uns lebt, der keine Identität hat.« Skeptisch beugte er sich vor. »Kann es sein, dass er simuliert?«

»Nein!« Wenn Ossenhuber sich in einem sicher war, dann darin. »Ich tue mein Bestes. Versprochen.« Dann nickte er seinem Vorgesetzten zu und verließ das Büro.

Die Zigarette, die er kurz darauf im Windschutz des Eingangs rauchte, schmeckte so gut wie lange nicht mehr.

Natürlich wusste er, dass das, was er plante, jeder therapeutischen Regel widersprach. Aber es gab Tage, da kam man nur mit ungewöhnlichen Ansätzen weiter. Und sein Patient war stabil genug. Jetzt oder nie, dachte Gerold Ossenhuber, drückte seine Zigarette aus und machte sich auf den Weg zu seinem bisher schwierigsten Fall.

Eine halbe Stunde später saßen sie mit ihren Laptops im Wintergarten des Klinikgebäudes. Draußen ging ein starker Wind. In seinem grauen Kittel harkte der Hausmeister das Laub zusammen.

»Wir stehen unter Zeitdruck«, schrieb Gerold Ossenhuber in seinen Computer und war gespannt auf die Antwort seines Gegenübers. Die ließ nicht lange auf sich warten.

»Unter Druck kann ich am besten arbeiten, das müssten Sie doch wissen«, antwortete Fides. »Also, was steht an?«

»Wir müssen Rechnungen schreiben«, antwortete Gerold Ossenhuber. »Unsere Kontostände rutschen in die roten Zahlen.«

»Eine Rechnung – worüber?«

Gerold Ossenhuber musste improvisieren. Etwas anderes blieb ihm ja auch nicht übrig. Es ärgerte ihn, dass er die ganze Aktion nicht richtig durchdacht hatte. Jetzt stand es

Spitz auf Knopf. »Über ein bereits abgeschlossenes Projekt«, tippte er.

»Ach so. Welche Höhe?«

»Zweitausend«, behauptete Gerold Ossenhuber.

»Wir sind schon lange bei einem Preis von dreitausend pro Titel! Warum haben Sie sich so weit runterhandeln lassen? Betty wäre das nicht passiert.«

Betty – zum ersten Mal fiel dieser Name ganz spontan.

Gerold Ossenhuber dachte fieberhaft nach. Er erinnerte sich an den seltsamen Satz, den sein Patient vor einiger Zeit in den Laptop getippt hatte. Plötzlich hatte er eine Idee. Was, wenn sein Patient und diese offenbar verstorbene Betty zusammen Arztgeschichten geschrieben hatten? Hektisch gab er den Namen in die Suchmaschine ein, den ihm die Polizistin von der Vermisstenstelle genannt hatte: Bodo Ruhland. Doch es erschien kein einziger Buchtitel. Wenn der Mann vor ihm tatsächlich Schriftsteller war, vielleicht hatte er ja unter Pseudonym geschrieben?

Eine E-Mail von seinem Gegenüber erschien auf Ossenhubers Bildschirm. »Was ist denn jetzt? Warum nur zweitausend?«

»Ich konnte Sie nicht erreichen und musste spontan entscheiden«, schrieb Ossenhuber zurück. »Da habe ich auf einen alten Text zurückgegriffen, den ich noch gefunden habe.«

»Mit welchem Titel denn?«

Gerold schluckte. Auf was hatte er sich da nur eingelassen? Das war die Falle. Jetzt würde alles auffliegen, und das

Vertrauensverhältnis zwischen ihm und seinem Patienten wäre für immer gestört. Da hatte er eine Eingebung. »Der Wunderdoktor«, schrieb er.

Sein Gegenüber tippte: »Respekt. Dass Sie diesen alten Schinken noch losgeworden sind. Wohin geht die Rechnung?«

»Erst mal an mich, ich druck sie dann aus. Und denken Sie an die Kontoverbindung, die Steuernummer und den Absender.«

»Natürlich.«

15. Kapitel

»Den Kleinen kenne ich doch. Aber woher? Genau das ist das Drama eines fotografischen Gedächtnisses. Alles merke ich mir, weiß aber letztendlich nicht mehr, wo ich es gesehen habe.«

Der hochgewachsene Besucher mit dem blonden Lockenkopf hatte einen überdimensionalen Alukoffer bis vor Stellas Tür geschleppt und lehnte sich nun mit unverkennbarer Schnappatmung dagegen. Er beachtete Stella kaum, sondern starrte Knopf an.

»Ich glaube, der war auf einem Plakat abgebildet. Verdammt noch mal, wo habe ich das bloß gesehen? Ist noch gar nicht so lange her.« Dann wandte er sich an Stella und fragte empört: »Du setzt doch wohl nicht dein eigenes Kind für Werbezwecke ein? Maximilian hat mir gesagt, dass du Plots schreibst, aber von einem Kind hat er nichts erwähnt.«

Aha, daher wehte der Wind. Maximilian hatte ihr also den Riesen geschickt. Stella holte tief Luft, doch da schüttelte er schon den Kopf: »Nein, das war kein Markenprodukt, das mit dem Kind da beworben wurde. Ich komme noch darauf.«

Stella biss sich auf die Lippen. Sie war einfach zu leichtsinnig. Warum hatte sie Knopf nicht vor dem Öffnen der Wohnungstür ins Kinderzimmer geschickt? Sie ging zum Angriff über: »Was soll denn diese Unterstellung? Natürlich setze ich das Kind nicht diesem Werberummel aus. Schließlich weiß ich, wie es dort zugeht. Für unsere Filme nehmen wir nur Jungen und Mädchen, die das gerne machen und über Werbeagenturen gebucht werden. Niemals würde ich Knopf dorthin mitnehmen.«

Tatsächlich klang sie nun wie eine dieser Helikoptermamas. Ihre Stimme war sogar ein wenig ins Hysterische gekippt.

Der Mann mit dem riesigen Koffer stand reglos in der Tür. Knopf starrte ihn an. Stella hatte das ungute Gefühl, dass die zwei sich kannten. Aber warum und woher, das würde der Kleine nur seinem Kater erzählen, nicht ihr. Sie hätte eine Abhöranlage ins Kinderzimmer einbauen sollen. Aber solche Sachen gab es nur in schlechten Filmen.

»Jetzt halt doch mal den Ball flach! Unser gemeinsamer Freund Maximilian hat mich geschickt!« Der Riese mit den blonden Locken schüttelte den Kopf und seufzte. »Erst schickt er mir ein Video mit einem weinenden Kater. Dann gibt er mir deine Adresse, damit ich ein paar Szenen mit dem Tier drehe. Hat er dir etwa nichts davon gesagt? Für mich klang es so, als wüsstest du, dass ich heute Vormittag hier vorbeikomme.«

»Er hat von einem Kameramann erzählt, das schon, aber nicht, dass der postwendend und ohne Voranmeldung vor meiner Tür steht.« Stella sah ratlos auf den gigantischen Alukoffer. »Das ist mal wieder typisch Maximilian. Und du hast schon dein ganzes Handwerkszeug mitgeschleppt? Und was, wenn ich nicht da gewesen wäre?«

»Dann hätte ich wohl Pech gehabt!« Der Mann reichte ihr nun seine Hand und stellte sich formvollendet vor: »Ulrich Rosengarten. Kameramann. Lässt du mich jetzt in deine Wohnung?«

Stella trat einen Schritt zurück und hob resigniert die Schultern. Es hatte ja doch keinen Sinn, sich zu widersetzen.

Erst jetzt bemerkte sie, dass Knopf den Fremden weiterhin unverwandt anstarrte. In seinem Blick lagen Bewunderung, Ehrfurcht und Vertrauen. Stella fragte sich, ob der Kameramann ihn an seinen Vater erinnern mochte. Vielleicht hatte der ja unendlich viele Videosequenzen von dem Kleinen gedreht und arbeitete ebenfalls als Kameramann.

»Oh, jetzt hab ich's!« Ulrich schlug sich an die Stirn. »Da hing ein Plakat an der Litfaßsäule in der Nähe meiner Wohnung. Es wird nach einem kleinen Jungen gesucht. Der sieht deinem Kind verdammt ähnlich. Darf ich ein Foto von ihm machen?«

Stella baute sich schützend vor Knopf auf. »Nein!«, sagte sie und drehte sich dann zu dem Kind. »Geh doch in die Küche, und schau nach Vicky. Bitte!«

Der Junge nickte und verschwand stumm hinter einer Milchglastür.

»Ach, der Kleine hat ein Schwesterchen?« Ulrich nickte

beeindruckt. »Das ist ja gut. Als Einzelkind aufzuwachsen ist nicht schön.«

Stella schwieg. Das ging den Fotografen wirklich gar nichts an.

»Der Kater ist im Kinderzimmer. Dort.« Sie wies auf die Tür ihres einstigen Studios.

»Meinst du, er macht es auf Anhieb?«

»Was?«

»Die typische Pfotenbewegung der Verzweiflung. Unglaublich ist das! Bei einem Tier habe ich so was noch nie gesehen, es ist berührend, findest du nicht auch?«

Was sollte sie sagen? Dass das der Grund war, warum sie allabendlich bei Karl-Anton Wederbusch vor dem Fenster gestanden hatte? Auch das ging den da wirklich nichts an.

»Probier es einfach aus. In letzter Zeit ist er etwas launisch«, behauptete sie stattdessen und stöhnte insgeheim. Eins war klar. Dieser Kameramann würde nicht eher das Haus verlassen, als bis er genau die Bilder von Boris im Kasten hatte, die er brauchte.

»Hast du dich auf bestimmte Produkte spezialisiert?«, hakte sie vorsichtig nach, um das Gespräch von der Litfaßsäule wegzubringen.

Ulrich nickte. »Lebensmittel. Alles, was man essen kann.«

»Also auch Katzenfutter?«

»Nein.« Er schüttelte den Kopf, dass seine blonden Locken stoben. Vermutlich arbeitete er in seiner Freizeit als Model für Shampoowerbung, mit dem Haar wäre er zumindest perfekt geeignet. Sie als Werbefrau hatte einen Blick für so was.

Er riss sie aus ihren Gedanken. »Aber jetzt schauen wir uns erst einmal den Stubentiger an. Weißt du, ich stelle mir kleine Szenen vor, in denen der Kater vor qualitativ schlechten Mahlzeiten sitzt und sich verzweifelt die Augen reibt. Sprechblase aus dem Off: Da werde ja sogar ich vernünftiger ernährt als die Menschen!«

Stella lachte. »Stimmt, in normalem Katzenfutter sind immerhin vier Prozent Fleischanteil. Aber mein Boris isst nur Selbstgekochtes.«

»Oje, zwei Kinder und ein vierbeiniger Gourmet… Hoffentlich hat dein Mann nicht auch noch irgendwelche Besonderheiten wie Gluten-Unverträglichkeit, Laktoseintoleranz, Fruktose-Allergie und was weiß ich!«

Sie unterbrach ihn schroff. »Jetzt ist aber gut. Und das da ist Boris!«

»Super – und schon vor dem perfekten Hintergrund. Du arbeitest also auch mit Bluescreen. Na ja, das hätte ich mir denken können, ich hab ja das Filmchen gesehen, das du an Maximilian geschickt hast – er hat es mir nämlich postwendend weitergemailt.«

Ulrich öffnete seinen großen Koffer, nahm den dicken und mürrisch dreinblickenden Kater ins Visier seiner Kamera und sagte: »Dann wollen wir mal!«

Boris drehte den Kopf zur Seite, gähnte demonstrativ und verschwand hinter einer Bücherreihe auf dem zweiten Regalbrett.

»Gibt es irgendwas, womit ich ihn locken kann?«

Stella sah ihren ungebetenen Besucher an. »Nur mit Geduld. Er heißt übrigens Boris.«

»Boris, Boris-Katerchen, komm doch mal her!« Ulrichs Stimme klang eher fordernd als freundlich. Nichts rührte sich hinter den Taschenbüchern. Stella lehnte sich gegen die blau gestrichene Wand und atmete auf. Was für ein Held, dieser Boris. Nun nämlich zeigte er es ihnen beiden und ließ sich alle Zeit der Welt. Wenn Stella eines an dem Berufsbereich Medien nicht mochte, dann die unausgesprochene Erwartungshaltung, dass immer alles schnell zu gehen hatte. Kurz erwog sie, diesem Herrn mit der Kamera den Tipp zu geben, dass Boris gern mit »Sie« und »Euer Ehren« angesprochen wurde und sich dann gnädiger geben könnte.

Vicky betrachtete das stille Kind und wurde von Selbstmitleid überwältigt. Seit Tagen verstand sie überhaupt nichts mehr. Ebenso plötzlich, wie Alex in ihr Leben getreten war, hatte er sich wieder daraus verabschiedet. Nicht einmal ans Telefon ging er mehr, er, der sonst immer und überall für sie erreichbar gewesen war und in dessen Stimme ständig ein zuverlässiges Lächeln gelegen hatte, ein unausgesprochenes: »Alles wird gut!« Seine Kollegen aus der Inspektion behaupteten eiskalt, er sei nicht da oder gerade unterwegs. Vicky stellte sich vor, wie sie logen und feixend an ihren Telefonen hingen, während der schöne Alex ihnen mit Handzeichen zu verstehen gab, dass er diese Anruferin nicht sprechen wolle. Aus und vorbei! Für immer. Das tat weh.

Was hatte sie nur falsch gemacht?

Ihr fiel nichts ein.

An dem Tag seines Verschwindens war doch alles wie immer gewesen. Außer, dass er irgendwas gesucht hatte. Und obwohl sie in den Stunden nach seinem Aufbruch die ganze Wohnung auf den Kopf gestellt hatte, hatte sie nichts gefunden, was er vermissen könnte. Stattdessen war ihr sein Verschwinden schmerzlich bewusst geworden. Sie stellte fest, dass er alles wieder mitgenommen hatte. Seine Utensilien aus dem Bad und das wenige an Wäsche. Und dazu noch ihr Glück. Als sei er niemals da gewesen. Nur sein Duft hielt sich noch in den Bettlaken versteckt. Den hätte sie am liebsten konserviert.

Knopf trat auf sie zu und legte ihr ein Kissen in den Schoß. Er sagte kein Wort, doch sein Blick verriet ihr, dass er damit vertraut war, Menschen zu trösten. Zu gern hätte sie ihn an sich gezogen und ihn gedrückt, auch wenn sie wusste, dass ihm das nicht gefiel. Nicht einmal Stella durfte das. Wann und mit wem gekuschelt wurde, bestimmte allein er. Genau wie der Kater. Zwei verwandte Seelen, die ihre Nähe wie wertvolle Geschenke weitergaben. Und so war es ja auch. Jede Form von Nähe war ein Geschenk.

Wenn sie genau darüber nachdachte, wurde ihr bewusst, dass Alex bereits in den Nächten vor seinem Verschwinden der so vertrauten Nähe ausgewichen war. Er war nicht zur gleichen Zeit wie sie ins Bett gegangen, und beim Aufwachen hatte sie nicht seine Hand in der ihren gespürt. Das waren doch eindeutige Warnzeichen gewesen! Wieso hatte sie die nicht wahrgenommen? War er da schon auf dem Absprung gewesen? Und wenn ja, warum? Und wohin? Zu wem? War sie von einer anderen ersetzt worden?

Fragen, die sich in ihrem Kopf drehten und auf die es keine Antwort gab.

Stella kam in die Küche. »Das ist nur ein neuer Mitarbeiter aus meiner Agentur. Er dreht ein paar Sequenzen mit Boris.« Sie schloss die Tür hinter sich, gab Vicky ein frisches Papiertuch und sammelte die vollgeweinten und zerknüllten Taschentücher ein, die sich wie eine weiße Mauer zwischen Vicky und der Welt aufgetürmt hatten.

»Ich komme wohl nicht drum herum, ihn noch auf eine Tasse Kaffee in die Küche zu bitten«, fuhr Stella fort. »Alles andere wäre zu unhöflich. Hältst du das aus?«

Vicky nickte. Ihr war alles recht. Sie würde auf jeden Fall bleiben. Seit dem Morgen, an dem Alex verschwunden war, hielt sie sich tagsüber in Stellas Wohnung auf. Immer wieder warf sie sehnsüchtige Blicke aufs Handy, doch niemand meldete sich.

Stella betrachtete das in sich zusammengesunkene Häuflein Elend auf ihrem Küchenstuhl. Es gab keinen Trost. Lächerlich und abgegriffen klängen Aufforderungen wie: Vergiss ihn, reiß ihn dir aus dem Herzen, such dir einen anderen. Es war doch immer das Gleiche. An dem Kissen auf Vickys Schoß erkannte sie, dass auch Knopf schon einen Trostversuch unternommen hatte. Gerade legte er konzentriert ein neues Puzzle zusammen – ein Geschenk für Vicky?

Stella betrachtete die beiden. Glück war so ein flüchtiges Ding. Es war unmöglich, es zu kaufen, zu horten oder gar festzuhalten. Vicky war es abhandengekommen.

Und was nützte schon die Erinnerung an vergangenes Glück, wenn klar war, dass es in diesem Ausmaß und in all seiner Pracht niemals zurückkehren würde. Es hatte sich für immer in Schmerz verwandelt.

Dennoch wollte Vicky ständig mit ihr über Alex reden. Als könne Stella allein deshalb Auskunft über ihn geben, weil sie in einem anderen Leben und zu einer ganz anderen Zeit im selben Ort gewohnt hatten.

Sollte Stella ihrer weinenden Nachbarin sagen, wie sie selbst Alex damals empfunden hatte? Verliebt in seine eigene Schönheit, arrogant, egoistisch und verwöhnt wie ein Pascha. Stella und ihre engste Freundin Moni hatten ihm damals fettiges Haar oder jene Akne gewünscht, unter der sie selbst litten. Aber selbst seine Haut blieb während seines Heranwachsens makellos. Ständig hatte er einen ganzen Tross an Verehrerinnen gehabt, die er nach Belieben erhörte und bei Bedarf wieder verließ.

»Wir haben uns alle gefragt, wieso er ausgerechnet Polizist geworden ist. Mit dem Aussehen hätte er Schauspieler werden können«, meinte sie und betrachtete das Foto des Verlorengegangenen, das Vicky wie ein Heiligenbild ins Küchenbüfett ihrer Nachbarin gestellt hatte.

»Und du sagst, er war hinter jedem Rock her?« Vicky suhlte sich erneut in ihrem Alex-Thema. »Auch hinter deinem?«

Stella schüttelte den Kopf. »Nein, ich war wohl nicht sein Typ. Ich bin zu normal.«

»Meinst du, ich bin sein Typ?« Hoffnungsvoll blickte Vicky auf.

Stella hatte von Anfang an bezweifelt, dass Vicky sein Typ war, aber dies war nicht der richtige Augenblick für eine derart brutale Offenheit. »Sonst wäre er doch nie so lange bei dir geblieben«, entgegnete sie ausweichend.

Im Flur polterte es, und Stella riss die Tür auf.

»Das Viech hat mir mein Stativ umgeschmissen! Dieses Miststück!«, fluchte Ulrich.

Stella betrachtete Kater und Kameramann. »Vermutlich hast du ihn geärgert. Er ist von Haus aus friedlich und langmütig.«

Boris hockte auf einem Sideboard im Flur und fauchte. Die Tür zum Kinderzimmer mit der blauen Wand stand offen.

»Ich wollte ihn nur in eine andere Ecke setzen, weil da das Licht besser auf ihn fällt«, rechtfertigte sich Ulrich Rosengarten.

»Und da hast du ihn einfach hochgenommen? Das würde ja nicht einmal ich mich trauen. Stell dir doch mal vor, jemand würde das mit dir machen! Dich hochheben und an eine andere Stelle setzen! Am besten ganz oben auf den Schrank, wo du von allein nicht mehr runterkommst!«

Er tippte sich an die Stirn. »Was für ein absurder Vergleich! Das Viech ist durch den Raum gerast und in den Flur hinaus – und zack! Schon lag mein Stativ am Boden. Hoffentlich ist nichts kaputt.«

»Boris hat leider keine Haftpflichtversicherung«, erklärte Stella.

Ulrich suchte ihren Blick, schüttelte den Kopf und lachte. »Du bist ja wirklich schräg drauf. Aber der Kater ist gut. Trotz seines Hangs zum Vandalismus. Fotografiert gibt er übrigens noch mehr her als in natura – obwohl gerade nicht die besten Lichtverhältnisse herrschen. Willst du mal sehen?«

»Bei einem Kaffee?« Sie öffnete einladend die Küchentür. Ulrich begrüßte Vicky und ließ sich an der Längsseite des Küchentisches nieder. Stella achtete darauf, dass die Kamera unbenutzt blieb und schon gar nicht in Richtung Knopf wies.

»Wie ruhig es hier ist«, bemerkte Ulrich und räusperte sich.

»Mein CD-Player läuft gerade nicht. Sonst höre ich gerne Musik«, entschuldigte sich Vicky ungefragt und schniefte. Als hätte irgendjemand gerade nach Liedern von Roland Kaiser verlangt.

Stella beeilte sich, das Gespräch in Gang zu halten. »Wie geht es nun mit Boris weiter?«

Ulrich zeigte ihr und Vicky die gefilmten Szenen auf dem Display seiner Kamera. Sie waren beeindruckend. »Er gibt ein gutes Motiv her. Mit dem lässt sich was machen! Er muss nur besser auf mich hören und das tun, was ich von ihm will. Könnt ihr ihn noch ein bisschen besser erziehen, vielleicht … «

Vicky unterbrach ihn. »Wie findest du dieses Motiv?« Sie hielt ihm das Foto von Alex unter die Nase. »Dieser Mann wäre doch perfekt vor der Kamera, oder nicht? Wenn du willst, stelle ich einen Kontakt her.«

Stella verdrehte die Augen.

Ulrich zoomte das Foto zu sich heran und hielt die Kamera auf Vickys Lieblingsmotiv gerichtet.

»Zu flach. Schau mal. Im wirklichen Leben mag der gut rüberkommen, aber auf der Leinwand oder einem Bildschirm – ohne Aussage. Kein Charakterkopf – nee, den würde ich nicht einmal als Unterwäschemodel nehmen. Ist das etwa dein Mann?« Er wandte sich an Stella. Die schüttelte den Kopf.

»Wie kannst du nur so etwas behaupten!«, fauchte Vicky. »Unverschämt!« Nach Tagen der Lethargie war endlich Leben in sie zurückgekehrt. Wenigstens das!

»Hiermit berechne ich für den Roman ›Der Wunderdoktor‹, zur Publikation unter dem Pseudonym Gudula Freifrau von Bergnitz, ein Honorar in Höhe von 2000 Euro. Ich bitte um Überweisung auf das folgende Konto. Kontoinhaber: Bodo Ruhland.«

Der Mann, der seit einem halben Jahr Fides genannt wurde, zögerte einen Moment, sah in die Luft, als stünde dort eine Antwort, und tippte dann zwei lange Zahlenfolgen in das geöffnete Dokument. Die IBAN und seine Steuernummer.

Gerold Ossenhuber stand staunend hinter seinem Patienten und blickte ihm über die Schulter. Er hätte seine eigene IBAN nicht auswendig gewusst, geschweige denn die Steuernummer. Aber er schrieb vermutlich auch nicht so viele Rechnungen, wie sein Patient in einem anderen Leben geschrieben hatte.

Der Ergotherapeut erinnerte sich an eine Vorlesung über selektive Wahrnehmung und über selektives Vergessen. Er ahnte, dass bei seinem Patienten jene Dinge wiederauftauchten, die nicht mit Emotionen besetzt waren. Mit der Erinnerung an Betty vor einigen Wochen waren fast erdbebengleiche Gemütsbewegungen einhergegangen – bis hin zu Weinkrämpfen, aber gleichzeitig hatte das Aussprechen dieses Namens auch eine neue Tür geöffnet. Beim Schreiben der Bankdaten hingegen hatte ihn nichts ins emotionale Schleudern gebracht.

Unwillkürlich schob er sich eine Zigarette zwischen die Lippen. Er war Zeuge eines Wunders, ja, er war ein Pionier, ein begnadeter Heiler. Dann lachte er über sich selbst. Offensichtlich wurde er gerade größenwahnsinnig. Zurück zur Vernunft!

Sein Gegenüber kratzte sich nun den Bart, und der Ergotherapeut erinnerte sich, dass Fides am Anfang jedes Mal zusammengezuckt war, wenn er seinem Spiegelbild begegnete. Vor seinem Unfall war er garantiert bartlos gewesen, nun aber wollte er sich auf gar keinen Fall das Gesicht rasieren. Als wäre es möglich, sich hinter einem Vollbart zu verstecken, oder als fürchtete er sich vor dem, der ihm bartlos entgegenblicken könnte.

»Könnten Sie bitte oben links noch den Absender angeben?«, bat Ossenhuber seinen Patienten.

Bodo Ruhland nickte, schwieg und tippte.

»Ist das Ihre Büroadresse?«, wollte Ossenhuber wissen.

Ruhland dachte kurz nach, dann nickte er.

»Wann waren Sie denn zuletzt in Ihrem Büro? Wer

weiß, wie es da inzwischen aussieht«, meinte Ossenhuber und gab sich besorgt. »Da türmen sich womöglich die Unterlagen!«

»Nein, da ist es ordentlich – höchstens ein bisschen verstaubt. Es gibt auch keine Blumen, die vertrocknen könnten.«

»Und wenn Anrufe kommen?«

»Anrufbeantworter«, murmelte Bodo Ruhland lapidar und blickte auf seine Hände, die knapp oberhalb der Laptop-Tastatur vibrierten. Gerold Ossenhuber hatte den Eindruck, als stauten sich die zu schreibenden Worte bereits in seinen Fingerspitzen. Doch kein Buchstabe erschien auf dem Display.

»Warum habe ich eigentlich zwei Pizzen gekauft?«, fragte er unvermittelt. »War ich so hungrig?«

Gerold Ossenhuber biss die Zähne zusammen und ballte beide Hände zu Fäusten. Nein, er würde jetzt nichts sagen. Er würde einfach hier sitzen bleiben und abwarten. Da würde gleich noch etwas kommen. Er spürte es.

Ruhland griff in seine Hosentasche und zog das Schlüsselbund heraus, das er immer mit sich herumtrug. Auf einmal wirkte er unruhig. »Wo habe ich bloß den Porsche geparkt? Das war doch gleich bei der Pizzeria.«

Ossenhuber schwieg, auch wenn es ihm schwerfiel. Dann gehörte der rätselhafte Autoschlüssel zu einem alten Porsche. Aus den Patientenunterlagen wusste er, dass die Polizei in der Nähe der Pizzeria vergeblich nach einem Oldtimer Ausschau gehalten hatte. Das konnte nur heißen, dass der Wagen geklaut worden war. Der perfekte

Diebstahl und ein absolutes Highlight für Autodiebe. Ossenhuber erinnerte sich an die Sitzung, bei der Bodo Ruhland von einem Ding gesprochen hatte, das ständig repariert werden musste. Natürlich, das hatte sich auf den alten Wagen bezogen. Womöglich war der Porsche am Tag von Bodo Ruhlands Geburt zum ersten Mal zugelassen worden?

»Ein Ausflug wäre schön!«, unterbrach Bodo Ruhland seine Gedanken. »Meinetwegen auch ins Büro. Da sollte ich sowieso mal wieder nach dem Rechten sehen.«

Er klang völlig normal.

»Darum kümmere ich mich«, versprach Gerold Ossenhuber, der genau wusste, dass so etwas nicht ohne Genehmigungen, Anträge und unendlich viele Unterschriften möglich war. Aber es war möglich, und es würde geschehen. Vielleicht konnte Verena Kampmann von der Vermisstenstelle auf die kleine Exkursion mitkommen. Er würde sie gleich anrufen und fragen und dabei auch den verschwundenen Porsche erwähnen. Vielleicht war Bodo Ruhland bald reif für eine Konfrontation mit der Tatsache, dass er einen kleinen Sohn hatte.

16. Kapitel

Stella hoffte, dass das mit der Litfaßsäule ein Irrtum war. Warum sollte ausgerechnet jetzt nach Knopf gesucht werden? Nach so langer Zeit? Sie beschloss, sich Klarheit zu verschaffen, zumal sie sich nun wieder freier bewegen konnte.

Nach Ulrich Rosengartens despektierlicher Bemerkung über Alex Grolls Schönheit war Vicky protestierend aus ihrer Lethargie erwacht und wieder ansprechbar für Dinge, die sich nicht auf ihren verloren gegangenen Prinzen bezogen. Wut und Ärger waren also Lebenselixiere. Stella staunte. Resolut hatte die Hausbesitzerin über den Kameramann geschimpft: »So ein Banause! Der hat wohl noch nie gehört, dass wahre Schönheit von innen kommt. Ungeheuerlich ist das. Ein Zeichen für die Oberflächlichkeit der Welt. Es geht doch immer nur um Äußerlichkeiten!« Dabei schien sie ganz zu vergessen, dass auch sie sich als Erstes in das Aussehen von Alex Groll verliebt hatte.

»Du, ich müsste noch mal kurz in die Stadt«, behauptete Stella und sah dabei aus dem Fenster, in dessen Scheibe sich die schnäuzende Vicky spiegelte. »In spätestens anderthalb Stunden bin ich zurück. Könntest du so lange auf Knopf aufpassen?«

»Etwa auch auf den Filmstar?« Mit hochgezogenen Augenbrauen sah Vicky in Richtung Boris, der zusammengerollt auf einem Stuhl lag und leise schnarchte. Entweder schnarchte oder schnurrte er. Dieser Kater war ihr nun gar nicht mehr geheuer, nachdem ein Mann mit angeblich untrüglichem Blick ihn als schöner und interessanter empfand als Alex. Was für eine Blasphemie.

»Unbedingt. Der kommt noch ganz groß raus!«, versprach Stella, schlüpfte in ihren Mantel und setzte ihre dicke Wollmütze auf. »Du kannst ihn ja schon mal kämmen und ihm die Krallen lackieren.«

»Da kannst du lange drauf warten!« Vickys Augen blitzten. Das war ein gutes Zeichen.

Auf dem Plakat standen Knopfs Ohren noch mehr ab als in der Realität. Gefahndet wurde nach einem Vincent R. Das war also Knopfs richtiger Name...

Lange stand Stella vor dem Bild und notierte sich dann die Telefonnummer der Vermisstenstelle, die groß und unübersehbar unter dem Porträt des Kindes stand.

»Ach was, ist der Ihnen etwa auch über den Weg gelaufen? Wissen Sie, der kam mir gleich nicht ganz geheuer vor. Der ist sicher abgehauen, das hab ich übrigens damals schon zu meinem Bruno gesagt.«

Stella sah irritiert zur Seite. Neben ihr stand die gepflegte Frau mit dem ebenso gepflegten hochbeinigen Afghanischen Windhund, der sie im Spätsommer an der

Eisdiele begegnet war. Weder Hundehalterin noch Hund erkannten sie.

»Er ist herumgestromert«, sagte die Dame und wies auf das Plakat. »Ich kann mich genau erinnern, dass er meinen Bruno gestreichelt hat. Aber das ist ewig her. Irgendwann im Juni war das. Kann denn ein Kind so lange verschwinden? Unbemerkt von allen? Und jetzt erst suchen die nach dem? Und dann so halbherzig. Wer geht denn schon um Litfaßsäulen herum und liest alle Plakate? So etwas müsste doch in der Zeitung stehen!«

Stella hob die Schultern und sagte genau das, was ihr gerade durch den Kopf ging: »Ich finde, er sieht ganz schön einsam aus.«

Die Frau nickte. »Das stimmt. Hoffentlich hat er inzwischen ein ordentliches Zuhause gefunden!« Sie seufzte und wickelte sich tiefer in ihre Pelzjacke. »Ich muss jetzt los. Das Leben geht weiter.« Sie wies auf das Bild des vermissten Kindes. »Irgendwann wird der ja auch groß und muss in die Schule. Spätestens dann wird man den kleinen Streuner bändigen.«

Stella hielt kurz die Luft an. Dann fragte sie wie nebenbei: »Werden Sie es melden, dass Sie und Ihr Hund dem Jungen schon begegnet sind?«

»Ich kenne den doch gar nicht. Das Ganze ist schon mehrere Monate her.« Sie zögerte. »Wenn ich mich recht entsinne, habe ich den Jungen im Sommer noch einmal gesehen. Da wirkte er gepflegter, beschützter irgendwie, wenn Sie verstehen, was ich meine. Da war auch jemand bei ihm, zu dem er zu gehören schien.«

Stella nickte. »Genau, alles andere ist ja auch kaum vorstellbar.«

»Was würde es auch nützen, wenn ich der Polizei melde, dass ich damals den Jungen gesehen habe«, dachte die Hundehalterin laut weiter. »Ich weiß weder seinen Namen noch seinen jetzigen Aufenthaltsort. Dafür habe ich dann aber die Beamten dauernd bei mir im Garten stehen. Bei Verdacht auf Kindeswohlgefährdung und Kindesentführung sind die ja immer besonders gründlich. Und nachher verdächtigen die auch noch uns. Den Bruno, mich und meinen Mann. Und dann kommen wir noch in die Zeitung. Na, besten Dank, mein Mann würde toben. Nein, da rufe ich bestimmt nicht an! Und Sie? Kennen Sie das Kind? Haben Sie den Jungen schon mal gesehen?«

»Nein, nicht dass ich wüsste«, log Stella und fotografierte das Plakat mit ihrem Handy, während sie in bemüht scherzhaftem Ton hinzufügte: »Aber man weiß ja nie. Nachher läuft er mir womöglich noch über den Weg, und dann weiß ich gleich, wohin mit ihm.«

»Da haben Sie recht«, meinte die Hundebesitzerin und ging mit ihrem Bruno davon.

Sie hatten die Tiefgarage verlassen und standen vor einem mehrstöckigen Bürogebäude im Stadtzentrum. Eine der besseren Adressen, dachte Gerold Ossenhuber. Die Quadratmetermiete hier dürfte entsprechend hoch sein. Offensichtlich war Bodo Ruhland nicht gerade arm. Hoffentlich. Das würde den Verwaltungsdirektor aufatmen lassen. Ossenhuber betrachtete seinen Schützling mit neuen

Augen. Ein Kollege aus der Klinik hatte die beiden hierhergefahren und wartete nun, auf seinem Handy spielend, in der Tiefgarage.

Ossenhuber hätte nicht gedacht, dass er mit seinem Antrag auf einen Ausflug in die Stadtmitte so schnell Erfolg haben würde, aber der Klinikleitung war es wichtig, die Identität ihres unbekannten Patienten bestätigt zu wissen – vor allem wegen der Krankenversicherung. Na, die würden sich freuen, wenn der auch noch privat versichert war! Er spürte schon den Ritterschlag des Verwaltungsdirektors auf seiner Schulter. »Gut gemacht!«

Verena Kampmann, die Dame von der Vermisstenstelle, stand schon vor der Eingangstür des Bürogebäudes und begrüßte die beiden Männer. Ruhland war diesmal weitaus weniger abweisend und lächelte die Polizistin sogar an.

Er zog sein Schlüsselbund aus der Tasche und suchte einen Schlüssel heraus, der auf Anhieb passte. Die große zweiflügelige Glastür öffnete sich einladend in eine marmorne Empfangshalle mit hohen Säulen. An der einen Seite waren Briefkästen angebracht. Aus einem von ihnen quoll die Post, und wie selbstverständlich trat Bodo auf die Wand zu, um mit einem weiteren Schlüssel sein Postfach zu öffnen. Er sah die Umschläge durch und warf alles, was nach Reklame aussah, in eine blaue Tonne, die dezent hinter einer Marmormauer verborgen war. Übrig blieb so gut wie nichts.

»In welchem Stock liegt Ihr Büro?«, erkundigte sich Verena Kampmann, während sie zu dritt in den Aufzug stiegen.

Ruhland drückte schweigend auf die Taste mit der Nummer Drei, und schon bald hielt der Lift mit einem sanften Rucken. Zielstrebig marschierte Ruhland auf die siebte Tür linker Hand zu. Auf einer Etage waren mindestens zwanzig Einzelbüros untergebracht, überschlug Ossenhuber. Das Türschild, vor dem sein Patient nun stehen blieb, war mit »B+B Ruhland« beschriftet. Das erste B war mit einem schwarzen Filzstift übermalt worden.

»Betty?«, fragte Gerold Ossenhuber leise.

Ruhland nickte. »Ja, so wird es sein. Was meinen Sie? Ob ich das gemacht habe? Erinnern kann ich mich nicht mehr.« Verunsichert sah er sich um und wies dann mit einer schnellen Handbewegung zum Ende des Flurs. »Da drüben gibt es eine Sitzecke für Besucher.«

Gerold Ossenhuber begriff, dass Ruhland die ersten Schritte in sein ganz persönliches Reich nach so langer Zeit allein machen wollte. Er gab Verena Kampmann ein Zeichen, und sie gingen gemeinsam in Richtung Sitzecke.

Bodo Ruhland nickte dankbar und öffnete die Tür zu seinem vergessenen Leben.

»Leider gibt es noch immer keine Neuigkeiten zum vermissten Jungen«, meinte Verena Kampmann, nachdem sie eine Weile schweigend auf den modernen Ledersesseln gesessen hatten. »Wie ich Ihnen neulich am Telefon gesagt hatte, wissen wir zwar, dass die Mutter des Jungen, Elisabeth Ruhland, genannt Betty, im März gestorben ist, aber seit dem Unfall des Vaters gibt es keine Spur von dem Jungen. Auch die Suche mit Plakaten an Litfaßsäulen hat bisher noch nichts ergeben. Ich habe übrigens auch die Fahndung nach einem Porsche 911 T Targa – darauf lässt der Autoschlüssel schließen – eingeleitet. Wenn der Wagen innerhalb Europas verschoben wurde, könnte er von den Kollegen des Limes-Projektes gefunden werden. Die haben nämlich noch gar nicht nach dem Cabrio gesucht, da es nicht vermisst wurde. Ich könnte mir vorstellen, dass es noch in irgendeiner Garage steht und auf seinen neuen Liebhaber wartet. Die Netzwerke und Kontakte der Limes-Kollegen sind bestens. Insofern bin ich zumindest in dieser Sache ziemlich zuversichtlich.« Sie seufzte aus tiefster Seele.

»Herr Ruhland hat sich auch noch nicht zu seinem Sohn geäußert«, entgegnete Ossenhuber. »Ich bin gespannt, ob die Konfrontation mit seinem Arbeitsplatz irgendwelche Erinnerungen in ihm weckt. Der nächste Schritt wäre, mit ihm in seine Wohnung zu fahren, aber ich würde gern abwarten, wie er die heutige Exkursion in sein Büro verkraftet.«

»Sollen wir mal rübergehen?«, schlug Verena Kampmann vor.

Wenig später standen sie vor Bodo Ruhlands Büro. Gerold Ossenhuber klopfte vorsichtig an und schob dann die angelehnte Tür auf.

Vor einem Schreibtisch saß sein Patient und wartete darauf, dass der Rechner hochfuhr. Schließlich tauchte auf dem Bildschirm der Name »Bodo« auf und darunter ein Feld für die Passworteingabe. Ruhland drehte sich um und sah Gerold Ossenhuber ratlos an.

»Wie komme ich da rein?«

Gerold tippte mit seinem Zeigefinger auf ein Feld neben dem Touchpad. »Identifizierung fehlgeschlagen«, erschien auf dem Bildschirm.

»Mich kennt er nicht«, meinte der Ergotherapeut. »Logisch. Machen Sie das doch mal, bitte.«

Ruhland schien Angst zu haben. Zögernd und angespannt, als drücke er gerade den Auslöseknopf einer Sprengvorrichtung, legte er den rechten Zeigefinger auf den Sensor.

Auf dem Bildschirm öffnete sich ein Foto, das eine blasse Frau mit einer Haut wie Pergament zeigte. Neben ihr stand ein Kind und sah fröhlich in die Kamera.

Der Mann auf dem Schreibtischstuhl stöhnte auf und schnappte nach Luft. Seine Gesichtsfarbe wechselte von Rot zu Weiß. Auf seiner Stirn bildeten sich Schweißtropfen. »O Gott, das ist Vincent! Unser Sohn. Ich muss ihn sehen!« Hilflos blickte er sich um.

Gerold Ossenhuber biss sich auf die Lippen, wechselte einen kurzen Blick mit Verena Kampmann und entgegnete: »Wissen Sie denn, wo er jetzt ist?«

»Wir wollten verreisen«, sagte Ruhland. »Zu Hause müssten noch die gepackten Taschen stehen, im Abstellraum. Eine große und eine kleine. Und im Porsche ist der Kindersitz schon installiert. Aber wo ist Vincent? Ich weiß es nicht mehr.«

»Hören Sie, Herr Ruhland«, meldete sich Verena Kampmann zu Wort. »Ihre Nachbarin hat Ihren Sohn als vermisst gemeldet. Die Polizei sucht schon seit einiger Zeit unter Hochdruck nach ihm, aber bisher ohne Erfolg. Sie sind vermutlich der Einzige, der uns weiterhelfen kann. Bitte versuchen Sie sich zu erinnern. Was könnte an dem Tag passiert sein, an dem Sie Ihren Unfall hatten?«

Bodo Ruhland ließ seinen Kopf auf die Tastatur sinken. Seine Schultern zuckten, und ein ersticktes Schluchzen war zu hören. »Ich weiß es nicht. Ich weiß es wirklich nicht.«

Sie saßen nun schon seit zwei Stunden in Bodo Ruhlands Büro. Hier waren also die Arztromane entstanden, die unter dem Pseudonym Gudula Freifrau von Bergnitz erschienen. Hier waren die Guten belohnt und die Bösen bestraft worden, hier durften aufopferungsvolle Krankenschwestern ihre Ärzte oder Professoren heiraten.

Ruhland hatte sich wieder ein wenig beruhigt. Er hatte sogar noch die E-Mails in seinem Rechner und die Briefpost durchgesehen. Seinen Kontoauszügen entnahm er, dass der Verlag ihm eine hohe Geldsumme überwiesen hatte. Erst stutzte er, dann kehrte auch hier die Erinnerung zurück.

»Ich hatte vorgearbeitet und die Bücher für mehrere Monate im Voraus geschrieben«, sagte Bodo Ruhland. »Vincent und ich wollten ja verreisen.«

Er verstummte wieder. Es waren in viel zu kurzer Zeit viel zu viele Dinge auf ihn eingestürzt. Die Routinearbeiten am Computer hatte er halb mechanisch erledigt, aber all die anderen Neuigkeiten, und eine davon trug den Namen Vincent, zitterten in einer Warteschlange vor seinem Denken und warteten auf Einlass, Einsicht und Entscheidungen. Das war viel zu viel, und wenn er nicht aufpasste, würde er seinen Verstand verlieren und seine Seele würde kollabieren.

»Wir fahren zurück in die Klinik«, bestimmte Ossenhuber in einem Ton, der keinen Widerspruch duldete.

Verena Kampmann nickte. »Genau. Und wir bleiben in Verbindung, okay?«

Gerold Ossenhuber hob die linke Hand mit ausgestrecktem Daumen und reichte seinem Patienten den rechten Arm. »Kommen Sie. Alles wird gut!«

Verena jedoch hörte ihm an, dass er selbst nicht so richtig daran glaubte. Solche Sätze müssten verboten werden, dachte sie. Wer sich darauf verlässt, wird enttäuscht, und alle anderen glauben ja sowieso nicht daran. Also sind die eigentlich von Haus aus für die Katz. Wie so vieles.

Sie nahm die Treppe ins Erdgeschoss, während Gerold Ossenhuber und Bodo Ruhland mit dem Aufzug in die Tiefgarage fuhren.

Tina Gynnewick erinnerte sich daran, wie sie einmal, ganz zu Beginn ihrer Büglerinnenkarriere, ein Seidenhemd mit einem Brandfleck versehen hatte. Nächtelang hatte sie deswegen nicht schlafen können. Vor allem, als es um die Frage ging, wie sie es ihrem Kunden vermitteln sollte, fand selbst Michael, der doch sonst immer alles wusste, keine Antwort. Deshalb fragte sie ihn in der momentanen Situation gar nicht erst. Jetzt wäre sie dankbar, bestünde ihr Problem allein in einem verbrannten Oberhemd, es hätte sogar ein ganzes Dutzend sein können!

Dieser Mann, den sie geheiratet hatte, hätte ja auch ein bisschen achtgeben können. Auf das Kind, auf dessen Vater und auf die Nachbarschaft als solche. Aber es nutzte nichts. Ihm jetzt mit Vorwürfen zu kommen brachte keinen von ihnen auch nur einen Schritt weiter. Was war mit Vincent, was war mit Bodo Ruhland, wieso hatte niemand etwas von den beiden gehört?

Es war alles ihre Schuld. Sie hätte nicht wegfahren dürfen. Seitdem sie von dem langen Aufenthalt bei ihrer Mutter zurückgekehrt war, ließ Tina die Wohnungstür angelehnt, sobald sie allein in der Wohnung war, lauschte ins Treppenhaus hinein und schüttelte gleichzeitig über sich den Kopf. Warum sollten die Ruhlands ausgerechnet jetzt, wo auch sie wieder da war, heimkehren und so tun, als hätten sie die Zeit mal kurz angehalten oder sogar zurückgedreht? Letzteres wäre sowieso viel zu schön, um wahr zu sein.

Doch vor und in der Nachbarwohnung blieb alles totenstill. Tina Gynnewick lauschte und bewachte ihr Festnetztelefon. Auch das blieb still. Manchmal hob sie den Hörer auf. Ja, da war er noch, der Verbindungston.

Als das dunkelrote Telefon mit seinen schwarzen Tasten dann an diesem Abend gegen neunzehn Uhr plötzlich doch zu läuten begann, wagte sie es kaum, sich zu melden, nahm dann aber den Hörer in die Hand und hauchte ein kleinlautes »Ja?«.

»Frau Gynnewick, sind Sie es? Hier ist Verena Kampmann von der Polizei.«

Tina ließ sich in den Gobelinsessel direkt neben ihrem Telefontischchen in der Diele fallen und hielt die Luft an.

»Frau Gynnewick, alles okay bei Ihnen?«

»Ja.«

»Als Erstes die gute Nachricht: Wir haben Herrn Ruhland gefunden.«

Tina schluckte. »Wo?«

»Er hatte vor Monaten einen schweren Unfall und ist seit Ende September in einer Reha-Klinik.«

»O Gott, wann genau war der Unfall?«

»Am 14. Juni.«

»Und das Kind?«

»Das Kind haben wir noch nicht gefunden.«

»Was sagt denn Bodo Ruhland, wo der Junge ist?«

»Herr Ruhland hat bei dem Unfall sein Gedächtnis verloren«, erklärte Verena Kampmann. »Die Erinnerungen kommen erst langsam wieder zurück. Es ist auch noch nicht wirklich zu ihm durchgedrungen, dass er einen Sohn hat. Nehmen wir mal an, der Kleine hat gesehen, wie sein Vater verunglückte, stand möglicherweise am Straßenrand. Der Unfall war in der Stadtmitte, am östlichen Ende der Fußgängerzone. Zu wem könnte Vincent gegangen sein?«

»Eigentlich nur zu uns.«

»Und wenn nicht zu Ihnen? Von der Fußgängerzone sind es ja sicher eineinhalb Kilometer.«

Hilflos hob Tina die Schultern. »Woher soll ich das denn wissen?«

17. Kapitel

Als Stella aus der Stadt zurückkam, zeigte sie Vicky das Foto, das sie mit ihrem Handy gemacht hatte.

»Am Rathaus, wo die Fußgängerzone beginnt, da steht doch eine Litfaßsäule. Und an der hängt dieses Plakat. Ich finde, ein bisschen Ähnlichkeit hat das Kind da schon mit unserem Knopf. Was meinst du?« Stella schickte ein Stoßgebet zum Himmel. Das durfte nicht ihr Knopf sein!

»Ähnlichkeit? Nein, das ist ganz definitiv unser Knöpfchen. Ob Alex das schon weiß?« Vicky sah hoffnungsvoll auf. »Ich rufe ihn an.«

Doch Stella widersprach vehement. »Niemals ist das unser Knopf. Du irrst dich! Schau mal, unser Knopf lächelt doch ganz anders und hat diese süßen, abstehenden Ohren und ganz andere Haare …«

»Na ja, um die Haare kümmere ich mich ja jetzt. Wenn ich die nicht ständig nachschneiden würde, sähe er genauso aus wie auf dem Bild. Woher haben die das?«

Stella sah zur geschlossenen Ateliertür. »Sind Knopf und Boris da drinnen?«

Vicky nickte und zoomte das Foto näher heran: »Vincent heißt der also? Sollen wir ihn mal so anreden?« Sie drehte ihr langes mittelblondes Haar zu einem Zopf und verknotete ihn auf der Kopfmitte.

»Das steht dir nicht. Mach dein Haar wieder auf«, meinte Stella, als könne sie mit solchen Ansagen wieder zur Normalität finden.

Vicky ließ ihr Haar erneut wallen und verfiel in jenen Befehlston, den sie aus ihrer Zeit als Röntgenassistentin haben mochte: »Also, wir machen das jetzt so. Du rufst bei Alex auf der Inspektion an und sagst ihm, dass er sofort herkommen soll, es geht um Knopf. Alex hängt an dem Kind. Das weiß ich. Dann wird er schon auftauchen.«

»Er wird wissen wollen, worum es genau geht«, widersprach Stella. »Das Bild an der Litfaßsäule kennt er doch garantiert schon.«

»Und warum meldet er sich dann nicht bei uns?«

»Vermutlich ist gerade er mit dem Fall betraut und will uns schützen. Er hält uns außen vor«, behauptete Stella wider besseres Wissen.

»Ich finde aber, du solltest trotzdem bei der Vermisstenstelle anrufen. Du musst denen sagen, dass der Junge bei dir ist.« Vicky stützte beide Ellenbogen auf den Tisch und legte ihr Kinn auf die resolut gefalteten Hände.

Stella biss sich auf die Lippen. Ihr war schon seit Langem bewusst, dass Knopf nicht für immer bei ihr bleiben konnte. Was, wenn er krank wurde? Sie hatte nichts, womit sie ihn ausweisen konnte. Rechtzeitig vor der Einschulung würde die Stadtverwaltung die künftigen Schulanfänger mit einem netten Schreiben zur Anmeldung einladen. Als Beweis ihrer Existenz müssten sie eine Geburtsurkunde mitbringen. Dieser Brief würde in Knopfs Elternhaus ankommen. Und wenn daraufhin weder der Schulanfänger noch seine Eltern zur Anmeldung erschienen, stünde kurz darauf das Jugendamt oder gar die Polizei bei seiner Meldeadresse auf der Matte und würde feststellen, dass er dort seit fast zwei Jahren nicht mehr gesehen worden war. Spätestens dann würde das ganze Fahndungsprogramm greifen. Und wenn Knopf bei ihr gefunden wurde, wäre Stella die böse Kidnapperin.

Falls sie sich jetzt nicht auf den Aufruf hin meldete, müsste sie künftig noch viel vorsichtiger sein und dürfte sich mit Knopf nie mehr in der Öffentlichkeit bewegen. Nein, es führte wohl kein Weg daran vorbei, dass sie sich bei dieser Vermisstenstelle meldete.

Zudem wurde sie definitiv in der Agentur gebraucht. Ihre Assistentin rief nur an, wenn wirklich Not an der Frau war. Und Christine hatte in den vergangenen Tagen ziemlich oft angerufen. Stella seufzte aus tiefster Seele.

»Schau, jetzt weißt du ja schon mal, dass er Vincent heißt«, triumphierte Vicky, die offenbar Gedanken lesen konnte. Die Aussicht, etwas konkret tun zu können, hatte ihre Lebensgeister geweckt. »Wir könnten meinen Alex bitten, Vincent unter Polizeischutz mit seinem Vater zusammenzubringen.«

Stella schüttelte den Kopf. »Wie kommst du denn auf Knopfs Vater?«

»Wer sonst sollte nach ihm suchen? Wo doch seine Mutter im Himmel ist. Das hast du mir mal gesagt.«

»Aber warum suchen die erst jetzt? Nach mehreren Monaten?«

»Eben! Da stimmt doch was nicht! Das soll Alex rauskriegen. Das muss polizeilich kontrolliert werden.« Vickys Augen leuchteten.

In diesem Moment öffnete sich die Tür zum Kinderzimmer. Boris und Knopf gingen gemeinsam durch den langen Flur auf die zwei am Küchentisch sitzenden Frauen zu, als schritten sie zu einem abendlichen Dinner.

»Wollen wir eine Pizza kommen lassen?«, schlug Vicky vor und fügte großzügig hinzu: »Geht auf meine Rechnung.«

Die ist gut, dachte Stella, immerhin weint sie sich seit Tagen an meinem Küchentisch die Augen aus und lässt sich von mir bekochen.

»Und was soll Boris essen? Auf Pizza steht er nicht, das habe ich schon mal ausprobiert.«

»Ach, dann kriegt er eben ausnahmsweise Katzenfutter«, meinte Vicky.

Augenblicklich setzte Boris sich auf beide Hinterpfoten, suchte den Blick der Frauen und wischte sich die Augen. Es sah tatsächlich so aus, als weine er vor Verzweiflung und Entsetzen.

»Da siehst du ja, was er von Katzenfutter hält.« Stella musste unwillkürlich lachen.

»Okay, dann öffne ich ihm eine Dose Thunfisch naturell«, verkündete Vicky. »Den bekommt er auf Hüttenkäse serviert, einverstanden? Dazu ein Schälchen frisch gezapftes Leitungswasser. Das ist schließlich auch dein Notmenü für ihn.«

Der Kater setzte sich sehr aufrecht hin und schleckte sich das Maul. Anscheinend war er diesem Vorschlag nicht abgeneigt.

Während sie auf den Pizzaboten warteten, checkte Stella ihre Mails, und Vicky deckte den Tisch. Sie war so zuversichtlich und aufgekratzt, dass Stella schon die spontane Interpretation eines Roland-Kaiser-Songs befürchtete.

»Sobald ich Alex sehe, behaupte ich einfach, dass ich das Verlorene gefunden habe«, rief sie zu Stella hinüber, die an ihrem Schreibtisch saß.

»Und was ist es?«, hakte Stella halbherzig nach. »Was genau hat er verloren? Hat er überhaupt irgendwann mal irgendwas bei dir vergessen?«

»Nein. Aber glaub mir, wenn er erst einmal wieder hier ist, wird alles wieder gut.«

Hoffentlich, dachte Stella. Wie konnte man nur so blauäugig sein!

Ulrich Rosengarten hatte die Aufnahmen von Boris bearbeitet, ins rechte Licht gerückt, mit Kommentaren und Anregungen zu möglichen Plots versehen und ihr zugemailt. Dazu schrieb er: »Können wir uns sehen und alles besprechen? Ich habe so viele Ideen! Dieses Tier ist ein Genie.«

Stella sah sich die Sequenzen an und wusste: Dieser Kameramann war ein Genie. Er verfügte über einen begnadeten Blick.

Maximilian hatte recht gehabt.

Auch in ihrem Kopf überschlugen sich nach diesen Bildern die Geschichten und Szenen, in denen Boris ganz groß herauskommen würde, und es gelang ihr tatsächlich, für ein paar Minuten die Sorgen um Knopf und um seine und ihre Zukunft zu vergessen.

»Morgen um die Mittagszeit?«, schrieb sie zurück. »Ich organisiere einen Babysitter.«

Sie würde Vicky bitten, auf Knopf aufzupassen. Mit einem 1000-Teile-Puzzle wären die beiden nicht nur beschäftigt, sondern auch glücklich.

Per Mail machte sie mit Ulrich noch einen Treffpunkt aus, dann ging es zu Tisch, denn die Pizzen waren gekommen.

Natürlich waren auch Alex Groll die Plakate an den Litfaßsäulen aufgefallen. Den Mailaufruf an alle Dienststellen mit dem Foto des vermissten Jungen hatte er noch halbwegs verdrängen können, aber als er an den großen Aushängen in der Innenstadt vorbeikam, konnte er beim besten Willen nicht mehr die Augen verschließen. Der gesuchte Vincent war eindeutig mit dem kleinen Knopf identisch.

Wie im Zeitraffer rasten die letzten Monate an ihm vorbei. Die erste Begegnung mit Stella und dem Findelkind, die Tage und Wochen mit der Frau und ihren Roland-Kaiser-Songs, die Nachmittage und Abende in dem Haus mit dem großen Garten, das gemeinsame Familie-Spielen. Es hatte sich eigentlich ganz gut angefühlt, aber es war nicht seins. Leider.

Immer wieder hatte er sich gefragt, ob er dem Kind nicht das Foto hätte zeigen sollen, das Mitte Juni an alle Dienststellen verschickt worden war. Ein Mann ohne Gedächtnis und ohne Identität – und dazu ein Findelkind ohne Sprache. Beides an ein und demselben Tag. Er hatte da gleich einen Zusammenhang vermutet. Aber er hatte geschwiegen und an Vickys Seite das Leben in einer zugegebenermaßen nicht ganz üblichen Familie ausprobiert. Was für ein Glück, dass sie nicht schwanger geworden war.

Alex zögerte, dann griff er zum Telefon und rief die Vermisstenstelle an. Er würde ihnen bestimmt keinen Hinweis auf den Verbleib von Knopf geben, aber es interessierte ihn schon, was die Kollegen bisher herausgefunden hatten.

»Ich fürchte, ich werde Ihnen momentan auch nicht weiterhelfen können«, behauptete Alex scheinheilig. »Aber mich lässt der Fall irgendwie nicht los. Es kann doch einfach nicht sein, dass ein Junge so spurlos verschwindet.«

»Die Situation ist ja auch recht vertrackt«, meinte Verena Kampmann. »Mittlerweile wissen wir immerhin, dass der Vater des Jungen der Mann ist, der Mitte Juni bei einem Autounfall schwer verletzt wurde. Allmählich kehrt sein Gedächtnis zurück, und er weiß auch inzwischen wieder, dass er einen Sohn hat, aber der kleine Vincent ist wie vom Erdboden verschluckt.«

Alex schlüpfte in die Rolle des fürsorglichen Polizeibeamten und fand, dass gerade die hervorragend zu ihm passte. »Das kann ja gar nicht sein! Ein vierjähriger Junge muss doch abends nach Hause kommen. Da dürfte ihn doch jemand vermisst haben! Wie kommt es eigentlich, dass erst jetzt nach dem Kleinen gefahndet wird?«

»Ach, wir können froh sein, dass wir überhaupt von der Geschichte erfahren haben«, entgegnete Verena Kampmann. »Die Nachbarin des kleinen Vincent war für eine längere Zeit bei ihrer kranken Mutter und ist damals wohl etwas überstürzt abgereist. Sie ist jedenfalls davon ausgegangen, dass ihr Mann das Kind beim Vater abgegeben hatte. Der Ehemann dagegen glaubte, seine Frau habe das Kind zum leiblichen Vater gebracht. Da schon seit Wochen darüber gesprochen worden war, dass Vater und Sohn eine große Reise machen wollten, ist niemand der Geschichte nachgegangen. Verstehen Sie, mir geht einfach dieses Bild nicht mehr aus dem Kopf: Der Vater will für sich und seinen Sohn Pizza holen, rennt dabei in ein Auto und wird schwer verletzt. Das vor Schreck erstarrte Kind steht am Straßenrand. Dann kommt jemand und nimmt es mit. Einfach so. Und diese Person müssen wir jetzt finden, und sie muss den Jungen auch wieder hergeben. Hoffentlich hat der Kleine keinen seelischen Knacks davongetragen. Die Mutter des Jungen ist im Frühjahr an Krebs gestorben, hat mir die Nachbarin erzählt. Ach, der Arme.«

»Hat sich denn schon jemand auf eure Suchaktion hin gemeldet?« Alex saß angespannt auf seinem Stuhl.

»Leider nicht. Hoffentlich ist dem Kind nichts Schlimmes passiert! Wer weiß, was der Kleine in den letzten Monaten alles mitmachen musste.«

»Lösegeldforderungen gibt es auch keine, oder?«

»Nein.« Verena Kampmann seufzte aus tiefster Seele.

Sie tat ihm leid. Zu gern hätte er ihr versichert, dass es dem Jungen gut ging, dass er von Stella und Vicky verwöhnt wurde, jede Woche ein neues Puzzle mit verblüffend vielen Teilen legte und inzwischen sogar einen Kater hatte, mit dem er Bett und Tisch sowie sämtliche Sorgen teilte. Aber das ging nicht. Damit hätte er Vickys und Stellas Welt komplett zum Einsturz gebracht.

»Hier Verena Kampmann von der Vermisstenstelle. Was kann ich für Sie tun?«

»Mein Name ist Victoria Aschenbrenner. Ich kenne das Kind.«

Vicky war in ihre Wohnung gegangen und telefonierte von dort aus. Einer musste ja die Sache in die Hand nehmen. Und damit von Anfang an alles klar war, fügte sie hinzu: »Es geht ihm gut.«

»Wo sind Sie, wo wohnen Sie, und wo befindet sich das Kind?« Die Fragen kamen wie aus der Pistole geschossen.

»Der Kleine lebt bei meiner Mieterin in der Kurzen Straße fünf. Er ist ihr wohl zugelaufen. Irgendwann war Knopf jedenfalls da.«

Sie lauschte ihren eigenen Worten und fand, dass sie über den Jungen sprach wie über einen entlaufenen Hund.

»Aha, Knopf. Hat der Kleine behauptet, dass das sein Name sei, und hat er von seinen Eltern gesprochen?«

»Der sagt ja nix, der spricht nur mit der Katze.«

»Haben Sie schon das Jugendamt verständigt?«

»Nein, wieso? Suchen die auch nach dem?«

»Ich muss wissen, welche Schritte bisher eingeleitet wurden.«

»Gar keine. Ich habe das Plakat gesehen und rufe deshalb an.«

»Dann unternehmen Sie auch bitte weiter nichts. Wir kümmern uns um die Angelegenheit.« Die Stimme am anderen Ende der Leitung klang kompetent und zuversichtlich. Vicky schämte sich.

Vermutlich hätte sie niemals dort angerufen, wenn nicht gerade dieser wirklich böse Streit mit Stella gewesen wäre. Wie eine Generalin hatte die sich vor Vicky aufgebaut und gefaucht: »Ich will nicht, dass du dich bei irgendjemandem meldest. Zumindest heute nicht. So ein Telefonat hat Konsequenzen. Wir müssen vorher darüber reden und alle Eventualitäten ins Auge fassen. Ich will auf keinen Fall, dass Knopf noch mal was Traumatisierendes erlebt. Und ich will, dass du dich an diese Abmachung hältst!«

»Aber Alex wird doch bestimmt …«, hatte Vicky dazwischengerufen.

Fassungslos hatte Stella den Kopf geschüttelt. »Du willst tatsächlich unseren Knopf benutzen, um diesen verantwortungslosen Hallodri wiederzusehen? Dafür würdest du sogar das Wohlergehen von Knopf aufs Spiel setzen? Ich fass es nicht! Und ich dachte, ich kenne dich gut genug.«

Vicky dagegen fand, dass sich alles, was ihre Mieterin so von sich gab, verdammt dramatisch und theatralisch anhörte. Und genau das hatte sie ihr gesagt, um dann voller Inbrunst festzustellen: »Das, was du hier mit dem Kind machst, ist nicht normal. Der Junge muss zurück zu seinem Vater. So ein Kind muss wissen, wo seine Wurzeln sind.«

»Ach was, und das fällt dir ausgerechnet jetzt ein? Lass uns gern mal in aller Ruhe darüber reden, wenn es dir so wichtig ist.«

Stella, die so überaus vernünftige Stella, die offensichtlich ganz genau wusste, was für alle das Beste war, hatte sich mit erkennbarer Mühe wieder gefasst. Ob sie das in einem Deeskalationsseminar gelernt hatte? Auf jeden Fall war es eine Haltung, die Vicky hasste, weil sie sie an die Ärztinnen und Ärzte ihrer Röntgenabteilung erinnerte, die ihr in genau diesem Tonfall ständig gesagt hatten, was sie wann und warum falsch gemacht hatte, und dann sanftmütig anregten, sich doch noch einmal alles und vor allem in aller Ruhe durch den Kopf gehen zu lassen. Und jetzt blies Oberärztin Stella in genau dieses Horn und behandelte sie wie ein kleines Mädchen. Diese falsche Schlange!

»Das mit den Wurzeln mag ja stimmen«, hatte Stella gesagt, »aber der Junge hat offenbar seine Mutter verloren. Jetzt bin ich eine Art Ersatzmutter, und ich will nicht, dass man uns so brutal trennt, schon gar nicht im Rahmen eines Polizeieinsatzes, bei dem ausgerechnet Alex Groll das Kommando führt.«

»Du tust ja geradeso, als wäre Alex herzlos und brutal.«

Stella hatte Vickys Blick gesucht und leise gemeint: »Und, ist er das nicht? Schau dich doch mal an! Du gehst doch seit Tagen seinetwegen auf dem Zahnfleisch.«

Vicky kochte vor Wut. Was bildete Stella sich eigentlich ein? Nahm verwahrloste Kinder von der Straße mit, ging nicht mehr in ihr Büro, benutzte die Hausbesitzerin und Vermieterin als Babysitterin und für Botengänge. Ließ Kameramänner ins Haus, die mit ihren Gerätschaften den edlen Parkettboden zerkratzten, und verlangte zudem, dass die ganze Welt nach ihrer Pfeife tanzte! Garantiert war ihr das zwischen Alex und Vicky zu eng erschienen, sie war eifersüchtig geworden, und so war sie es wohl gewesen, die dem Polizeihauptmeister etwas Wichtiges gestohlen hatte, wonach er nun woanders suchte.

Nachdem sie zu dieser Erkenntnis gekommen war, hatte Vicky sich bedrohlich vor ihrer Mieterin aufgebaut. »Nun sag schon, was hast du ihm geklaut?«

Angesichts dieser Frage hatte Stella ihre Stirn in dramatische Falten gelegt. »Entschuldige, was hast du gesagt? Ich soll Alex bestohlen haben? Das ist ja wohl nicht dein Ernst!«

»Wer denn sonst? Ich habe ihm nichts weggenommen, und das, was ihm fehlt, ist in diesem Haus verschwunden. Also kannst nur du es gewesen sein oder das Kind.«

Stella hatte die Hände in die Hüften gestemmt. »Ich soll dem was wegnehmen? Ausgerechnet ich? An dem ist nichts, was mich auch nur im Entferntesten interessieren würde. Den brauch ich nicht mal tot überm Gartenzaun.«

»Ach, das sagst du nur so! Du willst ihn haben, gib es doch wenigstens zu. Von Anfang an wolltest du ihn haben, und es hat dir nicht gepasst, dass er mich bevorzugte.«

Daraufhin hatte Stella ihrer Besucherin fast den Stuhl

unter dem Hintern weggezogen. »So, jetzt ist es genug. Das ist immer noch meine Wohnung, ich zahle die Miete regelmäßig, und jetzt will ich, dass du gehst.« Sie war in den Flur getreten und hatte die Wohnungstür aufgerissen. »Sobald du wieder bei Vernunft bist, können wir miteinander reden.«

Im eigenen Haus vor die Tür gesetzt zu werden war eindeutig zu viel! Vicky hatte sich so ungerecht behandelt gefühlt wie zuletzt in der Röntgenabteilung der Hamburger Klinik. Nein, sie ließ sich nicht mehr alles gefallen. Und so hatte sie nun die Nummer der Vermisstenstelle gewählt. Die sollten die Inspektion von Alex kontaktieren, und der würde dann alles in Ordnung bringen. Fast hätte sie zu der Frau am Telefon gesagt: »Ihr Kollege Groll übrigens kennt das Kind, wir haben miteinander einen wunderbaren Sommer verbracht«, aber sie ahnte, dass genau das der Satz war, den Alex ihr niemals verzeihen würde. Alles andere vielleicht, das aber nicht.

Alex dachte an die beiden Frauen in der Kurzen Straße fünf und wusste: Er musste sich aus der Geschichte heraushalten. Allein die Vorstellung, dass ausgerechnet er dazu bestimmt werden könnte, in Vickys Haus aufzutauchen und kraft seines Amtes das Kind aus Stellas Fürsorge herausholen zu müssen, bereitete ihm ungewohnte Bauchschmerzen – nicht allein wegen Vickys vorwurfsvollen, wütenden oder enttäuschten Blicken. Vor allem plagte ihn sein schlechtes Gewissen.

Eben hatte er mit Verena Kampmann telefoniert. Sie

hatte ihn über die jüngste Entwicklung in dieser Angelegenheit informiert, die zu ihrem ganz speziellen Fall geworden war.

»Wir wissen nun, wo der Junge seit Mitte Juni lebt und dass er Knopf genannt wird. Ich habe die Adresse. Eine Victoria Aschenbrenner hat angerufen und erzählt, dass Vincent Ruhland bei ihrer Mieterin im selben Haus wohnt.«

»Na, das sind ja Neuigkeiten. Und was passiert jetzt?«, hatte Alex mit gespielter Überraschung nachgefragt.

»Erst mal müssen wir herausfinden, wie es dem Kind geht. Wenn es irgendwie möglich ist, werde ich versuchen, die Zwischenstation Heimaufenthalt zu umgehen. Wäre es nicht schön, wenn wir Vater und Sohn direkt zusammenführen könnten? Nach so langer Zeit? Genau genommen darf man das nicht ohne die Begleitung einer Kinderpsychologin, aber es müsste doch einmal ohne den ganzen Behördenkram gehen.«

»Und wo soll der Junge sich jetzt aufhalten?«, Alex blieb pseudomäßig am Ball.

»In der Kurzen Straße fünf, das dürfte sogar in Ihrem Revier liegen. Kennen Sie die?«

»Das ist doch drüben beim künftigen Bauland. Klar kenne ich die Straße, auch wenn wir da quasi nie zu tun haben. Alles ordentliche Leute, die eines natürlichen Todes sterben.« Im nächsten Moment fragte er sich, warum er so einen Schwachsinn von sich gab. Bestimmt hatte Vicky dieser Verena Kampmann alles verraten, nicht nur die Adresse und den neuen Namen des Kindes, sondern auch alles über ihn, dem in dieser Straße die Liebe abhandengekommen war und der sich bisher noch nicht aufgemacht hatte, um sie wiederzufinden.

»Halten Sie mich bitte weiter auf dem Laufenden?« Seine Stimme war mit einem Mal belegt. »Und wenn Sie Unterstützung bei einem Einsatz brauchen …«

Verena Kampmann klang zuversichtlich. »Klar, das mache ich. Und wissen Sie was, ich habe eine Bekannte, die dort in der Kurzen Straße in einem Mehrgenerationenhaus wohnt. Mit der werde ich erst einmal reden und natürlich auch mit Herrn Ossenhuber, dem Ergotherapeuten, der für den Vater des Jungen zuständig ist. Und dann machen wir einen Plan. Wenn's geht, ohne Behördenbrimborium und ohne auffällige Streifenwagen. Alles so zivil wie möglich.«

18. Kapitel

In dieser Nacht schlief Vicky ungewöhnlich schlecht. Nie zuvor hatte sie sich mit jemandem so heftig gestritten, nicht einmal mit den zum Teil äußerst schwierigen Kolleginnen und Kollegen an ihren früheren Arbeitsstellen. Sobald sie dort gespürt hatte, dass sie mit den anderen nicht mehr klarkam, hatte sie sich erst einen neuen Job gesucht und dann ihre alte Anstellung in dem Augenblick gekündigt, in dem einer ihrer Vorgesetzten meinte, ausgerechnet ihr sagen zu müssen, was sie wie und warum zu tun hatte. Eigentlich wurden Röntgenassistentinnen überall gebraucht, nur hatte sie das große Pech, dass derzeit in allen umliegenden Kliniken die entsprechenden Stellen besetzt waren.

In der Kurzen Straße ging es um ihr eigenes Leben, nicht nur um einen vorübergehenden Job, den sie einfach so hätte hinwerfen können. Es war ihr in dieser Nacht bewusst geworden, dass sie nie zuvor eine richtige Freundin gehabt hatte, keine wirkliche Vertraute, mit der sie über alles reden konnte, sogar über Alex. Stella war so eine. Und nun?

Vicky grübelte hin und her. Nein, Stella wollte ihr Alex nicht wegnehmen. Wäre da jemals etwas zwischen den beiden gelaufen, hätte sie das doch gespürt! In was hatte sie sich da bloß hineingesteigert? Im Gegenteil: Die stille und pragmatische Stella war vielleicht der einzige Mensch auf der Welt, der ihr Alex von Herzen gönnte.

»Sie sollten sich etwas mehr Offenheit und Selbstbewusstsein zulegen, dann würden Sie auch besser mit Ihren Mitmenschen klarkommen«, hatte eine ihrer Vorgesetzten mal gemeint – und so, wie sie es damals sagte, klang es, als könne man sich Selbstbewusstsein und Offenheit in jedem x-beliebigen Laden kaufen oder bei einem Versandhandel bestellen. Diskret und ohne Absender, als würde es sich um erotische Spielzeuge handeln. Und dann zog man den Anzug aus Selbstachtung an und war schlagartig ein anderer und besserer Mensch. Warum gab es so etwas nicht?

An der Seite von Alex hatte sie sich stark und stolz gefühlt. Möglicherweise hatten sie sogar offen miteinander gesprochen, da Vicky jedoch nicht zu sagen vermochte, woran sich unbedingte Offenheit erkennen ließ, war sie sich in diesem Punkt nicht sicher.

Auf jeden Fall hatte sie vor Stella nichts von sich verbergen müssen. Bei ihr durfte sie hemmungslos weinen und wurde mit Kakao und Spekulatius getröstet, obwohl doch erst in zwei Monaten Weihnachten war. Ob das Freundschaft war? Einfach sein zu dürfen, sich nicht verstellen zu müssen – egal, ob man glücklich oder traurig war?

Und jetzt hatte sie in ihrer Wut ausgerechnet Stella vor

den Kopf gestoßen. Wer seine Gefühle nicht im Griff hatte, wurde von ihnen gesteuert und machte nichts als Fehler, das wusste sie.

Also war sie um sechs Uhr morgens aufgestanden und hatte schweigend und ohne Musikbegleitung ihre ganze Wäsche gebügelt, sogar die Bettlaken und sämtliche Frotteehandtücher. Wenn ich das schaffe, versprach sie sich selbst, dann wird alles wieder gut, dann wird Stella wieder mit mir reden.

Verena hatte eine Weile herumsuchen müssen, ehe sie zu Hause in einem alten Adressbuch die Telefonnummer ihrer Bekannten im Mehrgenerationenhaus gefunden hatte. Da war es schon zu spät gewesen, um bei Regula anzurufen, aber gleich am nächsten Morgen, sobald sie im Büro war, wählte sie deren Nummer.

Schon nach zweimaligem Klingeln wurde abgehoben.

»Hier Regula Hauser. Wer ist dran?«

»Hier Verena, du weißt schon, Verena Kampmann. Erinnerst du dich noch an mich?«

»Mensch, Verena, von dir habe ich ja ewig nichts mehr gehört! Ist was passiert? Braucht ihr meine Unterstützung?«

Das wär's, schoss es Verena kurz durch den Kopf. Eine Ex-Kollegin als Undercover-Ermittlerin auf der Suche nach dem verlorenen Kind. Aber so was ging nur in Filmen gut – nicht im wirklichen Leben.

»Nein, Unterstützung brauchen wir nicht«, erklärte sie, »aber ich hätte Lust auf ein Plauderstündchen mit dir.

Schließlich kommst du ja nur noch selten in die Innenstadt, und schon gar nicht in unsere Dienststelle.«

»Das stimmt – mit vier Kindern ist der Alltag mehr als voll. Aber die Vorstadtidylle ist auch nicht mehr das, was sie mal war. Die Felder um uns herum wurden als Bauerwartungsland deklariert, deshalb rechnen wir demnächst mit Baggern und Betonmischern, weil sich die Stadt um uns herum ausdehnen soll. Noch ist es zum Glück ruhig. Aber sag, wie geht es dir?«

»Bestens«, log Verena, die sich die halbe Nacht den Kopf darüber zerbrochen hatte, wie sie den kleinen Vincent ohne Stress zu seinem Vater führen und vielleicht sogar wieder mit ihm zusammenbringen konnte. »Weißt du, ich dachte, ich besuche dich mal in eurem Mehrgenerationenhaus. Möglicherweise wäre das im Alter ja was für mich – auch wenn ich momentan weder mit Kindern noch mit Eltern oder gar Schwiegereltern dienen kann. Wie läuft's denn so inmitten einer Schar von jungen und alten Verwandten?«

Verenas einstige Kollegin lachte. »Komm vorbei, und schau dir den Zirkus an! Anfangs dachte ich ja, das wird nicht gut gehen, jeder wird sich ungefragt und ständig in alles einmischen, aber wir haben uns bestens arrangiert. Inzwischen sorgt sich zwar jeder um den anderen, mischt sich aber nicht mehr pausenlos oder gar ungefragt ins Leben seiner Mitbewohner ein. Das ist ein Unterschied, wenn du verstehst, was ich meine.«

Verena nickte. Regula hatte die Dinge schon immer sehr gut auf den Punkt bringen können.

»In deiner Gegend entstehen ja viele neue Wohnungen mit kleinen Gärten«, sagte sie. »Wenn ich mir die Miete in der Stadt nicht mehr leisten kann und bis zu meiner Pensionierung keine Mehrgenerationenfamilie gefunden habe, die mich integrieren würde, ziehe ich vielleicht in deine Nachbarschaft.«

»Das wäre wunderbar, aber warte nicht zu lange. Die Preise steigen quasi stündlich.«

»Wann soll ich denn kommen heute? Ich habe so viele Überstunden, da kann ich auch mal früher gehen.«

»Komm doch gegen drei. Bis dahin backe ich uns einen Kuchen. Ich freue mich schon aufs Wiedersehen. Bis später!«

»Der Sommer war ein Traum! Schade, dass du erst jetzt im Oktober zu uns kommst«, empfing Regula ihre frühere Kollegin an diesem Nachmittag. »Gelegentlich fehlt mir der Job, und vor allem fehlen mir die Erfolgserlebnisse wie früher in einem Vermisstenfall, wenn sich alles noch zum Guten gewendet hat. Tja, vielleicht sollte ich wieder arbeiten gehen, aber mit vier Kindern ist es schwierig, auch wenn hier genug Erwachsene sind, die sich um alles kümmern.«

»Da wart ihr im Sommer sicher ganz oft im Garten«, entgegnete Verena und trat erst an das westliche und dann an das östliche Fenster des Wohnzimmers. »Und sicher habt ihr auch viel mit den Nachbarn gemacht.«

»Einiges.« Regula deckte den Tisch für zwei.

Verena staunte. »Was ist mit deinen Familienmitgliedern? Trinken die keinen Kaffee?«

»Die haben mir eine Auszeit mit meiner früheren Kollegin erlaubt«, meinte Regula grinsend. »Nein, wir hocken nicht dauernd aufeinander. Das wäre ja auch nicht auszuhalten. Jede Familie hat ihre eigene Wohnung, ihre eigene Küche und ihr eigenes Bad.«

Nachdem Verena alles über die drei wunderbaren Töchter und den einen – naturgemäß genialen – Sohn ihrer früheren Kollegin gehört hatte, wollte sie wie nebenbei wissen: »Außer in eurem Haus gibt es keine Kinder hier in der Straße, oder? Seit ich aus dem Fenster gucke, sehe ich nur alte Menschen, die ihre Hunde Gassi führen. Nicht ein einziges spielendes Kind.«

»Die Kleinen sind noch in der Nachmittagsbetreuung. In den Sommerferien ist hier mehr Geschrei als auf dem Schulhof, das kannst du mir glauben.«

Regulas Schwägerin, die gerade den Kaffee ins Zimmer brachte, mischte sich ins Gespräch ein: »Nebenan hat lange ein alter Mann mit seinem Kater gewohnt. Karl-Anton aber ist vor einigen Wochen gestorben und hat sein Haustier dem kleinen Jungen drüben im Nebenhaus vererbt. Na, dann will ich mal wieder.« Die Schwägerin hob die Schultern und verließ lächelnd den Raum.

»Eine von den Wichtigtuerinnen, die Schwester meines Mannes«, flüsterte Regula ungefragt, nachdem die Tür sich wieder geschlossen hatte. Sie schnitt den Kuchen auf. Er war mit Walnüssen und Honig gebacken worden, beides aus dem eigenen Garten, wie sie Verena erzählte und dabei auf die Bienenstöcke wies.

»Eigentlich ist es doch sehr schön, ein Tier zu erben. So

was hätte ich mir als Kind auch gewünscht. Aber wir hatten nicht einmal einen Kanarienvogel.« Verena seufzte aus tiefster Seele. »Wie alt ist denn der stolze Tierbesitzer?«

»Na ja, Knopf ist nicht so kräftig gebaut wie meine Kinder und auch ziemlich schüchtern. Ich schätze ihn auf drei bis vier Jahre. Der weiß zum Glück schon, dass ein Kater ein Lebewesen und kein Spielzeug ist. Vicky sagt, dass er sehr fürsorglich mit dem Vierbeiner umgeht.«

»Da bin ich aber froh.« Mit gespielter Erleichterung schob Verena sich den köstlichen Kuchen in den Mund.

»Die wohnen noch nicht so lange da, und mit dem Kind hat auch noch keiner von uns ein Wort gewechselt. Nicht einmal auf der Beerdigung des Nachbarn. Vielleicht ist der Kleine ja stumm?« Regula sah besorgt auf ihren Teller und schob die Kuchenkrümel hin und her. Nachdenklich fügte sie hinzu: »Zu der Mutter haben wir auch kaum Kontakt. Sie heißt Stella Siebert und ist immer so ernst. Nie hat sie Zeit für ein kleines Pläuschchen. Wer weiß, welches Schicksal sie hierher verschlagen hat. Ich halte mich erst mal aus allem raus. Die Probleme kommen noch früh genug.«

Verena überlegte kurz, ob sie ihr Handy hervorholen und ihrer einstigen Kollegin das gespeicherte Foto des verlorenen Vincent zeigen sollte, entschied sich aber dagegen. Je mehr Mitwisser, desto riskanter war die ganze Aktion. Wenn jemand geschützt werden musste, war es doch vor allem das Kind.

»Dann sind also bis auf den Kleinen da drüben alle Kinder in der Straße gerade noch in der Schule?«, fragte sie nun, um auf das Thema Vincent zurückkommen zu können.

»Meine vier und deren fünf Cousinen und Cousins sind noch in der Nachmittagsbetreuung. Der kleine Junge müsste vom Alter her auch in der Kindergarten, aber er sitzt immer nur mitsamt seinem Kater bei der Mama im Zimmer. Mehr Kinder gibt es nicht in der Kurzen Straße. Noch nicht.« Die letzten zwei Worte klangen triumphierend.

Verena reagierte sofort: »Du bist schwanger?«

Regula nickte stolz. »Genau! Im April bekomme ich ein Baby.«

»Glückwunsch! Fünf Kinder mit Vater und Mutter. Eine Familie wie aus dem Bilderbuch. Da könnte ich fast neidisch werden.« Verena zögerte kurz. »Und die Frau dort drüben, die ist alleinerziehend?«

»Vermutlich, aber die Hausbesitzerin hat seit diesem Sommer einen Polizeibeamten zum Freund.« Sie zögerte und meinte dann: »Dabei fällt mir auf, dass ich den schon seit ein paar Tagen nicht mehr gesehen habe. Vielleicht ist der auf einer Schulung auswärts irgendwo – so wie wir damals, weißt du noch?« Regula seufzte. »Was waren wir blauäugig, trotz unserer braunen und grünen Augen. Nächtelang in der Bar trinken, Erdnüsse und Chips essen und das Leben neu ordnen, nicht nur unser eigenes, sondern das der ganzen Welt. Was waren wir naiv damals. Und was wollten wir alles verändern!«

»Naiv und zuversichtlich«, bestätigte Verena. »Jetzt sind wir nur noch zuversichtlich. Kennst du den Kollegen, der da drüben ein und aus geht?«

»Leider nicht. Ein Mann ist das – wie aus dem Bilderbuch, ein Adonis in Uniform. Den würde keine von der Bettkante stoßen. Selbst meine Schwägerinnen haben dem schon sehnsüchtig nachgeschaut. Du solltest sie mal sehen, diese Hausgemeinschaft: die farblose Aschenbrenner, dieser wunderschöne Polizist und dazu Mutter und Kind aus dem ersten Stock. Manchmal hab ich mir gedacht, dass der kleine Junge gar keinen Papa braucht. Er hat ja schon zwei Mütter und einen Polizisten und dann noch den Kater. Für den Jungen hat es gewiss Vorteile, ein Einzelkind zu sein. Geschwister müssen ja immer miteinander konkurrieren. Meine Kinder zum Beispiel wären am liebsten vierundzwanzig Stunden und sieben Tage die Woche der Mittelpunkt meiner Welt. Wenn das neue Geschwisterchen da ist, wird das bestimmt nicht leicht für die anderen.«

»Was mich beunruhigt, ist die Tatsache, dass der Junge stumm ist«, wandte Verena ein.

»Ich weiß ja nicht mal, ob er tatsächlich stumm ist. Vielleicht ist er einfach nur schweigsam, oder die Erwachsenen lassen ihn nicht zu Wort kommen.« Regula sah hinüber zum Nachbarhaus. »Diese Stella sperrt den doch regelrecht weg. So ein Junge muss sich doch mal austoben, der muss mit anderen Kindern zusammenkommen. Die versteckt ihn vor der Welt. Glaub mir, auf Dauer geht das nicht gut. Kinder sind kein Eigentum. Die haben ihren eigenen Kopf.«

Die versteckt ihn, weil er nicht wirklich zu ihr gehört, dachte Verena. Sie hat Angst, dass man ihn ihr wegnimmt.

Es war überhaupt ein Wunder, dass das entlaufene oder entführte oder verschwundene Kind so lange unbemerkt bei dieser Frau unterkriechen konnte.

»Was macht die denn beruflich?«, fragte Verena nun.

»Irgendwas mit Medien, was weiß ich. Sie schreibt Drehbücher, glaube ich. Die Vicky hat mal so was erwähnt und auch gesagt, dass man das ganz gut von zu Hause aus erledigen kann. Wahrscheinlich teilen sie sich den Jungen auf, die Vicky hat ja sonst nix zu tun. Sie hat das Haus nämlich nur unter der Bedingung geerbt, dass sie dort einzieht. Und für ihren Job gibt's in den umliegenden Kliniken keine Stellenangebote. Ist vielleicht auch ganz gut so, denn wenn sie von dem Kleinen spricht, sagt sie oft: ›unser Knopf‹. Einer für alle, so wie wir hier in unserem Mehrgenerationenhaus. Noch ein Stück Kuchen?«

Verena staunte über all die Details, die ihre einstige Kollegin wusste. Am Stadtrand wurde man, wie in einer Kleinstadt oder gar im Dorf, über kurz oder lang zu einem gläsernen Menschen. Da waren die anderen besser über einen informiert als man selbst und fühlten sich ungebeten zu Ratschlägen aufgefordert.

Vorsichtig spazierte Verena Kampmann im letzten Sonnenlicht auf der asphaltierten Straße und versuchte den Eindruck zu erwecken, als denke sie darüber nach, sich hier ein Haus zu bauen. Da war es doch normal, dass sie die künftigen Nachbarn mit den Hausnummern eins, drei und fünf in Augenschein nahm.

Das Haus mit der Nummer eins trug ein großes handgeschriebenes Schild mit Telefonnummer im vermutlich einstigen Wohnzimmerfenster: *Zu vermieten.* Offensichtlich hatte hier jener Kater gelebt, der nun zu dem Kind in der Nummer fünf gezogen war. Der Garten wirkte schon etwas verwildert, aber man würde ihn wieder in den Griff bekommen. Jemand hatte ihn mal mit viel Liebe angelegt, und an einem alten Apfelbaum hingen noch Früchte.

Verena ging weiter zur Nummer fünf. Was für ein makelloser Vorgarten, allerdings mit so vielen Rosenbüschen, als habe sich Dornröschen persönlich hier verschanzt, und das wiederum erinnerte Verena an das gestrige Telefongespräch mit Victoria Aschenbrenner, die behauptet hatte, hier sei der Junge untergekommen.

Tatsächlich war der Briefkasten an der gemauerten Gartensäule mit den Namen Aschenbrenner und Siebert beschriftet. Die Namen stimmten schon mal. Bewundernd ließ Verena ihre Blicke über den gepflegten Rasen und die Rosenpracht schweifen und beugte sich sogar vor, um den intensiven Duft einzuatmen – und in genau diesem Augenblick entdeckte sie die zwei am Fenster. Das Kind und den Kater. Beide fixierten sie mit erhabenem Ernst, dann wandte die Katze gelangweilt ihren Kopf zur Seite. Verena winkte ihnen zu. Keine Reaktion. Aber das Entscheidende hatte sie gesehen: Dieses Kind war identisch mit dem Jungen, der gesucht wurde. Sie machte ein Foto – natürlich nur von der Rosenpracht, falls jemand fragen würde –, aber wichtig war ihr eigentlich nur der kleine und so ernst dreinschauende Junge.

»Es tut mir leid«, hatte Stella gesagt, als sie um neun Uhr mit Knopf vor Vickys Tür stand. »Wir hätten uns nicht streiten sollen. Wir sind beide etwas überreizt. Aber bitte glaub mir, ich habe dir dein Glück gegönnt. Die ganze Zeit mit Alex habe ich mich für euch gefreut, auch wenn wir wissen sollten, dass er kein Mann fürs Leben ist.«

»Für was denn dann?« Vicky hatte sich bemüht, ihre Erleichterung zu überspielen, und besonders streng geschaut.

»Vermutlich eher für gewisse Stunden«, murmelte Stella. »Dafür war er bei dir ganz schön lang.«

»Menschen ändern sich und werden vernünftig«, hatte Vicky behauptet, auch wenn sie nicht wirklich daran glaubte.

Stella sah auf das Kind. »Können wir bitte später darüber reden? Nicht nur über Alex, sondern auch über die ungute Situation gestern Abend? Ich muss jetzt weg und fände es schön, wenn du so lange auf Knopf aufpassen könntest. Falls nicht, muss ich ihn mitnehmen. Aber bei dem Termin würde er sich zu Tode langweilen.«

Vicky wusste, dass Stella das Kind bisher nie zu irgendwelchen Besprechungen mitgenommen hatte, weder zu den wöchentlichen Meetings in der Agentur noch zu irgendwelchen Kinder-Castings. Sie versteckte den Jungen vor der Welt und die Welt vor dem Kind.

»Na klar, das kann ich schon machen. Kommt doch kurz rein.« Vicky wies mit einer einladenden Geste ins Wohnzimmer. Der Kleine setzte sich unter das Bügelbrett, das dort aufgebaut war.

»Das macht er bei mir auch immer«, bemerkte Stella. »Man könnte meinen, seine Mutter hätte einen Bügelfimmel und er habe seine Babyjahre in einem Wäschekorb verbracht.«

»Das ist mir auch schon mal durch den Kopf gegangen.« Vicky griff nach dem Mantelärmel ihrer Nachbarin. »Werde ich Alex wiedersehen? Bitte, sag Ja.«

»Ganz bestimmt«, versprach Stella. »Ganz bestimmt.« Insgeheim hoffte sie, dass Vicky bis dahin von ihrer Sehnsucht geheilt war.

»Sag mal, wo steckt Boris? Will der nicht auch mit zu mir kommen?«

»Er liegt im Bücherregal und schläft. Du weißt schon, Filmstars brauchen ihren Schönheitsschlaf. Ich bin ja auch nicht ewig weg.«

»Wo gehst du eigentlich hin?«

»Ich treffe mich mit Ulrich Rosengarten zu einer Besprechung.«

Vicky fiel auf, dass Stella dezent geschminkt und ungewöhnlich gut gekleidet war.

»Dann wünsche ich euch ein erfolgreiches Treffen«, meinte sie, während sie ihre Nachbarin zur Tür brachte. »Wenn es später wird, meld dich einfach.«

Stella und Ulrich aßen zusammen in einem Bistro zu Mittag und beflügelten sich gegenseitig mit ihren Ideen, erfanden eine Geschichte nach der anderen – sie in Worten, Ulrich in Bildern. Allmählich leerte sich das kleine Lokal, sie aber entwarfen immer neue Plots. Tollkühne

Episoden, in denen Boris die Hauptrolle spielte. Ein fassungsloser Kater, der sich angesichts dummer und gedankenloser Aktionen von Mensch und Tier nur verzweifelt die Tränen aus den Augen wischen konnte.

Seit Ewigkeiten hatte Stella sich nicht mehr so leicht gefühlt. Als sie am frühen Nachmittag höflich, aber resolut vor die Tür gesetzt wurden, weil das Bistro erst am Abend wieder öffnete, standen sie ein wenig orientierungslos auf der Straße.

»Wie viel Zeit hast du noch?«, fragte er, und als sie das Gleiche von ihm wissen wollte, meinte er: »Ich muss nirgendwohin.«

Stella registrierte voller Erstaunen, dass sich das alles ziemlich gut anfühlte. Es war wie in einem Kitschfilm, wie in einem Märchen, und was sie im Nachhinein am meisten wunderte, war, dass sie sich darauf einließ. Carpe diem. Sie dachte an den Kater und stellte sich vor, es länge ausgerechnet an ihm, ihr Verhalten und ihre Gefühle zu beurteilen. Würde Boris es begrüßen, dass sie für ein paar Stunden ohne Checkliste glücklich war? Was mochte so ein Kater von Spontaneität und einem Leben aus dem Augenblick heraus halten? Sicher viel – denn er selbst machte ja auch nichts anderes. Sie holte tief Luft und wählte mit einem etwas schlechten Gewissen Vickys Nummer. »Alles klar bei euch?«

»Natürlich, was soll schon sein! Aber Knopf fragt nach Boris.«

»Du hast ja meinen Wohnungsschlüssel, hol ihn doch zu euch runter. Bei mir kann es noch dauern. Würdest du dich auch um Knopf kümmern, falls es sehr spät wird?«

»Kein Problem.« Vicky war trotz des gestrigen Streites ganz freundlich. Ob sie auch ein schlechtes Gewissen hatte? »Du weißt doch, dass Knopf bei mir ein Gästebett hat. Bisher zwar nur für den Mittagsschlaf, aber das kriegen wir schon hin, und den Boris holen wir uns auch gleich. Mach dir bloß keinen Stress! Allerdings kann ich ihm auch nur Hüttenkäse und gekochten Reis anbieten.«

»Bestens.« Sie zögerte. »Du sag mal, hat er was zu dir gesagt?«

»Wer?«

»Knopf.« Stella hoffte immer noch auf das Unmögliche. Wenn der Junge mit dem Kater sprach, müsste er doch auch mit Menschen reden können. Sie fragte sich, was ihn davon abhalten mochte.

»Nein. Das wäre ja ein Wunder. Und wir wissen doch beide: Wunder gibt es nicht.«

Und so waren Stella und Ulrich nach ihrem Mittagessen zunächst durch die nebligen Flussauen gelaufen. Es war schon ziemlich kalt, gelegentlich fiel ihnen ein buntes Blatt vor die Füße, aber die meisten Bäume streckten bereits kahle Äste in den grauen Himmel.

Als es dämmerte, lud er sie auf ein Glas Wein in seine Wohnung ein, die mitten in der Stadt lag. »Kein Bauerwartungsland, sondern Bauverzichtsland«, bemerkte er grinsend. Sie war verrückt nach seinem Grinsen. »Hier müsste erst was zerstört werden oder gar zusammenbrechen, bevor etwas Neues entstehen kann.«

Seine Wohnung gab den Blick auf den Rathausplatz frei. Und als sie gegen Abend ans Fenster trat, sah sie auf der Litfaßsäule das Foto von Knopf.

Eigenartigerweise begriff sie im Augenblick dieses großen Glückes, dass dies nicht nur der Anfang von etwas Neuem war, sondern auch das Ende ihrer Zeit mit Knopf. Er würde gehen, und sie würde nichts dagegen unternehmen können.

Ulrich trat neben sie und legte ihr einen Arm um die Schulter. »Was ist los?«

Sie schluckte und zeigte schweigend auf das Plakat an der Litfaßsäule.

»Der Junge sieht deinem Sohn ähnlich«, meinte Ulrich. »Er gefällt mir. Ich verspreche dir auch, dass ich ihn nie vor meine Kamera zerren werde.«

Er hatte ja keine Ahnung.

Später saßen sie nebeneinander auf seinem hellgrünen Sofa, und er stellte fest, dass das Sofa die gleiche Farbe hatte wie ihre Augen. »Du passt in meine Wohnung. Die ganze Zeit hat mir etwas gefehlt. Und jetzt sehe ich, dass du das bist.«

Dieser große Mann mit den blonden Locken wirkte auf sie wie ein gigantischer Engel, dem so breite Flügel gewachsen waren, dass auch sie darunterpasste. Allerdings schien er noch nicht so genau zu wissen, wie er sich damit zu bewegen hatte. Als er aufstand, um eine zweite Flasche Wein zu holen, warf er aus Versehen ein Glas um.

Um elf rief sie sich ein Taxi, und dabei wurde ihr

bewusst, dass die vergangenen zwölf Stunden in Windeseile verflogen waren.

In Vickys Wohnung brannte noch Licht. Stella klopfte leise, und ihre Nachbarin öffnete sofort. Vermutlich hatte sie schon das Taxi vor dem Haus gehört.

»Sag mal, wo warst du denn so lange?«, erkundigte sie sich neugierig.

»Du, das erzähle ich dir morgen. Jetzt bin ich todmüde. Danke noch mal für alles.« Stella drückte Vicky einen Kuss auf die Wange. Dann trug sie den schlafenden Jungen nach oben in ihre Wohnung und legte ihn in sein eigenes Bett. Boris lief ihr leise maunzend hinterher.

Fassungslos blieb Stellas Nachbarin an ihrer Wohnungstür stehen. Ein Kuss! Und auch noch von der unnahbaren Stella! Die Welt spielte verrückt! Sie war sich nicht ganz sicher, ob es nicht auch einen Roland-Kaiser-Song mit diesem Titel gab. Vielleicht sah sie morgen mal nach. Jetzt war es wirklich schon sehr spät.

19. Kapitel

Noch auf dem Heimweg rief Verena Kampmann bei Gerold Ossenhuber an und erzählte von ihrem Besuch in der Kurzen Straße und dem Blickkontakt mit dem Jungen in der Hausnummer fünf.

»Ich weiß jetzt definitiv, wo er wohnt, und ich habe auch eine Nachbarin aus dem Mehrgenerationenhaus dazu interviewt. Alle kennen ihn. Es geht ihm offenbar ganz gut bei der Frau, die für ihn sorgt. Er hat sogar ein eigenes Haustier.«

»Wer ist diese Frau?«

»Vincents mutmaßliche Entführerin – oder sollten wir sie lieber seine gute Fee nennen? Ich will mir nicht vorstellen, was einem vierjährigen Kind alles passieren kann, wenn es orientierungslos aufgegriffen wird.«

»Und wie geht es jetzt weiter?«, wollte Gerold Ossenhuber wissen.

»Ich denke, wir sollten Bodo Ruhland mit seinem Sohn zusammenbringen. Meinen Sie nicht, dass er das inzwischen verkraften würde?«

»Der Aufenthalt in seinem Büro hat viel bei ihm aufgewühlt. Er sitzt stundenlang schweigend da und starrt in die Luft. Dann wieder läuft er unruhig auf und ab – wenigstens Letzteres ist gut für seine körperliche Kondition. Ehrlich gesagt, weiß ich nicht, ob er schon so weit ist. Denn er könnte sich ja doch erst nach seiner Entlassung wieder um seinen Sohn kümmern, aber ob er dann auch schon psychisch und physisch dazu in der Lage ist?«

»Für wann ist seine Entlassung geplant?«, wollte Verena wissen.

»Ich denke, es wird schon Ende November werden.«

Verena seufzte. »Und dann ist ja auch schon Adventszeit. Meinen Sie nicht auch, dass er viel schneller genesen würde, wenn er wüsste, dass es dem Kleinen gut geht und dass auf ihn aufgepasst wird? Und dass er Weihnachten mit seinem Kind verbringen kann? Ich weiß, das klingt wie in einem Kitschfilm, aber das Leben ist manchmal tatsächlich so.«

Gerold Ossenhuber zögerte. »Und wer trägt die Verantwortung?«

»Ich«, sagte Verena. »Ich habe eine Zusatzausbildung gemacht. Krisenintervention und Gesprächstherapie.« Als habe er sie nach einer Begründung gefragt, fügte sie hinzu: »Wir müssen ja mit den Leuten umgehen können, die voller Panik nach ihren Angehörigen suchen. Wir kriegen das schon hin, Herr Ossenhuber.«

»Okay, dann treffen wir uns morgen früh um neun hier vor der Klinik. Direkt nach dem Frühstück steigen wir in mein Auto. Immerhin hat Herr Ruhland von ganz oben die Erlaubnis bekommen, in meiner Begleitung zu seinem

Büro zu fahren. Das heißt, er darf das Klinikgelände verlassen.«

»So gesehen, ist der Besuch bei Vincent ja auch nur ein kleiner Umweg«, versicherte Verena.

Vicky schlief unruhig und schreckte jedes Mal auf, wenn ein Auto durch die Kurze Straße fuhr. Ihr wurde bewusst, dass sie immer noch auf Alex wartete. Vielleicht geschah ja doch ein Wunder?

Irgendwann stand sie auf, zog sich ihren gemütlichen Kapuzenpulli über und ging in die Küche. Sie erhitzte Milch und versuchte sie mit Schokolade, Zimt und anderen weihnachtlichen Gewürzen in den Trostkakao zu verwandeln, den Karl-Anton Wederbusch ihr in ihrer Kindheit manchmal gekocht hatte, wenn sie mit Fabian spielte. Dabei fiel ihr die Engelsdose ein, die ihr Sandkastenfreund ihr in die Hand gedrückt hatte.

Sie nahm die Emailledose aus dem Gewürzschrank und öffnete sie. Unter vielen kleinen Einzelpäckchen lag ein Zettelchen: *Spezialgewürz für den besonders guten Kakao. Wichtig! Nicht mehr als ein Päckchen pro 500 Milliliter!*

Vicky hielt sich an die Anweisung und gab ein Päckchen des Spezialgewürzes hinzu. Dabei erinnerte sie sich an die fürsorgliche und mitdenkende Ida. Die beste Nachbarsgroßmutter, die sie je gehabt hatte. Ach, warum nur war sie kein Kind mehr …

Draußen arbeitete sich die Sonne allmählich durch den Frühnebel. Nebenan stiegen die Väter aus dem Mehrgenerationenhaus in ihre Autos und stellten sich den Anforderungen des Tages und des Lebens. Einige von ihnen kutschierten auf dem Weg zur Arbeit ihren erst halb wachen Nachwuchs zur Schule.

Und sie selbst durfte in ihrer gemütlichen Küche sitzen bleiben und einen köstlichen heißen Kakao trinken. Er brachte tatsächlich das Glück ihrer Kindheit zu ihr zurück. Sie fühlte sich ganz und heil und zufrieden mit der Welt und war geborgen in dem Wissen, dass es überall Trost und Zuspruch gab. Nichts und niemand fehlte ihr – auch nicht Alex. Aber schön, dass es ihn in ihrem Leben gegeben hatte.

Ganz weit am Horizont ihres Denkens tauchte die Frage auf, wie nun alles weitergehen mochte. Sie erinnerte sich an ihren Anruf bei der Vermisstenstelle und hatte das eigenartige Gefühl, sich schämen zu müssen. Doch die Scham blieb noch draußen, quasi im Treppenhaus. Hier in ihrer Wohnung herrschte weiterhin die angenehm weiche und kuschelige Kakaostimmung. Alles würde gut. Die Welt war ein Ort zum Glücklichsein. Was sicher auch etwas mit diesem wunderbaren Getränk zu tun hatte!

Sie beschloss, die nächste Portion mit Stella zu teilen. Für einen Menschen allein war diese Köstlichkeit definitiv zu schade. Dann gähnte sie, stellte sich vor den Spiegel und dachte beim Anblick ihres rosafarbenen Kapuzenpullis mit dem großen Aufdruck, dass für sie ja eigentlich nun immer Weekend war. Und Wochenende bedeutete doch nichts anderes, als ausschlafen zu können. Wunderbar. Und direkt nebenan stand ihr Bett und wartete auf sie!

Als Gerold Ossenhuber an diesem Vormittag mit seinem Patienten die Klinik verließ, wartete Verena Kampmann bereits auf ihn. Eingemummt in einen dicken Wollschal, stieg sie aus ihrem Wagen und begrüßte die beiden Männer.

»Wie geht es Ihnen?«, erkundigte sie sich vorsichtig bei Bodo Ruhland.

Steif stand er vor ihr. »Ich bin auf der Suche.«

»Wir werden Ihren Sohn finden. Versprochen«, sagte sie.

Er sah sie an und tippte sich an die Stirn. »Märchentante«, murmelte er und wandte sich ab.

Verena Kampmann hätte ihm als Beweisstück am liebsten das Handyfoto gezeigt – Kater und Kind hinter einer Fensterscheibe, umrankt von Rosenbüschen. Sie hielt sich zurück.

Zum ersten Mal hatte sie Angst. War Bodo Ruhland tatsächlich schon stabil genug? Was, wenn er zusammenbrach, das Kind schrie und diese junge Dame, bei der Vincent angeblich untergekommen war, in Wirklichkeit eine verwahrloste Frau war, die das Kind nur deshalb behalten hatte, weil sie sich von nichts trennen konnte, weder von leeren Joghurtbechern noch von einer Heerschar herrenloser Tiere?

»Wollen wir?«, unterbrach Gerold Ossenhuber ihre Gedanken.

Verena Kampmann nickte und setzte sich in ihr Auto. Die beiden Männer nahmen auf der Rückbank Platz. Sie schickte ein Stoßgebet gen Himmel. Wenn es einen Gott gab, so musste er ihr hier und jetzt helfen. Denn wenn nun alles schiefging, würde herauskommen, dass sie die Vorschriften missachtet hatte, und dann würde sie vermutlich ihren Job verlieren.

»Wo fahren wir hin?«, fragte Bodo Ruhland. »Ich dachte, es geht in mein Büro?«

Gerold Ossenhuber nickte. »Ja, aber vorher haben wir noch etwas zu erledigen. Ich habe mit Frau Kampmann vereinbart, dass wir in die Kurze Straße fahren. Es geht um die Sache mit dem Kind.«

Bodo schüttelte verständnislos den Kopf, schwieg aber. Schließlich erreichten sie das große Feld, das sich demnächst in eine riesige Baustelle verwandeln würde. Den Verkaufsschildern war zu entnehmen, dass etliche Grundstücke bereits unter Dach und Fach waren.

»Das wollten wir auch immer«, murmelte Bodo Ruhland, der sich nach und nach wieder zu erinnern schien. »Ein Haus im Grünen mit Garten. Aber lieber ein älteres und einen Garten mit großen Obstbäumen.«

Verena nickte. »Im Sommer ist es hier sicher wunderbar. Die Blumen blühen, die Vögel singen, die Bäume werfen wohltuende Schatten, und in den Vorgärten entfaltet sich eine unglaubliche Blütenpracht. Schauen Sie mal, dort in dem mittleren Haus wohnen drei Generationen zusammen. Was meinen Sie, wie lebendig das ist, wenn die ihre Aktivitäten nach draußen verlegen.«

»Das da«, unterbrach Bodo sie, »wäre genau ein Haus nach meinem Geschmack.« Er wies auf das Anwesen mit der Hausnummer eins. »Schauen Sie, an dem Baum dort hängen sogar noch Äpfel.«

»Es ist zu vermieten«, bemerkte Verena und hielt wenig später vor der Hausnummer fünf.

Bodo blickte auf seine Uhr. »Ich will an meinen Schreibtisch. Und dann müssen wir sofort zur Polizei, die sollen mein Kind suchen. Das muss in professionelle Hände gegeben werden!«

»Ich bin von der Polizei«, erklärte Verena. »Wir haben Ihr Kind bereits gefunden.«

»Hier?« Es klang wie ein Entsetzensschrei.

Verena nickte.

»Das kann nicht sein. Wie soll er denn hierhergekommen sein? Er kennt nur die Stadt, unsere Straße und vielleicht noch mein Büro. Er ist doch erst vier Jahre alt.«

»Nach unseren Vermutungen«, behauptete sie nun selbstbewusst, auch wenn es allein ihre Vermutungen waren, »ist er – aus welchen Gründen auch immer – mitten in der Stadt in einen Bus gestiegen, dessen Endstation hier an der Kurzen Straße liegt.« Und da sie schon mal beim Lügen war, fügte sie dreist hinzu: »Jedoch konnte sich kein Busfahrer daran erinnern – nach so langer Zeit. Ich habe mir alle Dienstpläne vom 14. Juni angesehen, und meine Kollegen haben mit allen Busfahrern gesprochen, die damals Dienst hatten. Aber es ist einfach schon zu lange her.«

Die beiden Männer schwiegen und sahen sie abwartend an.

»Meine Theorie ist, dass er hier an der Endhaltestelle ausgestiegen ist und dabei einer Frau Siebert begegnete«, fuhr Verena fort. »Die hat ihn dann erst einmal mit zu sich genommen. Inzwischen weiß ich auch, dass sie noch in der gleichen Nacht in einer unserer Dienststellen nachgefragt hat, ob ein Kind vermisst wird. Doch es lag keine Vermisstenmeldung vor, und die Kollegen sind der Sache dann leider auch nicht weiter nachgegangen. Na ja, das wird sicher noch ein internes Nachspiel haben.«

Verena seufzte. Wenn sie so weitermachte, würde sie die Weltmeisterschaft im Spontanlügen gewinnen. »Schauen Sie mal. Hier ist die Hausnummer fünf, und im ersten Stock dort oben wohnt er nun. Mit Blick auf den großen Garten.« Sie betonte es so, als handle es sich um den Blick ins Paradies.

Tatsächlich starrten die beiden Männer nun so durch die Autofenster, als hofften sie, hinter den Gardinen ein winkendes Kind zu erspähen.

Aber nichts rührte sich. Verena öffnete die Fahrertür, stieg aus und schritt auf das Haus zu. Hinter ihr verließen Bodo Ruhland und Gerold Ossenhuber den Wagen. Die beiden wirkten ein wenig verunsichert.

Sie trat an die Gartentür und läutete am Klingelknopf für den ersten Stock. Einmal, zweimal, dreimal. Es war vormittags um kurz vor halb elf. Abwartend standen beide Männer hinter ihr.

Oben öffnete sich ein Fenster. »Ja bitte?«

»Frau Siebert?« Verenas Befürchtungen lösten sich mit einem Mal in Luft auf. Frau Siebert war, dem ersten Anschein nach, weder eine bösartige Kindesentführerin noch eine ungepflegte Drogenabhängige.

Gerold stellte sich neben sie, blickte auch zum Fenster

hoch und zündete sich eine Zigarette an. Er fand in der Nähe des Vogelhäuschens einen Aschenbecher, der aussah, als sei er seit einem halben Jahr nicht mehr benutzt worden. Das musste geändert werden. Und zwar von ihm.

»Sie sollten nicht so viel rauchen, gesund ist das nicht!«, bemerkte Verena, dann blickte sie wieder zum oberen Fenster. »Können wir kurz miteinander reden?«

»Worüber denn?«

Die junge Frau war wirklich vorsichtig.

Verena zückte ihre Polizeimarke und hielt sie hoch. »Es ist sicher besser, wenn wir das nicht lauthals hier auf der Straße klären. Dürfen wir kurz reinkommen?«

Der Türöffner summte.

20. Kapitel

Wie erstarrt lehnte Stella an der Innentür ihrer Wohnung. Nun also war es so weit. Die Polizei. Wer um Himmels willen hatte die gerufen? Alex? Aber warum? Reichte es nicht, dass er Vickys Leben in eine Hölle verwandelt hatte? War etwa jetzt sie dran? Und warum bloß?

Ihre Besucher waren bereits im Treppenhaus. Sie hörte, wie die Frau den Männern etwas zuflüsterte. Ob sie die beiden nach Handschellen fragte? Würde sie, Stella, nun gleich abgeführt und das Kind in ein Heim gebracht?

Blitzartig rannte sie Richtung Kinderzimmer und schloss die Tür. Boris aber entwischte und saß nun großäugig und abwartend im Flur. Mit versteinerter Miene öffnete Stella die Wohnungstür. Hoffentlich kam nicht auch noch Vicky hoch. Die hätte ihr gerade noch gefehlt.

Fast stellvertretend für Stella begrüßte der Kater die Fremden mit einem ausdrucksstarken »Miau«, was jedoch niemanden zu beeindrucken schien. Gelassen setzte er sich direkt vor die Kinderzimmertür und begann sich ausgiebig zu putzen.

Stella wich einen Schritt zurück. Sie standen nun zu viert in der Diele. Ihre ungebetenen Besucher sahen sich um.

»Was ist passiert?«, fragte Stella. Sie spürte, dass sie nun all ihre Energien brauchte, um nicht in Panik zu geraten. Die Begegnung mit Ulrich schoss ihr durch den Kopf. Hatte sie da etwas falsch gemacht, oder war ihm möglicherweise was passiert? Ein schrecklicher Gedanke, auch wenn er gleichzeitig bedeutete, dass es nicht um das Kind ging. Also eine winzige Entwarnung. Zitternd wollte sie wissen: »Kommen Sie wegen Ulrich Rosengarten oder wegen meiner Agentur? Ist da was passiert?«

Die Frau schüttelte den Kopf. »Nein, es geht um Vincent Ruhland.«

Der Kater maunzte erneut, diesmal laut und fordernd.

»Kann ich ihm schnell was zu essen geben?«, fragte Stella. Fast hätte sie hinzugefügt: Er weckt mir sonst das Kind.

Die drei Fremden nickten und sahen sich in der Diele um. Sie schienen alle Zeit der Welt zu haben.

Stella holte ein Ragout aus Hühnerherzen, Karotten und Reis aus dem Kühlschrank und schob die Schale für eine halbe Minute in die Mikrowelle. »Der Kater mag es nicht so kalt«, erklärte sie. »Und wenn ich für ihn koche, dann koche ich immer gleich mehrere Portionen.«

Boris begann laut schmatzend zu fressen. Stella freute sich bereits auf den Moment, an dem die Fremden sich entschuldigen mussten, weil sie im falschen Haus und in der falschen Wohnung gelandet waren. Alles würde gut.

Verbindlich fragte sie nun: »Also, wie kann ich Ihnen helfen?«

»Wo ist das Kind?«, fiel die Polizistin mit der Tür ins Haus.

Es hatte keinen Sinn, sich dumm zu stellen, dennoch rutschte es Stella reflexartig heraus: »Welches Kind?«

»Wir suchen einen kleinen Jungen, der bei Ihnen wohnen soll. Sie scheinen ihn Knopf zu nennen.«

»Wer sagt das?« Stellas Herz klopfte wie wild.

»Knopf«, wiederholte der Fremde mit dem Bart. »Knopf.« Seine Augen füllten sich mit Tränen.

Stella lehnte sich an das Sideboard, von dem aus der Kater vor noch gar nicht so langer Zeit Ulrich Rosengarten angefaucht hatte.

Zu allem Unglück öffnete sich in diesem Moment die Kinderzimmertür. Stella zwang sich zur Ruhe und lächelte den Kleinen an. Was sonst hätte sie machen sollen?

In seinem dunkelblauen Flanellschlafanzug kam Knopf in die Diele. Barfüßig. Augenblicklich verspürte Stella den Impuls, ihn nach seinen Hausschuhen zu schicken, denn sobald er die trug, so versicherte sie sich insgeheim, wäre die Welt wieder in Ordnung. So aber, angesichts der nackten Kinderfüße, entglitt ihr alles. Das war nicht gut. Sie betrachtete den Kleinen. Vicky hatte ihm gestern das Haar geschnitten. Wie aus dem Ei gepellt sah er aus. Ein kleiner Prinz, dem lediglich das Zepter fehlte.

»Mein Gott, Vincent«, flüsterte der Mann mit dem Bart und begann zu zittern. »Vincent, mein Knöpfchen!«

Instinktiv versuchte Stella nach der Hand des Kindes

zu greifen, doch Knopf schüttelte den Kopf und ging sehr langsam und sehr vorsichtig auf den Bärtigen zu. »Papa?« Es war mehr eine Frage als eine Feststellung.

Der Bärtige ging in die Hocke. Ihm liefen die Tränen herunter. Er nickte.

»Kennst du Boris schon?«, fragte Knopf.

Bodo Ruhland schluckte. Seine Hände zitterten. Verena Kampmann hatte das Gefühl, als zwinge er sich mit Gewalt zur Ruhe. Sein Impuls, nach dem Kind zu greifen und es an sich zu drücken, war übermächtig, aber er hielt sich zurück.

»Wenn Boris der Kater ist, dann haben wir uns schon kennengelernt«, sagte er nun und ließ dabei seinen Sohn nicht aus den Augen.

Der Junge blieb vor seinem Vater stehen. Stumm sahen die beiden sich in die Augen.

Gerold Ossenhuber suchte Verenas Blick, lächelte zuversichtlich und hob eine Faust mit ausgestrecktem Daumen.

»Darf Boris auch Auto fahren?«, fragte Knopf.

Stella staunte. Der Kleine sprach, als sei es das Selbstverständlichste der Welt.

»Klar, wenn er das mag.« Der bärtige Mann saß noch immer vor seinem Sohn in der Hocke.

»Ich frage ihn. Und Stella? Darf die auch mitfahren?«

»Alle, die du dabeihaben willst«, erwiderte der Bärtige.

»Stella, Boris und Vicky«, kam es wie aus der Pistole geschossen.

Der Mann richtete sich wieder auf. »Ob die alle in meinen Porsche passen? Wir probieren es einfach mal.«

Der Junge nickte zuversichtlich und griff nach seiner Hand.

Die Frau, die hinter dem Bärtigen gestanden hatte, trat nun vor und wandte sich an Stella. »Jetzt muss ich mich aber erst einmal ganz offiziell vorstellen. Ich bin Verena Kampmann von der Vermisstenstelle der Polizei. Die beiden Herren hier sind Herr Ossenhuber und Bodo Ruhland, der Vater von Vincent. Wie Sie sehen, bemühe ich mich gerade um eine unbürokratische Zusammenführung von Vater und Sohn. Damit ist uns allen geholfen, glauben Sie mir.«

Stellas Knie gaben nach. Sie setzte sich auf das Sideboard. »Sie wollen mir den Kleinen wegnehmen? Jetzt?« Seit Monaten lebte sie mit dieser Angst und hätte sich eigentlich darauf einstellen müssen, dass das Kind nicht immer bei ihr bleiben konnte. Sie hatte es die ganze Zeit gewusst. Aber jetzt, und so schnell! Nein! Das durfte nicht sein.

Verena Kampmann legte ihr beruhigend eine Hand auf den Arm. »Nein, heute nicht, frühestens in einigen Wochen. Beruhigen Sie sich erst einmal. Wir alle müssen uns erst an die neue Situation gewöhnen. Vor allem Vincent. Machen Sie sich keine Sorgen. Wissen Sie, diese Begegnung läuft inoffiziell, das heißt, wir haben nichts in der Hand, um rechtliche Schritte einzuleiten. Ich persönlich habe das so entschieden, und ich nehme auch alles auf meine Kappe. Mir war es vor allem wichtig, dass Vater und Sohn sich wiedersehen. Und das hat ja nun geklappt. Und es tut beiden gut!«

Stella atmete unmerklich auf. »Aber wie geht es denn nun weiter?«

Der Vater des Jungen mischte sich ein: »Ich kann ihn doch erst mal besuchen, vielleicht sogar jeden Tag. Und in ein paar Wochen werde ich aus der Klinik entlassen.«

»Sie sind krank?« Stella sah ihn an.

»Ja, ich hatte am 14. Juni einen schweren Unfall. Und nun bin ich noch ein paar Wochen in der Reha. Aber danach …«

Was sollte sie sagen? Sie musste sich erst einmal fangen und ging ins Kinderzimmer. Ordentlich standen die Kinderpantoffeln vor dem Bett. So kleine Füße. Mit denen durfte Knopf doch nicht einfach auf und davon gehen.

Sie trat wieder in die Diele hinaus und stellte die Hausschuhe direkt vor den Jungen auf den Boden. Er hielt immer noch die Hand seines Vaters. Wie sehr musste er ihn vermisst haben, dachte Stella und fragte sich, ob es der Verlust gewesen war, der Knopf sprachlos gemacht hatte. Aber was hätte sie dagegen tun können? Und hatte sie nicht trotz allem das Richtige getan?

Bodo Ruhland wandte sich an die Polizistin: »In dieser Straße ist doch das eine Haus zu vermieten, hatten Sie das nicht vorhin gesagt? Meine Frau und ich wollten immer ein altes Haus im Grünen. Nach ihrem Tod habe ich so viel anderes um die Ohren gehabt. Vielleicht wäre ein Neuanfang an einem anderen Ort genau das Richtige für Knöpfchen und mich.«

Er suchte den Blick von Stella. »Wie wäre das denn für Sie? Wenn ich da einziehen würde, wären wir fast Nachbarn.«

Die hob die Schultern. »Es muss für Knopf stimmen, dann ist alles gut.«

»Ich denke, für ihn ist es das Beste, uns beide in der Nähe zu haben. Darf ich ihn in den nächsten Wochen bei Ihnen besuchen?«

»Klar doch.« Stella klappte ihren Laptop auf. »Ich drucke Ihnen die Kontaktdaten des Vermieters aus. Das Haus gehört Fabian Wederbusch, dem Enkel des alten Mannes, der früher dort mit seinem Kater gewohnt hat. Inzwischen ist Boris ja hier bei uns eingezogen.«

»Ziehen wir in das alte Haus von Boris?«, erkundigte sich der Junge aufgeregt.

»Wer weiß«, sagte Bodo Ruhland. »Aber schön wäre es«, fügte er dann lächelnd hinzu.

Und dann, nicht einmal eine Stunde später, waren alle wieder fort – als hätte es ihren Besuch nie gegeben.

Durchs geöffnete Fenster hatte Stella noch gehört, wie der Mann mit der unangezündeten Zigarette im Mundwinkel im Vorgarten verkündete: »Herr Ruhland, dass wir bloß nicht vergessen, Ihre Papiere zu holen. Nur damit können Sie ein Haus mieten – und unser Verwaltungsdirektor sehnt sich regelrecht nach Ihrer Krankenkassenkarte.« Er lachte. »Das wird eine Freude!«

Sie hatte der Truppe nachgeschaut. Vielleicht wurde ja doch noch alles gut. Vor dem Haus stand niemand mit Handschellen, draußen blinkte kein Blaulicht, und neben ihr stand Knopf und sprach in ganzen Sätzen. »Das war mein Papa. Aber warum hat der so viele Haare im Gesicht? Kann Vicky ihm die dann schneiden?«

»Bestimmt!«

Hinter ihnen bewegte sich etwas, und sie sahen, wie sich die angelehnte Küchentür einen winzigen Spalt breit öffnete. Eine graue Pfote wurde sichtbar, dann der grauweiße Kopf, und schon war Boris' vorwurfsvolles »Miau« zu hören.

»Was ist denn jetzt los, Boris? War das Essen nicht gut? Oder wartest du etwa auf die Kamera?«, erkundigte sich Stella lachend. Dass vor allem sie sich im Anschluss an die ganze Aufregung nach dem Kameramann sehnte, behielt sie für sich.

Fast entsetzt schüttelte der Kater den Kopf, setzte sich in seine übliche Warteposition und wischte sich tieftraurig die Augen. Boris war der beste Schauspieler, dem Stella jemals begegnet war. Wer ihn ansah, vermutete auf Anhieb grauenvolles Leid und eine kaum zu lindernde Not, aber all das würde mit den zu bewerbenden Produkten beendet und aufgehoben werden, denn er hatte ja auch die Mimik der freudigen Überraschung und Erleichterung in seinem Repertoire. Ich werde mir auf jeden Fall die Rechte an den Fotos von ihm sichern, schrieb Stella auf ihre virtuelle Checkliste. Wenn Ulrich recht hatte, waren die Clips mit diesem Tier eine Goldgrube.

Der so feige abgetauchte Polizeihauptmeister Alex hatte einmal behauptet, Boris habe alle Bewohner des Hauses voll unter seiner Kralle. Aber warum auch nicht? Mit dem gleichen Charme würde er auch viele Zuschauer für sich gewinnen und sicher auch, von Ulrich Rosengarten ins rechte Licht gerückt, wohlwollend von Plakaten herunterblicken.

»Ich leg noch ein Puzzle«, verkündete Knopf. »Ein ganz großes für meinen Papa.« Er öffnete die Schachtel mit dem 500-Teile-Puzzle, auf dem eine Kolonie rosafarbener Flamingos am Strand abgedruckt war.

Stella fand, dass der Junge ein bisschen blass war. Klar, die Aufregung dieses Vormittags war nicht spurlos an ihm vorübergegangen. Weder an ihr noch an ihm.

»Ja, mach das, aber vorher wird gefrühstückt. Es ist ja schon fast Mittag!«

Vicky kam am späten Nachmittag. Als Stella ihr die Tür öffnete und sah, dass die Nachbarin frisch geduscht war und endlich ihren unsäglichen rosafarbenen »Weekend«-Pulli gegen eine dunkelgrüne Strickjacke getauscht hatte, atmete sie erleichtert auf.

»Da bin ich aber froh, dass es dir wieder besser geht«, sagte sie.

»Und wie!« Vicky strahlte. Sie hielt eine Thermoskanne hoch. »Da drin ist der leckerste Kakao der Welt. Mein Sandkastenfreund Fabian Wederbusch hat mir die Kakaogewürze seiner Großeltern vermacht. Magst du?«

»Ich auch.« Knopf war von seinem Puzzle hochgesprungen.

Vicky riss die Augen auf und starrte ihn an. »Du kannst reden.«

Er nickte.

»Und warum hast du bisher geschwiegen?«

»Weiß nicht, aber jetzt ist Papa wieder da.«

»Was?« Vicky kam aus dem Staunen nicht mehr heraus.

»Du musst nur noch die Haare aus Papas Gesicht wegschneiden«, stellte der Junge klar und wandte sich gelassen seiner Legekunst zu.

»Es gibt eben doch noch Wunder«, meinte Stella.

Sie stellte drei Tassen auf den Tisch, und Vicky schenkte ihnen von dem köstlich duftenden Getränk ein.

Stellas Handy meldete sich. Eine WhatsApp von Verena Kampmann. »Kleine Frage: Hat das Haus Nummer eins auch eine Garage? Wir haben nämlich Bodo Ruhlands Porsche samt Kindersitz wiedergefunden.«

»Ja, hat es«, tippte Stella und nahm einen weiteren Schluck von dem wunderbaren Kakao.

Um was sich diese Polizistin alles kümmerte. Unglaublich!

Danksagung

Ein ganz besonderer Dank gilt meinem Mann Thomas für das geduldige und aufmerksame Lesen des Rohmanuskriptes.

Wie immer hat Herr Professor Dr. Herbert Seibold die medizinisch-forensischen Details geprüft.

Ganz besonders bedanke ich mich bei bei Isabelle Toppe vom Piper Verlag, die mich auf die Idee zu diesem Buch brachte, und bei Dr. Annika Krummacher, die meine Romane redigiert.

Nicht zu vergessen all meine Katzenfreundinnen und -freunde: Angela Wax-Rüdiger und Roland Rüdiger, Claudia Burkhard, Cornelia Glashauser, die mich an ihren Erfahrungen aus der Tierkommunikation teilhaben ließ, Helga Maria Buchner und Nathalie sowie meine Ratgeberin für alle Lebenslagen, egal ob menschlich oder tierisch, Susanne Pfeiffer.

Die Handlung und die Personen dieses Romans sind wie immer frei erfunden. Bei der Erstellung des Plots habe ich mich auch diesmal wieder vom Tool Beemgee.com unterstützen lassen.